明日を打つ

三人の若きボクサーの闘い

益田和則

MASUDA Kazunori

文芸社

「ボクシングは人生そのものだ」
「逃げることはできても、隠れることはできない」
「殴られるまでは、誰もが計画を持っている」

（元世界ヘビー級チャンピオン、ジョー・ルイス）

第一章　一本の道（一九八八年、十八歳）

白木光一

なぜボクシングを始めたかだって？　生まれた時から俺の前にボクシングがあったんだ。俺の心の中にある原初の風景は、母親の乳房ではなく、テレビの中で殴り合っている男たちを、こぶしを握りしめ、夢中で応援している親父の姿だった。

母親が言うには、三つの時から黄色い子供用のグローブをつけて、親父の構えるミットにパンチを放っていたらしい。

物心がついた頃には、俺の前に敷かれている一本道がはっきりと見えてきた。黄金色に輝くチャンピオンベルトを巻いて、両腕を高く掲げる姿が行き着く先だった。

ボクシングが面白いとか、つらいとか思ったことはない。毎日、食事をすることに疑いを持たないように、ボクシングは、生活の一部として俺の中に根付いていた。

パンチを打つと親父が笑顔になった。「いいぞ、光一、お前はチャンピオンになるんだぞ」と言いながら頭を撫でてくれた。親父の機嫌がいいと、母親も幸せそうに見えた。だから、親が敷いた道の上を歩いていることに不満もなければ疑問を抱くこともなかった。

親父は昔、ボクシングをやっていたが、現役時代の雄姿を見たこともないし、戦歴を聞いたこともない。チャンピオンベルトを巻いた写真やトロフィーの類いもなかったので、目立った成績は残せなかったのだろう。もしかしたら、何か息子に話したくない理由があったのかもしれない。引退後に家業のクリーニング屋を継いだが、隣町の東村山市にある斉藤ジムのトレーナーとしてボクシングと繋がっていた。

　小学生の頃は、学校から帰ってくると、親父に連れられてジムに通った。練習が終わっても家には帰らず、親父のトレーナーとしての仕事が終わるまで、他の選手の練習をぼんやりと眺めていた。

　四年生の時、初めて全国大会に出たが、六年生の選手と戦って敗れた。五年生で優勝してからは無敵だった。あの頃は、いつでも世界チャンピオンになれる気になっていた。

　学校に友達はいなかった。ジムで年上の男たちと付き合っていたので、クラスの仲間が幼稚に見えた。みんなの前で笑顔を絶やさなかったのは、好かれたくて媚びていたわけじゃない。深く関わりたくなかったので、彼らの言葉を、笑顔を盾にはじき返していた。

　俺の世界に踏み込んでほしくなかった。自分が育ってきた環境や、考えていることが、みんなと異なると気付き始めたからだ。子供ながらに、俺には何か大切なものが欠落しているのではないかという恐れを抱いていた。それを目の前に突きつけられるのが怖かったのだろう。

　自分のいる世界に満足していたし、ボクシングでの好成績を誇りに思っていたが、強くなればなるほど、自分が得体のしれない化け物になっていく気がした。感情の伴わない表情筋だけで作った薄っぺらい笑顔をクラスメートに向けるたびに、寒々とした気持ちになった。

自分が抱えている孤独は、周りから強いられたものではなく、みずからが望んだものだと自分に言い聞かせたくて、ボクシングにのめり込んでいった。

高校時代、インターハイなど主要な大会で五冠を手にしたが、世界チャンピオンを目指している人間にとっては、特段、珍しいことではない。学生ボクシング界で頂点に立っても、やっとレースに参加する権利を得たようなものだ。

アマチュアボクシングは、プロの試合と違って相手にダメージを与えることが直接勝利に結びつかない。いかにたくさん有効打を当てるかが勝負の分かれ目となる。手足が長く、スピードが持ち味である俺にとって有利にできている。

今までは、平坦な一本道を一気に駆け抜けてきた感があるが、プロの世界で頂点に立つためには峻険な山道を登らなければならないと覚悟していた。

一時はオリンピックを目指し、推薦入学で大学のボクシング部に入ったが、すぐに辞めた。求めているものが違うと気付いたからだ。勝つことだけを考えて生きてきた俺には、礼儀や慣習を尊ぶ部の活動の多くが無駄に思えた。遠回りはしたくなかった。

大学を中退し、しばらく親父のいるジムで練習を続けていた。サンドバッグを無心で打ち、一息ついた時、ふと思う。いくら格好をつけても、大学のボクシング部を辞めたのは、団体生活になじめなかっただけではないか。大学を辞めたのは、卒業したとしても、一社会人として働く自分の姿を想像できなかったからだろう。結局、俺は親の羽の下に逃げ帰ったんだ。

自分の足で歩きたかった。歩かなければならないと思った。俺にはボクシングしかないこともわかっていた。

そんな折、一人の老人と出会った。この人が俺の人生を切り拓いてくれる予感がして、すがりついた。老人に導かれ、都心の名門ボクシングジムの門を叩き、プロの世界で頂点を目指すことになった。

周りの人には、ボクシングエリートが鳴り物入りでプロに転向したように見えたかもしれない。しかし、俺の心は、敗戦続きのボクサーが、引退を賭けてリングに上がる時のように、追い詰められていたんだ。

石田哲

わいは小さい頃から走るのが、いやっちゅうほど遅かったんで、「泥亀、それで走っとんかい。とろくさいやっちゃ」てな具合に、みんなにからかわれてました。背は低いし、太い首の上に載っている顔も、なんやカメに似とったから「泥亀」と呼ばれても仕方ないんです。

　そんな時は、ドラゴンボールの悟空のように、手のひらに気を集め、腰を落とし、「かめはめ波ぁー」と、みんなに光線をぶちかますんです。関西に生まれて、ほんまよかったです。なんでも笑いに変えてしまいます。

　兵庫県の丹波がわいの故郷です。四方を山に囲まれた田舎町です。小学校に上がった時に、父ちゃんが家を出て行ってしもたんですが、家にいても働かんと酒ばっかり飲んでたから、出て行ってくれて良かったと思てます。

　わいが父ちゃんの代わりに、母ちゃんについて畑の仕事をしてました。小さい頃は足手まといになるだけで、なんの役にも立たんかったのですが、母ちゃんは「ほんま、助かるわぁ」と言うて、頭を撫でてくれました。

　母ちゃんは農協でパートの仕事をしながら、わいと妹二人を育ててくれました。勉強なんか好きやないんですけど、母ちゃんがどうしても行け言うて、高校まで出してくれました。

　家の手伝いがせわしいて、運動なんかせんかったけど、鍬《くわ》で畑を耕してたら、いつの間にやら並外れて腕っぷしが強ようなったんです。生まれつき強かったのかもしれませんけど。

　工業高校三年の時、賞金欲しさに秋祭りの相撲大会に出たんです。十万円と米一俵の他に、いろいろな賞品が出てました。大人の部に出て、四人倒して決勝まで残りました。決勝の相手は、前の年も優勝した牛みたいにごっつい兄ちゃんでした。「こらあかんわ」と、正直思いました。

日が暮れて、色とりどりの提灯が灯り、大勢の人が土俵を取り囲んでいます。母ちゃんや幼なじみの奴らが声をかけてくれたんで腹を決めました。

思い切りぶち当たって得意の突っ張りで攻めたんです。ここぞというところで、腰を落として脇を締めてから、右腕に渾身の力を込めて相手の顎を突き上げました。相手は土俵から吹っ飛んで、あおむけになったまま起きてきませんでした。

そしたら世話役のおっさんが息切らしながら寄ってきて、肩を叩いたんです。

「哲つぁん、ほんまバケモンみたいに強いなあ。おまはん、相撲取りになったらええ」

わいは手を横に振りながら言いました。

「そら、あかんわ。背が百六十センチしかないんやで。相撲取りと、まともに戦えるわけあらへん」

その時、市会議員の松浦はんが、腕組んでうちらの話を聞いてたんです。

「ボクシングだったら、いけるで。体重制限があるさかいな。さっきの懐に飛び込んで突き上げた一発。ただもんやないで、あんた。昔のファイティング原田を思い出したわ。顔もなんや似とるしな。あんたみたいな逸材を田舎で腐らしたらあかん。やる気があるんやったら、わしが大阪のジムを紹介したるで。知り合いがおるさかい」

黒縁メガネの奥から、目を輝かせて言うてくれました。

わいにかて、野望はある。いつも寝る時、このまま田舎でせせこましく畑を耕して、一生、貧乏暮らしすると思たら、なんやら底知れん怖いもんが襲ってくるんや。何でもええから、この土地から抜け出して、でかいことしてみたいと思てました。

（やってみたろやないか！）

土俵の上で、こんなこと考えとったら、松浦はんが賞金渡してくれる時に、両肩に手を置いて言うてくれました。

「やる気になったら、いつでもええから、わしの所に来い」

見返してやりたいんや。父ちゃんや学校の奴らに対してやない。何もでけへん自分自身を見返してやりたい。わいや母ちゃんにのしかかってる現実の重みみたいなもん、突っ張り返したいと思たんです。

明くる日、台所で晩ご飯を作ってた母ちゃんに声をかけたんです。

「大阪で働きながら、ボクシングやりたいんや。松浦はんが世話してくれるて」

母ちゃんは、背中を向けたまま、しばらく窓の外を見てました。何きついこと言われるかとビクビクしてたら、エプロン取って、神妙な顔でわいの前に座ったんや。

「好きにしたらええ。家のことは母ちゃんにまかしとき」

学校を卒業して、大阪に出ました。母ちゃんは一人で畑の世話できんから、東京から移ってきた家族にあっさり売ってしもたんです。その金で妹二人の学費を賄うつもりや。わいにとったら退路を断たれたようなもんです。

今までは、わいも母ちゃんも生活を守るためだけに生きてきました。

（これからは攻めるんや。怖いもんなんて、なんもあらへん）

笠原修二

七百五十グラム。僕がこの世に生まれた時の重さです。受胎してから二十六週目に帝王切開で生まれた超未熟児でした。大学病院の保育器の中で育てられました。時々、呼吸が停止して、体中が青紫色になり両親を心配させたようですが、何とか生き延びました。

小学校に入ってからも体が弱く、たびたび学校を休みました。体育の授業もほとんど見学していました。病弱であったため、死に対する漠とした恐れが心の中に淀んでいたのですが、あの日、死というものが実体を伴って僕の前に現れたのです。

小学生の高学年になった頃でした。宇宙を題材にしたテレビ番組を見た日の夜、いつものように、一人で布団の中に入ったのですが、暗闇の中で、まんじりともせず目を見開いていました。

この世に生まれて初めて、声に出せない、言葉に表せない恐れを感じました。鼓動が激しくなり、喉はひりつくほど渇いていました。

「こんなことがあっていいのだろうか、ありえない」

暗闇の中で唸《うな》りました。寝る前にテレビで見た宇宙の光景が、目の前に広がっていました。行けども行けども音のない暗闇が続いている。『無限』という概念が、僕の心を震撼させました。無限に広がる宇宙空間、無限に続く時間。

「その中に僕はいない」

自分がいなくなった後も、誰一人いない無限の空間が永遠の時間を刻んでいく。初めて『死』というものの深淵を垣間見た瞬間でした。

それまでも、かわいがってくれた祖父の死に立ち会い、飼っていた昆虫や川で捕ってきた小魚が死んでいくのを見て、生あるものは死すべきものであると理解していました。

しかし、この時初めて、自分が死ぬということの意味がわかった気がします。世界は、僕の存在などに関係なく存在し続けるものだと、自分と世界の関係性を理解しました。避けることができない厳然とした事実を突きつけられ、震え上がったのです。

不思議なもので、恐いものには逃れることのできない磁力が働いていて、無意識のうちに引き付けられていきます。自分のような臆病者が、ボクシングに魅せられた一因は、こんなところにあると思います。

四国の徳島市で生まれました。父は大学で教鞭をとっており、兄は学業、スポーツともに秀でていました。彼らの存在が、いやが上にも僕の凡庸さを際立たせるのです。僕は凡庸に生きることを、徹底的に嫌いました。二人に反発する気持ちが、新たなものへと挑戦する原動力となり、『限りある生を自分らしく生きる』という想いに繋がったのです。

中学生の頃は、一人、部屋に閉じこもり物語を読み耽りました。本の中の主人公に自分を重ね、世界中を旅し、波乱万丈の人生を経験しました。そこで気付いたことは、物語の主人公の多くは、僕のように鬱屈した想いを心の中に溜め込んでいて、それが何かのきっかけで、確かな意志と方向性を持ち始め、さなぎが蝶になるように羽ばたいていくということでした。

僕も自分を変えてくれる何かに出会えば羽ばたけるんだと、秘かに期待を抱いていました。

高校生になると陸上部に入りました。ひ弱な自分に劣等感を抱きながら生きて行くことに嫌気がさしていました。入部当時は、練習についていけず足手まといになっていましたが、二年生になる頃には、何とか練習メニューをこなせるようになりました。

当時は、はっきりと意識していないものの、自分の限界を体で感じ取り、それを超えてみたいという想いがありました。最も苦しいと言われている中距離走を選びました。

八百メートル走で最後の直線にさしかかると、目が眩《くら》み、心臓が破裂するような感覚に襲われる。それでも立ち止まらず、走り続けることで未知の世界への扉が開くように感じたのです。

後から振り返れば、この頃にボクシングをやるための基礎体力が養われただけでなく、限界だと感じた時、目を瞑《つぶ》って、もう一歩前に出ることを体得したと思います。

大学進学を考える頃になっても、将来の展望は何もありませんでした。受験勉強の合間に、二階の部屋の窓から眉山《びざん》を望みながら苛立ちを覚えました。この町は、阿波踊りの時だけ熱狂し、あとは寝て暮らすと揶揄《やゆ》されるように、年中、気だるい空気が漂っています。川沿いの土手の上から吉野川を見下ろしても、世間で言われるような悠久の時を刻む大河などとは到底思えませんでした。流れているのか淀んでいるのかわからないまま、ただ時をやり過ごしているようにしか見えなかったのです。

この町を出よう。大都会の東京で、激流に身を晒して生きてみたいと思いました。大学で何を学ぶかについては、依然、明確な意思を持っていませんでしたが、好きな物語を読んで卒業できそうな文学部を選びました。

父と兄が歩んでいる理系の道には進みたくない。同じ物差しで測られることがないように、彼らの世界と対極にある最も実利的でない学問を選んだのです。

上京して大学生活が始まりました。慣れない一人暮らしで気ぜわしくしていましたが、心の中は空っぽでした。過ぎ行く日常の中で、『出会うべきもの』を秘かに待ち望んでいました。

ボクシングとの出会いは突然やって来ました。神様が僕のために用意していたものを、ここぞという時に、目の前に差し出してくれたのだと思います。僕は飢えた獣のように、ボクシングに貪《むさぼ》りついたのです。

第二章　出会い

光一

大学を半年で辞めてから、親父がトレーナーをしている斉藤ジムに籍を置いたんだ。幼い頃から慣れ親しんだジムだ。高校生になってからも、ボクシング部の練習がない時、親父と一緒にトレーニングをしていた。

斉藤会長は俺たち親子を、いつも温かく見守ってくれている。

「よう、光一、久しぶりだな。高校チャンピオンだったお前が来てくれると、ジムに箔がつくよ」と、持ち前の笑顔で迎えてくれた。

会長は元プロボクサーで日本チャンピオンにまでなった人だ。引退後、親から受け継いだ食堂を潰してジムを立ち上げた。親父より一回り近く年上で、六十を過ぎた今ではボクサーの面影はない。すっかり丸くなった体と、笑うとなくなる目が、この人の人生を物語っている。

頑固で筋骨たくましい親父とは、性格も体つきも対照的だ。だからこそ、二人は長年うまくやってこられたのかもしれない。

初めて親父に連れられて来た時には、小学生は俺だけだったが、いつの間にか多くの子供たちが通うようになっていた。子供のいない会長にとって、子供たちを育てることに特別な想いがあるのだろう。女性の練習生も増え、ボクシングだけでなくヨガやエアロビクスの教室も開いている。ジムはすっかり様変わりしていた。

ジムの中に生ぬるい空気が漂っている。健康維持や美容のためにやっている人が増えるにつれて、ボクシングが本来持っている緊張感が薄められていく。

和気あいあいとした光景を目にするたびに、自分が孤立していくように思えた。ボクシングは個人競技なので、どんな環境でも、やるべきことをやれば強くなれると自分に言い聞かせた。

ひたすらサンドバッグを叩き、親父の構えるミットにパンチを打ち込んだ。しかし、周りにライバルがいて、互いに切磋琢磨している名門ジムの選手たちから、置き去りにされていくように感じていた。

練習をしていても焦燥感が募ってくる。暗闇の中を猛スピードで走っている暴走列車の中にいるようで、速度が増せば増すほど、何かに近づいていくのではなく、何かから遠ざかっていくように感じる。体を鍛えれば鍛えるほど、自分が心の中に抱えている『ひ弱なもの』が浮き彫りになってくる気がする。そんな怯《おび》えを振り払うために、ひたすら暗闇に向かってパンチを打ち込んだ。

二か月が過ぎた頃だった。夕暮れ時にジムに顔を出すと、会長に呼び止められた。

「よう光一、いい話がある。門田ジムからお前にスパーリングパートナーをやってほしいと依頼があった。月末に日本タイトルに挑戦する横田という選手が相手だ。受けてもいいかい？」

門田ジムはこれまでに世界チャンピオンを数人輩出している名門ジムだ。なぜ俺に声がかかったのかと、いぶかしがっていると、会長が、

「横田が挑戦するチャンピオンは、長身のサウスポーで、お前のボクシングスタイルに似ているらしい。いいチャンスだ、行って来いよ。ここには、お前と張り合える選手がいないからなあ」と背中を押してくれた。

断る理由はない。三日後に親父と一緒に門田ジムに乗り込むことになった。

電車の中で親父が横田について教えてくれた。

「お前より五つ年上で、アマチュアの経験はない。高校を卒業してからボクシングを始めた叩き上げのボクサーだ。階級はお前と同じフェザー級。十二勝無敗、九ＫＯの戦歴で日本チャンピオンへの挑戦権を手にした。粗削りなところもあるが、勢いに乗ると手がつけられない。アマの世界にはいないタイプの選手だ。いい経験になるぞ」

俺より親父の方が興奮しているようだった。

巣鴨駅前の商店街を抜けた所に、『門田ボクシングジム』という看板を掲げた雑居ビルがあった。一階が練習場になっている。道路と分厚いガラスで隔てられていて、仕事帰りの人たちが立ち止まり中を覗き込んでいる。

挨拶を済ませ、軽く体を動かしながら出番を待っていた。練習場は広々としており、リングの上ではプロ級の選手が入れ代わり立ち代わりスパーリングをやっている。選手層の厚さを感じさせる。

グローブと防具をつけ、横田と向かい合った。背は俺より十センチほど低い。目の前にある太い首と分厚い胸が汗で光っている。ヘッドギアの奥から、ぎらついた眼で睨み上げてくる。タイトル戦を間近に控え、精神的な重圧と減量の苦しみが、奴を殺気立たせているのだろう。

アマチュアの世界で騒がれた選手に対する反発もあるはずだ。プロの意地を見せつけるつもりだろう。本番さながらに向かって来るに違いない。

目を細めて奴を見下ろした。

(俺は子供の頃からボクシング一筋で生きてきた。奴よりキャリアは長い。アマチュアの試合だが、試合数にしたら数倍こなしている。いくつものタイトルを手にしてきた。引けを取るはずがない。こいつを踏み台にして世界チャンピオンに駆け上がるんだ)

呪文を唱えるように、繰り返し自分に言い聞かせた。

しかし、その一方でプロとアマの差を見せつけられるのではないかという不安を拭い去れない。敵地のリングで、ぶざまに横たわる自分の姿が脳裏をかすめた。

ゴングが鳴った。右手を差し出しグローブを合わせた。奴は、いきなり左フックを振り回してきた。俺は体を後ろにそらしながらバックステップでかわしたが、パンチがヘッドギアを吹き飛ばす勢いでこすり上げた。

間髪を入れずに右フック、左フックが視界の外側から飛んでくる。ガードした両腕から重い衝撃が伝わってきた。俺は右にステップしてその場を逃れようとしたが、逃すまいとして、抱え込むような左フックをボディに放ってくる。

パンチの軌道が読めない。不意に、頭の上からパンチが飛んできた。瞼の上に鈍い衝撃が襲う。目が眩む。たまらず相手の胴にしがみつき、その場を凌ぐしかなかった。

奴は「おらっ」と低い声で唸りながら、力ずくで突き離した。容赦なく上下、左右とパンチを打ち込んでくる。俺はしっかり両手で急所をガードし、耐え忍んだ。バックステップで距離を整え反撃に出ようとするが、そうはさせまいと詰め寄ってくる。追い詰められるたびにクリンチで逃れた。

三ラウンド戦ったが、防戦一方で、まともなパンチを当てることができなかった。アマの世界には、こんな型破りな打ち方をするボクサーはいなかった。反撃の糸口さえ見いだせず、プライドは粉々に打ち砕かれていた。

スパーリングを終え、練習場の隅でバンデージをほどいている時だった。

「あなた、いいねえ。頼んでよかったね」

明らかに日本人ではないイントネーションで声をかけられた。振り向くと、小柄で痩せた老人が、タオルを肩に引っ掛けて立っていた。門田ジムのロゴ入りTシャツの下から、シミだらけの細い腕が覗いている。スパーリングの時、リングサイドで横田に指示を出していた男だ。

「ジェラルドといいます。ヨコタのトレーナーやっています。あなた、目がいいねえ。ヨコタのパンチ、みんな急所を外してたね」

何を言ってやがるんだ。打たれ放題の俺を慰めているつもりかと思いながら、しわだらけの顔を睨んだ。爺さんは意に介さず、笑みを湛《たた》えて言った。

「明日、またヨコタとやってもらえる？　私の言うとおりにしたら、あなた、明日はいいところ見せられるね」

何を言っているのか、わからなかった。眉間にしわを寄せ、爺さんの言葉を待った。

「あなた、今日はパンチがどこから飛んでくるか、わからないから、防戦一方だった。もうヨコタのパンチの軌道と間合いを見切ったね。ヨコタ、後半苛立ってたよ。思うようにパンチが当たらないから。

わかる？　バックステップでよけるからヨコタの距離になるのよ。打ってくると思ったら、勇気を出して踏み込みなさい。そこでショートの速いパンチを打つのよ。必ず当たる。あなたのパンチ、ヨコタより数段速いね。そこからが勝負よ」

言われたことは、俺も考えていたことだ。ただ、この爺さんに言われると、漠然としていた考えが、確固たる戦術として自分の中に定着していく。

たぶん、名トレーナーは突拍子もない戦術を授けるんじゃなくて、誰もが考えること、選手本人も思い巡らしていたこと、その中でいちばん大事なポイントを選手に伝えるのだろう。選手が考えていたことにトレーナーの言葉が重なり、力を与えてくれる。この時、体の中から熱いものが湧き上がってきた。

爺さんの目を見ていると、催眠術にかかったように引き込まれていく。この人がリングサイドで見守っていてくれたら、自信をもって戦える気がした。

「ヨコタはゴングが鳴ったら、必ず左フックを振り回してくる。それに合わせるのよ」

「でも、なんでそんなこと教えてくれるんですか?」

「ヨコタのためよ。今度の試合、今のままだとチャンピオンに勝てないね。チャンピオンの速いカウンターをもらって負けるね。あなたのパンチ、チャンピオンと同じくらい速い。だから来てもらった。明日、よろしくね」

俺の肩をポンと叩いてから、横田のもとに歩いて行った。

帰り道、電車の中で親父に爺さんのことを聞いてみた。

「ジェラルドさんは、この世界じゃ名の通ったトレーナーだ。門田ジムから世界チャンピオンを輩出できたのも彼の力によるところが大きい。メキシコ人だが、現役を引退してからアメリカでトレーナーをやっていたんだ。それを門田ジムのオーナーが金を積んで日本に呼んだそうだ。

何があったか知らんが、ある時から門田ジムを離れてフリーになり、有望選手を見つけてはジムを渡り歩いている。今は古巣の門田ジムで横田を教えているらしい。最後に世界チャンピオンを育てたのは、ずいぶん前だ。かなりの歳だから、もう一度世界チャンピオンを育て上げ、引退の花道を飾りたいと思っているんじゃないか」

親父の話を聞いて、あの小さな老人が、俺の中で次第に大きな存在になっていった。

翌日、再び横田とグローブを合わせた。奴は俺を見るなり、目を細め、ほくそ笑んだ。ゴングが鳴ると、勢い込んで左フックを振り回してきた。俺はジェラルドさんに言われたとおり、奴がパンチを出す直前に踏み込み、右のショートパンチを顎に放った。のけぞったところへ、左ストレートを打ち込んだ。

横田はひっくり返り、尻餅をついた。ポカンと開けた口から、マウスピースがはみ出している。両腕をついて、ゆっくりと立ち上がり、グローブでマウスピースを押し込んだ。ニヤリと笑ってから睨んできた。

それからは不用意なパンチを打ってこなくなった。前に出ながら、用心深く小刻みにパンチを繰り出してきた。

パンチが見える。余裕が出て来ると、視野が広がり、体全体の動きが見えるので相手の攻撃を予測できる。

乱打戦になる前に、足を使って奴の射程圏外に出る。機を見て踏み込みパンチを放った。いくつかいいパンチをもらったが、有効打の数は俺の方が勝っていたはずだ。

二日後、もう一度、横田のスパーリングパートナーを務めた。練習が終わった後、ジェラルドさんに近くの喫茶店に呼ばれた。親父には、もう少し練習を見ていくと言って、先に帰ってもらった。

店に入ると、ジェラルドさんは、英字新聞を読みながらいちばん奥の席で待っていた。

「どうだった？　ヨコタとのスパー」

俺が向かいの席に座ると、老眼鏡を外しながら言った。

「おかげで互角以上に戦えたと思います」

ジェラルドさんは、二度頷いてから俺の顔を指さして言った。

「本番の試合なら、あなた、ヨコタに負けてたね。八ラウンドまでもたないね」

意外だったが、抗おうとする気持ちはなかった。素直に耳を傾けようと思った。

「あなた、ジムチャンピオンね。ジムでの二、三ラウンドのスパーリングなら、誰にも負けない。あなたのボクシング、きれいで教科書どおり。パパさん偉いね。しっかり基本を教え込んでる」

ジェラルドさんは一息ついてコーヒーをすすった。

「でも、本番は別物ね。プロのリングは殺し合い。最後まで立っていた者が勝ち。ヨコタのパンチ、こぶしが鉛でできているみたいに重い。筋肉や内臓を潰す力があるね。あなたのパンチは、速くてキレる。でも、アマのパンチね。皮を切るだけで骨を断てない。長いラウンドを戦っている間に、蓄積されるダメージに差が出てくる。世界に通用しないね」

「威圧されていたのは確かです」

奴に本番の試合で負けると認めるつもりはないが、話の腰を折りたくなかった。

「身長いくら？」

「一七八センチです」

「ヨコタは自分の体型に合ったパンチの打ち方をしてる。あなたは持ち味を活かし切れていない。リミット五十七キロのフェザー級の中では、あなたみたいに背が高くて、リーチがある選手はちょっといない。あなたの姿、丹頂鶴のようね。華がある。たくさん、お客さん呼べるね。

今度、鶴が獲物を捕らえるところ、見るといいね。長い首とくちばしを一直線にして、地面にいる獲物に向かって垂直に突き立てる。狙った一点、正確に突き刺す。自分の体の特徴を最大限に活かしているね。わかる？　パンチは、切るんじゃなくて、刺すの。テンプルや顎の芯を、細長い鉄筋で貫くイメージね」

俺は息を呑みながら頷いた。

「あなた、今のジムにいたら世界チャンピオンになれないね。チャンピオンを育て上げた腕のいいトレーナーにつかなきゃダメ。あなたのパパさん、基礎はしっかり教え込んだ。でも、悪いけど、ヨコタの穴を見抜けていないし、あなたを活かし切ってないね」

どこに話を導こうとしているのかが見えないので、用心深く頷いた。ジェラルドさんはコーヒーを飲み干してから、体を前に乗り出してきた。

「門田ジムに来れば、私が教えてあげる。スパーリングパートナーになってくれる強い選手もたくさんいるね。それに、もっと大事なことがある。いくら強くなっても、ジムに世界タイトルマッチを興行できるだけの交渉能力と資金力がないと、世界挑戦のチャンスは巡ってこないよ。

ボクシングはビジネス。世界チャンピオンをたくさん出している名門ジムに所属すべき。私、今はフリーのトレーナーです。門田ジムの専属トレーナーと違い、融通が利くね。あなたが門田ジムに移籍したら、付ききりで教えてあげる。一緒に世界チャンピオンを目指そうよ」

俺は斉藤ジムに所属するボクサーだ。ジェラルドさんが言っていることは引き抜きだ。会長と親父には、ここまで育ててくれた恩と義理がある。

ただ、ジェラルドさんの誘いは、俺がまさに望んでいたことだった。競い合うライバル、優秀なトレーナー、そしてプロモーション能力のあるジム。自分の将来を考えたら断るという選択肢はなかった。その場で返事はしなかったが、腹は決まっていた。

夕食の時、親父は酒を飲んで上機嫌だった。

「お前も、あの横田と互角以上に渡り合えるようになったか。世界が見えて来たな。明日、一緒にビデオを観て練習課題を見つけるぞ」

きっと門田ジムから帰って来る時から、俺をどうやって鍛えていこうかと、あれこれ考えていたのだろう。親父には悪いと思いながら、腹を括《くく》って移籍の話を切り出した。

「ジムを移りたいんだ。門田ジムに行こうと思う。ジェラルドさんが、俺をチャンピオンにすると言ってくれた」

親父は俺の顔を見た。練習の時のように、大声で怒鳴りつけられるものと思っていたが、前を向いたまま黙っていた。いつ親父が爆発するのかハラハラしながらも、ジェラルドさんが話してくれた移籍のメリットを説明した。依然、親父は口を開かない。

「親父には感謝している。トレーナーとしての手腕も認めている。でも俺はチャンピオンになるための最短距離を歩きたいんだ。まだまだ強くなる必要がある。ぬるま湯の中にいるわけにはいかないんだ。門田ジムに移籍した方がいいと、親父にはわかっているはずだ」

親父はやっと口を開いた。酔いが抜けた顔をしていた。

「お前、また逃げ出すのか?」

「なんだと」

「生ぬるいのは、ジムじゃなくて、お前自身じゃないのか」

「どういう意味だよ」

「ボクシングは、どこでもできる。大学でも、今のジムでも。お前次第でいくらでも強くなれるはずだ。お前に必要なのはジムを移ることじゃない。お前自身が強くなることだ」

触れられたくない所に踏み込まれた気がして、親父を睨んだ。頭に血がのぼり、言うべきではない言葉を口にしてしまった。

「親父は自分が果たせなかった夢を、俺を使って叶えたいだけだろっ。俺がいなくなったら、自分の手でチャンピオンを育てるという夢が消えちまうからな」

親父は改めて俺を見た。顔色一つ変えずに言った。

「お前、そこまで言うのなら、ここを出ていくんだろうな」

正直、ジムを移ることしか考えていなかった。焦っていたんだ。ジェラルドさんとの出会いを逃したら、世界チャンピオンになれないように思え、後先考えずに飛びついた。家を出て、一人で食っていくことまで考えが及んでいなかった。

黙っている俺に、親父は「出ていけ」と言って席を立った。

ベッドに入ってからも、寝つかれなかった。親父は移籍の話を切り出しても動揺しなかった。移籍したいと言い出すことを予測していたとさえ思えてくる。毎日、リングで向かい合い、俺のパンチをミットで受けていた親父だ。悩んでいることを感じ取っていたのだろう。それればかりか、そんな俺を見ながら、親父も悩んでいたのではないだろうか。

翌日、昼前に起き出し、斉藤会長に挨拶に行くことにした。自転車で見慣れた街並みを通り過ぎながら、どのように切り出そうかと思いを巡らした。長年ボクシングと共に生きてきた会長に、世界チャンピオンを育てたいという想いがないわけがない。親父と違い、口には出さないが、俺に期待をかけていることを常々肌で感じていた。会長の笑顔が消えていく様子を思い浮かべると、心が痛んだ。

会長はジムの前で水を撒いていた。俺は黙って、立てかけてあったデッキブラシでコンクリートの路面をこすり始めた。どう切り出したらよいか、わからなかったんだ。

「さっきお前の親父が来て、俺に頭を下げていったよ」

振り返ると、会長は笑みを浮かべていた。

「俺はいいと思うよ。光一が親父と離れて独り立ちするっていうのはよ。若いんだ、自分がやりたいようにやってみればいいんだ。親父は、ちゃんとお前の気持ちをわかっているさ」

俺は黙って頭を下げた。

帰り道、夏の日差しを浴びながら自転車を漕いだ。親父の顔が浮かんだ。親父の言うとおり、ジムを移るだけでは何も変わらない。必要なのは、独り立ちすることだ。

もう後戻りはできない。これから先、どうなるか見当もつかなかったが、一人で生きて行くことに不安はなかった。

（自分が選んだ道だ）

乾いた風を全身に受け、通い慣れた道を駆け抜けていったんだ。

哲

松浦はんが紹介してくれた浪花ジムは、大阪の天王寺という駅の近くにありました。吉村会長は、松浦はんと小、中学校の幼なじみだったそうです。

「よう来た、待ってたでえ」

酒やけした赤黒い顔に、派手な背広姿がよう似合ってました。ウソみたいに白い歯を見せながら、手を握ってくれました。

松浦はんの話では、会長さんは丹波の貧乏な家を出て、大阪に向かい、なんや最初はややこしいことやってたみたいです。それが、天王寺にたこ焼き屋を出したのが当たって、今では大阪中にカニ料理の店や飲み屋を持っているらしいです。

郷土の後輩いうことで、会長さんの家でうまいもんをぎょうさん食べさせてもらいました。食事が終わってから二人で庭に出たんです。よく手入れされた庭の真ん中に池がありました。会長さんは池の縁にしゃがんで錦鯉に餌をやり始めました。

「金儲けはもうええんや。世界チャンピオンを育てるのがわしの夢なんや。頑張ってや」

会長さんの背中を見ながら、この人は見かけほど悪い人やないと思いました。

（もう後戻りはでけへん）

ありがたいことに、大阪に来る前に、松浦はんが住み込みの仕事を見つけてくれていました。工業高校を卒業して電気工事士の資格を持っていたので、電線の敷設や保守作業をやる仕事に就きました。電線鳶というやつです。

高さが百メートルある高圧電線用の鉄塔に初めて登った時、足がすくみました。同じ六十キロでも、原付オートバイで走るのと乗用車で走るのでは、肌で感じるスピードが全然違います。それと同じで、通天閣の展望台と鉄塔の百メートルは別物です。自分の体が、もろに高みに晒されていると感じます。

そこから三センチの太さの電線に沿って作業をする時、否応なく百メートル下の地面が目に入ってきます。目が眩み、息ができんようになります。

慣れないうちは、バランスを崩して命綱一本で宙ぶらりんになる時もあります。電線から離れ、天地が逆になり、空中に放り出される瞬間は、正味、生きた心地がしませんでした。

そやけど、何でも場数を踏むと慣れるもんです。今では鉄塔のてっぺんに立ち、眼下に広がる景色を眺めていると、なんや誇らしい気持ちになるんです。まだ見習いですけど、なんとかやって行けると思てます。

　ジムの皆さんには、かわいがってもろてます。初めてジムに顔を出した時、ちょうどスパーリングをやってました。練習場とガラス窓で仕切られた事務所から、会長さんと、チョーさんと呼ばれているトレーナーの方と一緒に見学させてもらいました。

「栗山のアホ、ムキになると、顎が上がってがら空きや。この前の試合かて、とどめを刺しにいったらカウンターもろて、お陀仏や。チョーさん、どうにかしてやってんか」

　会長さんが切なそうな表情を作ってぼやいたんです。

「ちょっと、どつきまわしてきまっさあ」

　チョーさんがリングの栗山さんを凝視しながら唸ったんです。チョーさんは小柄ですが、がっちりしています。元ボクサーに違いありません。

　Tシャツの下から見える体毛で覆われた二の腕が筋肉の塊みたいでして、眉毛が太く濃い顔をしてます。クマのぬいぐるみみたいに、目が丸くて愛らしいんです。会長さんがわいを初めて見た時、「あんた、チョーさんの息子やと思たで」と言うぐらいに、よう似てるんですわ。

　チョーさんの目がすわり、全身からアドレナリンが噴き出してくるように思いました。えらい勢いで練習場に飛び込んでいったかと思うと、一分間のインターバルでコーナーにもたれて休んでた栗山さんの頭を、いきなりヘッドギアの上からはたいたんです。驚いて振り向いた栗山さんの顔に唾を飛ばし、手ぶりを交えてまくし立ててました。チョーさんの顔は真っ赤で、栗山さんは話を聞きながら、何遍も頭を下げていました。

その時、思たんです。わい、いつ頭をはたかれたやろか？　誰が、あんなにまっすぐに向かい合うてくれたやろ。正味、栗山さんが羨ましかったんです。

仕事もそうですけど、ボクシングも気を引き締めていかんと、なんぼ命があっても足らへんと思いました。

その日から、チョーさんとの二人三脚の日々が始まったんです。チョーさんがひととおりパンチの打ち方を教えてくれたんで、鏡に向かってシャドーをしたり、サンドバッグを打ったりしてました。そこそこ格好がついてきた頃でした。

「テツ、グローブとヘッドギアつけてリングに上がれ。相手したる」

チョーさんもグローブをつけ始めました。

「チョーさんはヘッドギアつけへんのですか？」

「あんた相手に、そんなもんいるかい。遠慮せんと打ってこんかい」

と、手招きしながら言いますので、

「ほな、遠慮なしにいかせてもらいます」言うて、向かって行ったんです。

顔を目がけてパンチを打つんですが、チョーさんは体をそらすか、下がってよけるんで、なんぼ打ってもパンチが届かんのです。三分間、ブザーが鳴るまで打ち続けたんですが、かすりもしませんでした。

二ラウンド目、今度はチョーさんも打ってきました。当たるはずがないと思てたパンチが伸びてきます。パンチが顔や腹に突き刺さるんです。

なにがなにやら、わかりませんでした。やっぱり、わいみたいに、とろくさい人間にはボクシングはでけへんのかと、悲しうなりました。ロープに両手をついて肩で息をしてたんです。そしたらチョーさんが肩を叩きました。

「テツ、なんでパンチが当たらんか教えたる。ちょっと来い」

事務所のソファに二人並んで座りました。チョーさんは手に持ったリモコンを操作して、ビデオの映像を見せてくれたんです。

茂みの中で、ガマガエルがコオロギをじっと睨んでます。

「見てみい。カエルはコオロギが逃げてしまわんように、気配を消して間合いをはかってる。この距離やと、舌を伸ばしてもコオロギには届かん。かといって、これ以上近づいたらコオロギに逃げられてしまう。ここやっちゅう時に、太い後ろ足で飛び出し、同時に長い舌を出して捕食するんや。カエルの太い足は、一瞬のうちに、獲物に近づくためにあるんやで。

あんたに足りんのは、鋭い踏み込みや。腕だけ伸ばしてパンチを打っても届かん。足と手、同時に、ぐわっと一気に相手に迫るんや。ええか、スポーツはイメージを持つことが大事や。カエルが捕食する映像を頭に焼き付けるんやで」

　頭では理解してました。せやけど実戦でパンチを打つ時、どれだけ踏み込みを意識してたやろか。スパーリングの後だけに、チョーさんの言葉が身に沁みました。話を聞いてるうちに、なんやら元気が出てきました。

「ボクシングは足や。強ようなりたかったら、走れ。死ぬほど走れ。ただ走ってもあかん。あんたに必要なんは、瞬発力や。カエルみたいに、一気に襲いかかる爆発力や。そこんとこ頭に入れて練習するんやで」

　なるほどと思いました。そやけど、子供の頃のこと思い出したら、何やらまた元気が萎んでしもたんです。

「理屈はわかりましたけど、わいは昔から泥亀って言われるくらい、走るのが遅いし、鈍臭いんです。そんなうまいこと、いかへん思うんです」

　わいの顔をまじまじと見つめていたチョーさんが、小さな目を細めて言いました。

「あんたが鈍臭いのは知ってる。わかってて言うてんのや。ちょうどええビデオがある。これ観てみい」と、またビデオのスイッチを入れたんです。

　なんやと思います？　今度は亀でした。全長一メートルもありそうな陸亀の前で、鳩が地面に落ちている餌を拾うてます。亀は気配消してますから、鳩は亀のことを岩とでも思てるんやろ。

ピョンピョン跳ねながら餌をくちばしで突っついてます。鳩が射程距離に入ったら、カメは一瞬のうちに首を伸ばして鳩の足の辺りに噛みつきました。一気に引き寄せたかと思たら、羽をバタバタさせてもがく鳩を尖った口で噛み砕いていきました。

「どや。鈍臭いカメでも、鳩を捕まえられるんやで。必殺のアタックや。餌にありついたら、あとは、固い甲羅で身を守って何万年も生き延びてきたんやで。あんたにかて、できんことないやろ。あんたはバケモンみたいなパンチ力持っとるし、親にもろた頑丈な体がある。自分に合う戦い方があるはずや。

ボクシングは、頭やで。わしや、あんたみたいなファイタータイプのボクサーは、イノシシみたいに、アホの一つ覚えで前に出るだけのように思われてる。せやけど、いちばん頭を使わないかんのは、ファイターや。刃物持って待ち構えてる相手の懐に、もぐり込むんやさかいな」

チョーさんが教えてくれたことを、一つも漏らさんように頭に叩き込みました。

「もう一つだけ、大事なこと教えたる」

息を呑んで身構えました。

「なめられたらあかん。好きなように打たれまくって、血だるまにされて終わりや。さっきのビデオ観るまでは亀は可愛いさかい、頭でも撫でたろか思てたやろ。そやけど、鳩を捕まえて、骨砕いて食うてるところ見てしもたら、恐ろしいて前に立たれへんやろ。ええか、とにかく一発、力のこもったパンチを入れるんや。顔や腹でのうてもええ。腕にでも、どこにでもかましたれ。あんたの力を体で感じさせるんや。そんでもって、『来たらぶちかましたるでえ』てな顔して睨みつけてみい。相手はビビって、踏み込んで打ってこれんようになる。そうなったらこっちのもんや。ボクシングは、喧嘩とおんなじや。ビビった方が負けや」

そのとおりや思いました。気が付いたら、こぶしを握りしめていました。

「ようわかりました。なんやら勝てる気がしてきました」

「アホ、まだ何もでけへん奴が、勝てるわけないやろ。わかったら、はよ、練習してこんかい」

確かに、まだ何もでけへんのですけど、勝てる気がしてきたのは、ほんまです。チョーさんについて行ったら、勝てないわけがないように思えたんです。

早速、次の日から教えてもらったことを練習に取り入れました。それまでも、朝起きたら仕事の前に五キロ走ってましたが、それに加えて、土手の坂をダッシュ、神社の階段の駆け上がり、反復横跳びなど、瞬発力を養う練習を加えることにしたんです。

練習が楽しいて、しょうがありません。仕事が終わった後、ジムに行くのが待ちきれんくらい練習にのめり込んでいったんです。一日もはようプロになって試合してみたいと、そればっかり思てました。

入門して半年たった時でした。チョーさんがミット打ちした後で、言うてくれたんです。

「そろそろ、プロテスト受けてみるか」

どんだけうれしかったか、わかってもらえますやろ。

修二

故郷の徳島を離れ、東京での一人暮らしが始まりました。大学に通いやすい西武新宿線の鷺ノ宮という駅の近くにアパートを借りました。

入学して間もない頃は、きちんと授業を受けていたのですが、のどかな春の日に、興味の持てない講義を聞くのは、貴重な時間を無駄にしているように感じ、次第に出席する授業の数が減っていきました。

かといって、何をするというわけでもなく、好きな本を夜更けまで読んだりしながら、焦点の定まらない日々を送っていました。そうこうしているうちに、前期の試験が間近に迫ってきました。

試験の前夜に、付け焼き刃の勉強を終えてテレビをつけると、ボクシングの試合を中継していました。カップラーメンを食べながら、ぼんやりと眺めていたのですが、いつの間にか夢中になって、一人のボクサーの戦う姿を追っていました。

その男は、光沢のある青のトランクスを身につけて、リングの上で躍動していました。一、二発と打たれると、三、四、五、六と相手に呼応して、テンポよく打ち返します。打たれることで、相手から戦うエネルギーを吸収しているように見えました。

決して筋骨隆々ではなく、無駄な肉を削ぎ落とした体からは、痩せている、という印象を受けました。童顔で、まっすぐな黒髪に白い肌、今まで自分が抱いていたボクサーのイメージと異なるものでした。

ラウンドが進むにつれ、男の左目は腫れ上がり、今にも視界を遮ろうとしているのですが、気にかける様子もなく、前に出て攻め続けています。

ボクシングの激しい打ち合いには悲壮感が漂い、見ていて心が重くなるのですが、この男からはむしろ爽快さを感じました。体全体が一つの明確な意思のもとに統率されていて、一切の迷いが感じられず、戦うことを心から楽しんでいる。見ている自分も、体の中から熱いものが湧いてきて、一緒に戦っている気になりました。

七ラウンドに入って、ワンツーが相手の顎を捉えると、コーナーに追い詰め、速射砲のようにパンチの雨を降らせています。相手は次第に防戦一方になり、脇腹に強烈なパンチを受けると、とうとう精も根も尽き果てたのか、リングにしゃがみ込んでしまいました。

男が両腕を突き上げて、沸き立つ観衆に応えています。青いトランクスのベルト中央に縫い込まれた『嵐』という白い文字が光り輝いていました。

しばらく動悸が収まりませんでした。心の中に嵐が通り過ぎ、雲一つない青空が広がっていくように感じました。

解説者が勝った嵐山選手について話しています。平木ジム所属で新人王トーナメントでの優勝を皮切りに、この日で負け知らずの九連勝。日本ランカーを撃破したので、いつでもタイトルに挑戦できるとのことでした。

電話帳で調べてみると、平木ジムは僕が住んでいる練馬区内にありました。試験が終わるのを待ってジムを訪ねることにしました。

石神井公園駅のロータリーを抜け、北に五分ほど歩くと平木ボクシングジムの看板が見えてきました。民家に挟まれた二階建ての建物で、一階が練習場になっています。僕は開け放たれた窓の外に立ち、しばらく練習風景を眺めていました。

中央にリングが据えられ、周りにはサンドバッグをはじめいろいろな練習用具が置かれています。日が暮れるにつれて少しずつ人数が増え、今では十人足らずの若者が練習しています。

若者たちが放つ熱気と、練習場に立ち込める緊張感に気圧されていましたが、見ているうちに、あることに気付きました。

ここで練習している人たちは、ほとんど口を利かず、それぞれ異なる方向を向いて、サンドバッグを叩いたり、シャドーボクシングをしたり、自分の世界に入り込んでいます。

にもかかわらず、この空間にいる人たち全員が一つのシステムとして動いている。確かに、三分間動いて一分間休むようにブザーによって統率されているのですが、それだけではなく、強くなろうとする共通の想いで繋がっているんだと思いました。

窓の外から見ている自分にも、練習場を満たしている空気が肌に伝わってきて、彼らと同化していくように感じます。気が付くと、サンドバッグを無心で叩いてみたいという気持ちを抑えられなくなっていました。

意を決し、ジムの扉に手をかけました。未知の世界に足を踏み入れる時の期待と不安が押し寄せ、ドアノブを持つ手が強張り、鼓動が速まります。

扉の向こうは小さな事務所になっていて、練習場と透明のガラスで仕切られていました。奥に事務机が一つ、手前に簡素なソファがあるだけの部屋です。

「練習生になりたいんですが……」

喉元まで出かかっていたのですが、奥の机に座っている人を見て、思わず言葉を呑み込んでしまいました。パンチパーマの強面の男と対面することを想定して身構えていたのですが、若い女性がコンピューターに向かい、キーボードを叩いていました。

ジムのロゴが入った白いTシャツに、細身のジャージを身につけています。長い髪を後ろでまとめ、首筋が細く横顔のシルエットが印象的でした。

想定外の状況に戸惑い、口をだらしなく開けたまま突っ立っていると、

「なに?」

その女性は僕の視線を払い除けるように、ぞんざいに声をかけてきました。ちらっと振り向いただけで、すぐにキーボードを叩き始めました。

僕が彼女を不届きな目で見ていたとでも思ったのでしょう。僕は想定外の状況に戸惑っていただけで、不真面目なことなど何一つ考えていませんでした。初対面の女性に誤解されたことが不本意だったので、必要以上に事務的に答えました。

「練習生になりたいんですけど。ジムの方はいらっしゃいますか?」

「私、ジムの方。会長の娘」

そう言ってから向き直り、僕を上から下まで眺めました。

「学生?」

到底、社会人には見えない、とでも言いたかったのだと思います。

「西都大の一年で、笠原修二といいます」

「へえ、私も同じ大学。学部は?」

「文学部です」

「理工学部三年。平木理名。物理やってる」

「先輩ですね」

なんとか笑顔を作りながら話を合わせようとしました。

「君さあ、文学やっていてボクサーになるって、すごくない？」

「そうですかね」

言葉の真意がわからないので、笑顔を張り付かせたまま用心深く答えました。

「褒めてるんじゃないよ。今どきの若者は、いろいろ言われてるけど、とても現実的。文学部でボクサーって……。君、わざとストライクゾーン外してる？　ま、私も物理だし、人のこと言えないけど」

僕が同じ大学の後輩とわかり、警戒心が解けたのだと思います。遠慮なく攻め立ててきました。

普段なら、同年代の魅力的な女性と話をすることは楽しいはずなのですが、時が時だけにボクシングに対する想いを茶化されているように感じました。苛立ちを覚え、扉を開ける時に体中に溜め込んでいた熱量を、一気に吐き出してしまいました。

「今どきの若者が何をしようが、あなたがどう思おうが、僕には関係ありません。自分がやりたいことを、やろうとしているだけです。ところで、僕、入れてもらえるんですか？」

理名さんは無表情のまま、しばらく僕の顔を見ていました。

「私は事務を手伝っているだけだから、会長に聞いて」

と言って、視線で練習場にいる中年の男を示しました。

彼女は再びパソコンに向かい仕事を始めたのですが、「文学部……、ボクシング……」と首をかしげながら呟いていました。独り言を言っているのか、わざと聞こえるように言っているのか、判別がつきませんでした。

平木会長はリングサイドに立ち、スパーリングをしている若者二人に指示を出していましたが、ひと区切りつくと練習場から戻ってきました。

「この人、笠原修二君。練習生になりたいんだって。同じ大学の後輩みたい」

理名さんが紹介してくれたので、黙って頭を下げました。平木さんは軽く頷いて僕の向かいに座りました。ひと目見た瞬間、理名さんの理知的な眼差しは、父親譲りなんだと思いました。短く刈り込んだ髪に、彫りの深い端正な顔立ち。痩せているのですが、分厚い胸と、娘と揃いのTシャツから覗いている首や二の腕が、ボクサーだったことを物語っています。

「平木だ。やったことはあるのかい?」

リングサイドでの厳しい目を見て緊張していたのですが、語りかけてくる言葉は柔らかでした。

「初めてです」

「なんでボクシングをやりたいの?」

「この前、テレビで嵐山さんの試合を観て、自分もやってみたいと思いました」

理名さんがキーボードを叩きながら、「ふうっ」とわざとらしくため息をつきました。それを聞いた平木さんの口元が緩みました。

「ま、きっかけは、そんなもんさ。男は視覚的イメージだけで、人生の舵を切る時があるよな。私だって若い頃、ファイティング原田さんの試合を観てボクシングを始めたからな。ところで、嵐山のどこに惹かれたんだ？」

僕はあの時に感じたことを思い出して、できるだけ正確に伝えようとしました。

「嵐山さんがリングの上で勇敢に戦っている姿を見て、胸が熱くなりました。試合を観た後、なぜ惹かれたのか考えてみました。今まで、自分には人と殴り合うなど考えられないことでした。ボクシングをするような人たちは、別の人種だと思っていました。

ところが、テレビの中の嵐山さんは、自分と変わらない容貌で、普通の人間に見えたんです。その姿を見て、僕は今まで、勝手に自分自身を決めつけていたんじゃないか、心の持ち方次第で、どうにでもなるんじゃないかと思ったんです。

ひょっとすると僕も嵐山さんのように、リングの上で力の限り戦い、輝けるかもしれない。そう思い始めると、試してみたくなり、居ても立ってもいられなくなりました」

平木さんは穏やかな目で僕を見つめていました。

(この人なら、僕の想いを理解してくれる)

心が高揚していたこともあり、言葉が次から次へと出てきました。

「実は、少し前にも同じことを思ったんです。上京して間もない頃に、東京見物の流れで靖国神社に行きました。その時、展示されている一枚の写真に惹きつけられたんです。神風特攻隊の人たちの集合写真で、予科練の基地を背景に、戦闘服をまとった若者が二列に並んで立っていました。

それまでは、ゼロ戦に乗り込む特攻隊の人たちは、我々とは異なる特別な人たちだというイメージを勝手に思い描いていました。ところが写真に写っている若者たちは、僕の周りにいる若者たちと全く変わらない風貌でした。何人かは、隣の同僚とふざけ合って白い歯を見せていました。

その写真を見て、どんな悲惨な写真や展示物より、強い衝撃を受けました。何とも言えない違和感を覚えたんです。どこにでもいる、僕と変わらない普通の若者が、一つしかない命を投げだす気持ちになったことに。何が彼らをして、そうさせるのか。臆病者の僕も、戦争の狂気の中に置かれたら、彼らと同じように命を捧げるのだろうかと、考えさせられました」

「特攻隊の次が嵐山か、なるほどな」

平木さんは、面白そうに笑っています。

「テレビを見ながら思いました。今、リングの上で戦っている男は、何を思って戦っているのか。自分と変わらない風貌の男が、この平和な時代に、自ら望んで命を賭《と》して殴り合っている。ボクシングの何がそうさせるのかと疑問を持ちました。

今の自分を顧みた時、取り残されている気がしました。僕は、命を賭けて、何かに向き合ったことがあるのかと。今まで自分は人との争いを避けてきました。ましてや、人と殴り合うなど考えられないことでした。自分のような臆病な人間でも、リングの上で、命を賭して戦うことができるのかという疑問を、嵐山さんが投げかけてきたんです」

理名さんが不思議そうな顔を作って呟きました。

「それ、どこの嵐山？」

平木さんは、噴き出してから、「ま、とりあえず、やってみるんだな」と言ってくれました。

そのあと、真面目な顔になって付け加えました。

「一つだけ条件がある。学生なら授業はちゃんと出ろ。やるべきことをやらない人間にボクシングをやる資格はない」

「文学部で、ちゃんと授業に出てる人なんているのかな」

理名さんが口を挟んだのですが、無視して「わかりました」と答えました。

「このジムは見てのとおり、小さいジムだ。その分、選手一人一人に目が行き届く。嵐山もここでボクシングを始めた。やる気があれば、頂点を目指せるよ」

その時は、プロボクサーになろうと考えていたわけではなく、ましてやチャンピオンを目指すなど思いも及びませんでした。ボクシングと向かい合ってみたい、ただそれだけが頭にありました。

若者たちの練習をぼんやり眺めていると、理名さんが声をかけてきました。

「入会金と月謝、今日払える？　三日坊主だと高くつくけど」

「大丈夫です。今、払います」

逃げ道は断つべきだという心の声に従い、きっぱりと告げました。

駅前のＡＴＭで現金を下ろし、その日のうちに入会しました。

理名さんが手際良く事務手続きをしている姿を見て思いました。もし僕が、ボクシングを題材にした物語を書くなら、理名さんのような凛々しくて知的な女性を登場させたい。どう考えても合理性のないボクシングという世界が、物理を専攻する女性の目にどう映るか、追求してみたくなりました。

手続きを終え、平木さんと一息ついている時でした。玄関のドアが勢いよく開いて、嵐山さんが入って来ました。サングラスをかけ、真っ白なシャツの胸元に、金のネックレスが光っています。

「よう嵐、今日から練習か？」

ソファに座っていた平木さんが声をかけました。

「うっす」

「彼は今日入った練習生の笠原修二。ボクシングは初めてだから、いろいろ教えてやってくれ。お前の試合を見てボクシングをやりたくなったそうだ。お前も偉くなったもんだな」

嵐山さんは屈託のない笑みを浮かべ、「おう、よろしくな」と声をかけてくれました。

「このジムは見てのとおり、せせこましくて相手をしてくれる選手が限られてんだ。早く強くなって俺の相手をしてくれよ。俺ぐらい有名になると、でかいジムに移ってもいいんだけど、オヤッサンにはいろいろと世話になったからな。そうもいかんのよ。まっ、看板娘の理名もいることだしな」

と言ってから、横目で理名さんを見ていましたが、彼女は無反応でした。

「お前みたいな奴、世話してもらえるのはこのジムぐらいだ。ちゃんと仕事してるんだろうな。嫁さんに心配かけるなよ」

「もうすぐチャンピオンになって楽させてやるからいいんすよ。それより、早く試合を組んでくださいよ。もうちょっと、骨のある奴いないんすか？」

「目の上、紫色に腫らして、よく言えるな。いつになったらディフェンスを覚えるんだ。ボクシングは軍鶏《シャモ》のケンカじゃないんだ。世界を目指す気があるなら、しっかりとした防御の技術を身につけろ」

「金を払って観に来てくれるお客さんへのサービスですよ。プロですからね。あれぐらい激しい打ち合いをやらないと、人気も出ないし。こいつだって、俺のボクシングに惚れ込んだわけでしょ」

「口だけは達者だな」

「俺は有言実行。口に出したことは必ずやり遂げる」

平木さんは否定しませんでした。嵐山さんのことを認めているんだと思います。

「実はな、この前、日本チャンピオンになった門田ジムの横田が、初防衛戦の相手にお前を指名してきた。たぶん、連勝中で伸び盛りのお前を、早いうちに叩いておこうという考えだろう。来年の二月だ。受けるか？」

嵐山さんの目が輝きました。

「受けるに決まってるでしょ。鴨がネギしょって来たって感じっすね。ベルト、ごっつぁんです。まっ、世界チャンピオンのベルト以外、俺には似合わんですけどね」

「あいつは生粋のファイターだ。この前の試合も、チャンピオンを左フック一発で葬っている。不用意にもらうと命取りになるぞ」

「オヤッサン、まあ、見ててよ。こんなところでつまずくわけないっしょ。無敗で、世界タイトルマッチまで駆け上がりますので、よろしく」

嵐山さんは軽く頭を下げてから、飄々と階段を駆け上がっていきました。

その時、軽いめまいを覚えました。試合を見た時の印象と、今見た嵐山さんの姿が重なり合いませんでした。戦っている時の真剣な眼差しから、ボクシング一筋に打ち込む寡黙でストイックな姿を想像していましたが、現実の嵐山さんは、街角でたむろっている、あんちゃんにしか見えませんでした。

「驚いたかい？」

平木さんが僕の考えていることを見透かしたように言いました。

「まあ……、はい」

「あいつは、理名と中学校まで同級でな。あの頃からとんでもない奴だった。親がいなくて養護施設で育ったんだが、高校生になっても喧嘩ばかりやっていた。私は養護施設の院長と知り合いなんだが、その院長に頼まれて、あいつを引き取ってボクシングを教えたんだ。

性に合っていたんだなぁ。あいつほど練習する奴は見たことがない。あんな男だが、君が惹かれたのは、わかる気がするよ。君の直感は、案外、はずれていないんじゃないか」

平木さんがジムを案内してくれているうちに、嵐山さんが練習を始めました。全身を躍動させ、サンドバッグにパンチを打ち込む姿を眺めていると、リングの上で戦っていた嵐山さんを見た時の感動が甦ってきました。

（この人は、僕が求めている何かを持っている）

そう確信しました。この時、僕の前に、おぼろげながら歩むべき一本の道が見えてきたのです。

光一

斉藤会長のおかげで、時を置かずに門田ジムに移籍することができたんだ。初日にジムに顔を出すと、ジェラルドさんは、「コーイチ、待ってたよ」と、両手を広げて迎え入れてくれた。

門田会長をはじめ関係者に挨拶を済ませ、早速、練習を始めた。周りで練習している奴らから、張り詰めた空気が伝わってくる。

こいつらから抜きん出て頂点に立つんだと、こぶしで空を切り裂きながら誓った。

横田は俺が移籍する前にタイトル挑戦に成功し、日本フェザー級チャンピオンの座に就いていた。スピードのある相手のパンチを慎重にかわし、後半スピードが落ちてきたところで持ち前の強打をふるい、ノックアウト勝利を収めていた。

ジェラルドさんはアドバイザーとして、ジムの選手全員に助言することになっていたが、実質、俺と横田の専属トレーナーだった。横田は兄弟子にあたる。

「横田さん、これからよろしくお願いします」

頭を下げると、かすかに頷いた後、俺を睨んだ。

横田の気持ちは理解できる。自分と同じクラスの選手を、ジムに引き入れたジェラルドさんの心の内がわからないのだろう。ジェラルドさんは二人を競わせることで、どちらかを頂点に押し上げようと目論んでいるのだろうか。俺にもよくわからない。

あいつにしてみれば、面白くないはずだ。今まで二人三脚で歩んできたトレーナーに、信じてもらっていないと疑いだすと、やりきれないだろう。その苛立ちはジェラルドさんにではなく、俺に向けられるに違いない。

しかし、ジェラルドさんの思惑が何であろうが、横田にどう思われようが、ここで頑張るしかない。自分には、もう逃げ場がないとわかっていた。

移籍した日から、両親のもとを離れて暮らしている。門田ジムでは、アマチュア出身の有望選手として扱われている。ジムが所有する選手寮に入れたうえに、ボクシングをやりながらできる仕事を斡旋してもらった。

日暮里にある介護施設で、ヘルパーの仕事に就いた。楽な仕事ではないと聞いていたが、先輩のおばさんたちが手取り足取り教えてくれたこともあり、居心地は悪くなかった。小さい頃から、言われたこと、やるべきことを、そつなくこなす術に長《た》けていたので、目の前にある仕事を淡々とこなしていった。

パート扱いのため大した金にはならないが、生活費を節約できる寮生活のうえ、ボクシングと仕事に明け暮れる毎日だったので、金に不自由することはなかった。

選手寮は巣鴨駅から北に十分ほど歩いた所にある。一人部屋が与えられ、食堂のほかに、選手たちが憩えるリビングがあった。朝夕の食事も格安で用意してくれた。

団体生活に抵抗があったが、大学のボクシング部のような上下関係がなかったので助かった。試合を控えて減量している選手や、職種によって勤務時間が異なるので、団体行動をとることも少なかった。

寮生たちとは必要最低限の付き合いをする方針を貫いた。ジムで練習してから寮に帰ると九時を過ぎているので、軽い食事を摂った後、自分の部屋で過ごすことにしていた。

俺は世間話というものが苦手だ。寮生たちと、たわいのない話をしながら飯を食べるより、食事の時ぐらい一人でいたい。誰かと居合わせると、笑顔を繕《つくろ》い、話を合わせるが、食べている物をろくに味わえなくなる。そんな自分に嫌悪感を抱いてしまう。

選手寮に入れるのは、アマチュアで実績を残した新人か、プロのリングで好成績を上げている選手に限られている。ジム側も、無駄な投資はしたくないのだ。長い間、試合をしなかったり、勝てなくなると容赦なく退寮させられた。

入寮した時には、九人の選手がいた。いずれもジムの期待を背負っている精鋭たちだ。

その中に一人だけ例外がいた。三十八歳のエジプト人との混血の選手だ。リングネームは田丸ゴードン。若い頃、日本チャンピオンに輝いたが、二度防衛した後に王座から陥落。その後は負けが込み日本ランキングからも外れていた。

大手金融会社に勤めながらボクシングを続けていたが、もう一度、チャンピオンに返り咲くため、二年ほど前に会社を辞め、ボクシングに専念する決心をしたらしい。

俺よりはるかに重いウェルター級の選手だが、背は十センチ以上低い。その代わり、分厚い胸板に、硬そうで角ばった頭がのっており、手首の太さなど俺の三倍以上ありそうだった。

この人を見ていると、ボクシングの階級は上背や筋肉の付き方よりも、第一義に、骨格で規定されるものだと改めて感じる。

ある日、いつもより遅く帰って来て、ダイニングルームに入っていくとゴードンさんがいた。Tシャツ、短パン姿で、酒を飲みながら、外で買ってきた焼き鳥を食べていた。ずんぐりとした体を、くすんだ褐色の肌と体毛が包んでいる。この人を見るたびに、他の有望な若手選手が寮に入り切れない状況下で、なぜここに居据わり続けることができるのか、不思議でならなかった。

それまで二人きりで話す機会がなかったこともあり、気詰まりに感じながら、軽く会釈をして向かいの席に座った。寮で用意してくれた夕食を食べ始めると、「これ、うまいぜ」と言って、焼き鳥を一本差し出してくれた。寮生となじめていない自分への気遣いだったのかもしれない。

「お前、ここに移籍する前に、横田とスパーをやりに来たよな。セコンドやってたの、お前の親父さんだろ？　すげえ熱い人だな」

「ボクシングのことになると、人が変わるんです」

「俺、思ったよ。あの親父さんと小さい頃からボクシングをやってきた息子なら、強くならないわけがないって」

「そうですかね」

　失礼のない程度に、気のない返事をした。

「親父さん、よそのジムに来てることなんて、全く気にしないで、でかい声でお前を叱り飛ばしていたよな。あれ、息子に対してでなきゃできないぜ。お前を羨ましく思いながら見てたよ」

　この人はなぜ親父の話をするのだろう。次第に苛立ち始めた。

「お前と親父さんを見ているとさ、ボクシングは一対一の戦いじゃないと思えてくるね。チームとチームの戦いなんだって。ボクサーは周りの人に支えられて初めて力を発揮できるんだと改めて思ったね」

　親父や斉藤会長の顔、黙って見守ってくれている母親の顔が浮かんできた。振り払おうとしたが、親父の顔がしつこく網膜にこびりついて離れない。

　目の前には、ピークをとうに過ぎた中年のボクサーが、酒を飲みながら焼き鳥を食べている。苛つきが腹立たしさに変わった。気が付くとゴードンさんに向かって声を荒らげていた。

「そうですかね。俺はそうは思いません。リングに立つ時は一人ですよね。誰にも頼ることなんかできない。戦っている時に、親父の方を振り返ったこともないし、頼ったこともない。ボクシングをやっているのは俺だ。厳しい練習に耐えるのも、リングで戦うのも、俺自身だ。人に寄りかかっている限り、チャンピオンなんかに、なれるはずがない」

　口に出してしまった後で、言い過ぎたと思った。

　ゴードンさんは焼き鳥の串を手に持ったまま、表情を変えずに俺の顔をじっと見ていた。

「お前、面白いな」

　にわかに相好《そうごう》を崩すと、焼き鳥をもう一本、皿の上に置いてくれた。

　俺は軽く頭を下げ、極力、自分を抑えて言った。

「自分に必要なのは、精神的な支えになってくれる人ではなく、最高の技術を授けてくれる人です。欠点を見抜き、最も効果的な練習メニューを提示してくれる人。試合の時には戦況を把握して、的確なアドバイスをくれる人です。だからジェラルドさんの所に来ました。頂点に立つための最短距離を歩みたいんです」

「なるほどなあ。お前のような人間が、世界チャンピオンになるのかもしれないな」

　ゴードンさんは頷きながら、腕を組み、思慮深げに呟いた。

「確かにお前が言うように、ボクサーは一人で戦うしかないのかもな。長いボクシング生活を振り返ってみると、対戦相手と戦ってきたというより、ずっと自分自身と戦っていると感じるな。だって、十ラウンド戦っても、相手と向き合うのは、たった三十分だ。その前には、気が遠くなるような練習と減量の日々がある。

それにだ。練習している時は、夢中になっていて、余計なことは考えないからまだいいんだが、いちばん怖いのは、何もやっていない時だな。ベッドに入った時とか。いくら頑張っていても、自分の中の何者かに、常に追い立てられ、責められている気がするよ」

俺はゴードンさんの目を見て感じ取った。この人は、自分自身のことを語っているんじゃない。俺の心の中を覗き込んでいるんだ。手のひらに汗がにじんできた。

「俺の中にも何者かが巣食っているけど、お前の中には、ものすごく強い奴がいるみたいな気がするよ。そいつを飼いならしたら、余裕で世界チャンピオンになれるんじゃないか」

何なんだ、この人は。睨みを利かされ、じりじりとコーナーに追い込まれていく気がした。

「お前、ボクシングが好きか?」

俺は、『ボクシングが好きか』とか、『楽しいか』という問いを、稚拙な問いかけだとみなし、退けてきた。『世界チャンピオンになる』、それが目標であるとともに、ボクシングをやる根拠だった。好きか嫌いかは問題じゃない。そう思ってやってきた。

それが今、この人に、改めて問われてみると漠とした不安を覚える。この問いに真正面から向き合えば、今まで築きあげてきたものが、足元から揺らぎ始めるのではないかという恐れを感じた。

「お前の中の何者かに追い詰められたら、そう問いかけてみるといいかもよ。俺は、その問いを自分に投げることで、今まで生き延びて来たよ。ま、余計なことか」

ゴードンさんは、食器を返却台に戻してから部屋に戻っていった。

この人は、きっとリングの上でもこうなんだ。相手がいくら厳しいパンチを打ち込んでも、のらりくらりとかわして、やり過ごす。攻められている間に、じっと相手を見つめ、弱いところを見つけ出す。気が付くといつの間にか、相手が追い詰められている。そうやって、今まで生き延びてきたのだろう。

異様に肩幅が広く、猫背の後ろ姿が、得体のしれない生き物に見えた。

「コーイチ、来年の二月に門田ジム主催のイベントがあるの知ってる？　ヨコタの防衛戦がメインイベントね。あなたのデビュー戦もやるよ」

ジムに顔を出すと、ジェラルドさんが声をかけてきた。

「相手は決まっているんですか？」

「ヨコタの相手は平木ジムのアラシヤマ。あなたの相手は、浪花ジムのコウダという選手ね。戦績は七勝二敗」

プロの世界へのデビューだ。アマチュアでの実績が考慮されB級ライセンスを取得していたので、四回戦の試合をスキップして六回戦からスタートすることになっていた。

「ヨコタとアラシヤマ、無敗同士の戦いだから盛り上がるね。お客さん、たくさん入るよ。あなたを売り出す絶好のチャンス。稼げる選手になってね。勝つのは当たり前。お客さんに印象づける試合をするよ」

アマチュアの経験しかない俺は、ジェラルドさんの言葉に違和感を覚えた。プロの世界とは、こういうものだろうか？　この時初めて、ジェラルドさんと自分の気持ちとの間に、微妙なズレがあることを感じた。

練習をしている俺を見つめる親父の顔が浮かんだ。斉藤会長の子供たちにかける言葉が聞こえてきた。そして、ゴードンさんの「お前、ボクシングが好きか？」という問いが頭をかすめた。

俺は、これらのものから、はっきりと決別する時が来たと思った。結果がすべてであるプロの世界で生きようと決めたんだ。

十一月には、試合に向けてキャンプを張ることになった。出場予定の選手五名が参加し、熱海の海岸でみっちりと走り込んだ。帰って来てからは、スパーリングを中心に実践的な練習をこなした。

横田ともスパーをやった。本番さながらの激しい打ち合いになった。

「ストップ、ストップ。そこまでっ。二人とも試合の前に壊れてしまうよ」

ジェラルドさんが、慌てて止めに入った。

順調に仕上がり、ベストのコンディションで、試合の日を迎えることになった。

哲

ボクシングは、掛け値なしに楽しいんですけど、仕事と両立させるのは、正直、容易でないです。

現場研修が終わると、高圧線の補修作業をする班に配属になりました。高い所で高電圧の電線を扱う危険な仕事ですけど、世の中のために働くのは気持ちがええもんです。

お金も結構もらえるので、少しですが毎月母ちゃんに送っています。一緒に働いてる皆さんの足手まといにならんように頑張っていますと、手紙に書きました。

班長の峯田はんの下に、十人足らずの作業員が働いています。峯田はんは日焼けした四角い顔にがっちりとした顎を持った人で、普段はやさしい人なんですが、仕事の時は、ほんま厳しい人です。何とかやれてるのも、この人に仕込んでもろてるおかげです。

配属されてすぐに、こんなことがありました。交換した電線に装着する付属品を鉄塔の上まで吊り上げる作業をしてました。重さが四百キロ、長さが十メートルもある部品をウインチで鉄塔のてっぺんまで吊り上げます。

わいはウインチを操作している先輩の横に立って、作業全体を見学してました。鉄塔の上に陣取っている人たちと、地上の人たちは無線機で連携しながら作業を進めます。

各所に配置された人の準備が整うと、峯田はんの合図で吊り上げ始めました。危険な作業なんで、現場の空気が張り詰めてます。

なんせ高さが百メートルやさかい、時間がかかります。じれったいぐらい、ゆっくり、ゆっくりと吊り上げていきます。

その日は風のない暖かい日でした。最初はしっかり見ていたんですが、部品が中間地点に来た頃には、突っ立ったまま、うとうとしてしもたんです。前日のジムでの練習と、朝のロードワークで疲れてたんです。

そしたら、少し離れた場所で指示を出していた峯田はんに、襟首を掴まれて、ウインチの後方に引きずっていかれました。いきなり、張り手が飛んできました。尻餅をついたわいに、峯田はんが怒鳴ったんです。

「わしらは高い塔の上で、数十万ボルトの電気を扱う仕事をやってんのや。ちょっとでも間違いがあったら、仲間が死ぬんやで。下で働くもんは、塔の上で作業するもん以上に気を張って仕事せなあかんのや。居眠りこいてる奴と一緒に仕事ができるか、ボケ」

あの時の峯田はんの顔が目に焼き付いてます。あれから、どんな作業でも、気を抜かんとやるようにしています。

こんなこともありました。うちらの仕事は大阪が中心ですけど、あの時は、何日か泊まりがけで和歌山の現場に行ったんです。

仕事が終わって、皆さんは宿屋でご飯を食べてから、お酒を飲んでいました。わいはお酒を飲みませんが、輪の中に入って楽しんでました。疲れが溜まっていたんやと思います。知らぬ間に、寝てしもたんです。

「おいこら、テツ、なに居眠りこいとんのや。酒ついで回らんかい」

指南役の竜一さんが、赤い顔して怒鳴りました。

峯田はんがこっちを見てます。生きた心地がしませんでした。またどつきまわされると思て、正座して目を瞑りました。峯田はんの声が頭の上から聞こえてきました。

「まあ、ええやないか。テツは、ボクシングやってんのや。今朝も、わしらが寝てる間に起き出して走ってたがな。なかなかでけへんで。仕事中に居眠りされたら、たまらんさかいな。そろそろ寝さしたろやないか」と、かばってくれたんです。

竜一さんは頷いて、

「しゃあないなあ。こらテツ、はよ強ようなって、みんなを試合に招待するんやで」と言うてくれました。

わいは、「すんません、先に寝させてもらいます」言うて、皆さんにお酒をついで回ってから失礼させてもらいました。

応援してくれてる皆さんのためにも、ボクシングも仕事も頑張らないかんと思てます。

十月の初めに、西日本新人王戦の予選があって、試合の前にプロテストが行われました。わいはテストを受けるために、チョーさんと電車で難波にある大阪府立体育会館に向かいました。

プロテストは健康診断と筆記試験のほかに、二ラウンドのスパーリングで行われます。

「心配せんでもええ、普段どおりにやったら間違いなく受かる。ええか、倒したろうやなんて考えたらあかんで。勝ち負けは関係ないんや。基本ができてるかを見るだけや。顎引いて、ワンツー、ワンツーで前に出ていくだけでええ。むきになって振り回すんやないで」

チョーさんが電車の中で言うてくれました。

「わかってます。耳にタコできてます」

「アホ、なんぼ言うても、本番になったらできん奴がおるから言うてんのや」

わいに限ってそんなことあるかい、と思てましたが、会場の前に立って見上げたら、自信がなくなってきました。改築されて間もない時でして、町のシンボルになるような、そら立派な建物でした。

「こんなごっつい所でやるんですか？　なんや、自分がえらいちっさい人間に思えてきました」

「なにビビってんのや。そやから、最前から言うてるやないか。どんな時でも、普段どおりの力が出せるのも実力のうちやで」

チョーさんがそばにいてくれる。それだけで、心が落ち着きます。

「うちのジムで筆記試験に落ちた奴はおらんからな」と、チョーさんにプレッシャーをかけられたんですが、いざ受けてみると、『反則の名前を三つ書け』とか、『尊敬するボクサーの名前を書け』とか、人をバカにしとんかい、と思うほど簡単でした。

いよいよ実技のテストです。地下の第二競技場と呼ばれているフロアの真ん中にリングが設けられていました。広い会場に、審査する人と、テストを受ける人の関係者しかいないので、がらんとしてます。

辺りを見回したりして、落ち着いて順番を待つことができませんでした。そらそうですやろ。顔も見たこともない男が、本気で殴りかかって来るんやさかい。

「十二番、石田哲」

自分の名前が会場に響き渡ると、心拍数が跳ね上がりました。

リングに上がりながら、相撲大会の優勝戦を思い出していました。母ちゃんや仲間の声が聞こえてきます。松浦はん、吉村会長、チョーさん。それから、出て来る時に励ましてくれた峯田はんをはじめ、職場の仲間の顔が浮かんできました。

（ボクシングは、一人で戦うもんやない）

こぶしをグッと握りしめて、両腕に熱いもんを流し込みました。

（やったろやないか）

ヘッドギアをつけてるので相手がどんな顔してるのか、ようわかりません。目だけがぎらついています。腹が据わると、相手のことは気になりませんでした。どんな人だろうが、負ける気がしません。

チョーさんに教えてもろたように、小刻みにワンツーワンツーで攻めました。相手も逃げたらテストに落ちると思て、前に出てきました。足を使われたら厄介なんですが、真っ向からの打ち合いならこっちのもんです。

コーナーに相手を追い詰めました。チョーさんには、じっくりワンツーで攻めていけと言われてたんですけど、体が勝手に動いていました。相手の顎が上がった瞬間、気が付いたら右フックを振り抜いていました。

ゴングが鳴ってから、一分もたっていませんでした。相手の人が、なかなか起きてこんので、なんや悪いことしたと思いましたが、勝負やから仕方ないです。

「派手にやりよったなあ。得意のパンチは、試合にとっとかんかい」

チョーさんはグローブを外しながら、ぼやいていましたが、目は笑ろてました。

引き揚げる時、チョーさんが一階の第一競技場に連れて行ってくれました。見上げると天井は高く、周囲を二階席が取り囲んでいて、世界タイトルマッチの時は、五千人以上入るそうです。

「なあテツ、ここを満杯にして、試合してみたあないか？　あんたは夢に向かって一歩踏み出したとこや。ここで試合できるようになったら、あんたの母ちゃん、喜ぶで」

チョーさんの声を聞いていると、この会場がいっぱいになって、歓声が鳴り響いてる場面が頭に浮かんできました。わいがメキシコ人のチャンピオンめがけて青コーナーから飛び出していくんや。互角に打ち合って、最後はわいの右フックでチャンピオンが吹っ飛ぶ。リングの下で、母ちゃんや応援してくれた人たちが、手を叩いて祝福してくれてる。

「そやけど、わいの試合なんか観に来てくれる人、そないにいるやろか」

「お客さんはな、生き様を見に来るんや。派手なパフォーマンスなんかいらん。自分らしいボクシングしたらええんや。あんたを応援したいと思う人は、ぎょうさんいてると思うで」

まだプロテストに受かるかどうかもわからんし、スタート台にも立ててないんですけど、この時、わいが歩いていく一本の道が、はっきりと見えてきたんです。

「ほな、いこか」

チョーさんが出口に向かって歩き出しました。

背中を見ながら思たんです。

（チョーさんも、若い頃、今の自分みたいな気持ちになったんやろなぁ）

そう思たら、なんやら、しんみりとした気持ちになりました。


翌日、プロテスト合格の通知が届きました。

「プロテストぐらい受かって当たり前や。試合に勝ってなんぼのもんやさかいな。これからが勝負やで」

チョーさんはこんなこと言うて、褒めてくれへんのですけど、目はやっぱり笑ろてました。

わいはプロボクサーになったんです。不思議なもんです。ジムの景色が、今までと違うように見えて来ました。これからが勝負やとわかってますけど、掛け値なしにうれしかったんです。

小学校の入学式を思い出しました。小さい頃やから、どんな様子やったか細かいことは憶えてませんけど、新しい世界に入って行く時の晴れ晴れとした気持ちは憶えてます。その時と、よう似た気持ちになったんですわ。

以前にも増して、練習に力が入るようになりました。十一月の半ばを過ぎた頃でした。

「テツ、デビュー戦が決まったで。二月に六回戦の香田が後楽園ホールで門田ジムの白木光一と試合するんや。その時、あんたもやるで。いきなり、ボクシングの聖地に殴り込みや」

いよいよかと思うと、腹の底から熱いものが湧いてきて、体中の筋肉が引き締まっていくように感じたんです。

修二

ボクシングの練習は、想像していた以上に僕を虜にしました。練習場に立ち、汗と革の匂いが混ざった空気を吸い込むと、練習に励んでいる男たちの想いが、自分の中にも満ちてきます。

鈍く光る黒色のサンドバッグに、渾身の力でパンチを打ち込む。鎖で吊るされたサンドバッグがきしみ、自分が与えた衝撃と同じ衝撃が腕に伝わってくる。日増しにパンチが速く、重くなっていくことをサンドバッグが教えてくれます。

神経を一点に集中して打ち続けていると、サンドバッグと自分が、次第に一つになっていく。ひたすらパンチを打つだけの単調な作業ですが、日々、新たな発見があり、新鮮な気持ちで向き合っています。

平木さんに教わった基本に加え、嵐さんのパンチの打ち方や体の動きを、頭の中で思い描きながらシャドーボクシングを繰り返しました。

嵐さんを執拗に追う僕の視線が気になっていたんだと思います。練習が終わった後に声をかけてくれました。

「よう、修二。お前陸上部だったらしいな。朝、一緒に走んねえか？　このジムには俺について来られる奴がいないんだわ」

もちろん二つ返事で応じました。

翌朝六時、石神井公園のボート乗り場で待ち合わせです。夜明けとともに起き出し、トレーニングウェアに着替えて家を出る。公園までは、自転車で十分ほどの距離でした。準備体操とシャドーボクシングをしながら待っていると、「よう、早いな」という声とともに、紺色のスウェットに身を包んだ嵐さんが現れました。

「池の周りは二キロ半ぐらいあるから四周走るぜ」と告げて、さっさと走り出しました。

僕は高校の陸上部で三年間、中長距離を走っており、上京してからもジョギングは続けていたので、十キロ程度ならついていく自信はありました。

池に沿った遊歩道を二人並んで走る。ひんやりとした空気の中を、日本ランカーのボクサーと、ロードワークをしている自分が信じられませんでした。散歩している人たちとすれ違うたびに、誇らしい気持ちになりました。

三周したところまでは並んで走っていたのですが、四周目に入ると嵐さんがスピードを上げたので、どんどん引き離されていきます。次第に追っている背中が小さくなり、とうとう見えなくなってしまいました。

ゴールに着くと、嵐さんはストレッチをしながら待っていてくれました。

「おう、ご苦労さん。じゃあまた明日な」と言い残して走り去っていきました。

僕は、厳然たる力の差を見せつけられ、やり場のないもどかしさを抱いたまま、後ろ姿が見えなくなるまで佇んでいました。

いくら焦ってみても、にわかに持久力を高めることはできません。ただ、持てる力を最大限に発揮するための工夫はできます。五時前に起きて軽い食事を摂り、午前六時に一日のピークを持ってくるように意識づける。翌朝に疲れを残さないようにジムの練習を調節するなど、朝のロードワークを軸とした日々が始まりました。

毎日走っていると、朝走ることと、十キロという距離に体が慣れてきたこともあり、嵐さんとの差は次第に縮まっていきました。

走り始めて四か月が過ぎた頃でした。池の周りはすっかり冬景色になり、遊歩道を落葉が埋めています。試合を三週間後に控えている嵐さんは、絞った体を真っ黒なサウナスーツで包み、凄味を増していました。

いつものように、四週目に入ると嵐さんがスピードを上げました。離されないようにギアアップして、数メートル後ろからついていく。

まっすぐな道の先にゴールのボート小屋が見えてきた。嵐さんがラストスパートをかける。僕は八百メートル走の最後の直線を思い出し、スロットルを全開にして走りました。

目の前で嵐さんの背中が揺れている。

(この背中が、自分の限界の、もう一歩先に連れて行ってくれる)

目を瞑って走り抜けると、嵐さんを抜き去っていました。荒い息の嵐さんが、両手を膝について、「やるじゃないか」と言ってくれました。僕はしゃがみ込んだまま、歪んだ顔で見上げるのが精一杯でした。

嵐さんに負けないように走ることが自分の目標でしたが、嵐さんにとっては、あくまでも次の試合に勝つためのロードワークです。タイトル戦が迫り、連日のスパーリングで、疲れはピークに達しているはずです。そのうえ、減量のため、機密性が高く重たいサウナスーツを着て走っているのですから、僕が競り勝っても自慢にならないのはわかっています。

それでも、体の中から、じわじわと湧いてくる喜びを抑えることができませんでした。

ベンチに座って休んでいると、嵐さんが販売機で買ってきたスポーツドリンクを差し出してくれました。二人並んでベンチに座り、一息つきました。

昇って間もない太陽が温もりを運び、水面で反射した光が嵐さんの額の汗を輝かせています。向こう岸のジョッギングをしている女性や、犬を連れている老夫婦の姿を眺めていると、自然と言葉が出てきました。

「もうすぐタイトル戦ですね」

嵐さんは目を細め、眩しそうに水面を眺めていましたが、ドリンクを一口飲んでから呟きました。

「俺の中じゃ、チャンピオンになることは、それほど重要じゃないんだわ。それより強い奴と戦いたいんだよ」

「怖くないんですか？」

「強い相手の前に立つと、ぞくぞくするんだ。一度味わうと病みつきになる。やってみたらわかるよ」

「練習は好きですけど、試合のリングに立てるかどうか、自信ないですね」

嵐さんは僕の方に向き直って微笑みました。

「走るのは俺と互角になっただろ。毎日、俺の背中を見て走ってたもんな。目の前に邪魔者がいると超えたくなるよな。ケンカもボクシングも、それと同じだぜ。目の前の奴を見ているると、怖いなんて気持ちは吹っ飛んじまう。そういうモードに入った自分に酔っちゃうんだよな。ボクシングがいいのはさ、勝っていくと、どんどん強い奴と戦えるところなんだよ」

「自分が負けるなんて、考えないんですね」

嵐さんは小石を一つ拾って、池にポンと投げました。水面に光の輪が広がっていく。

「いや、どうしたってかなわない奴って、世の中にいると思うよ。いずれそういう奴に出会うと思う。なんか俺、そいつに出会うのを待っている気がするんだ。ひょっとして、お前だったりしてな」

そう言って笑う嵐さんは、対岸の景色より、さらに遠い所を眺めているようでした。

「コテンパンに殴られ、大の字に転がされるんだ。なぜか高い青空が広がっているのが見えるんだ。そいつに出会うまでは、つまんない奴に負けられないいんだよ」

「根っからの格闘家なんですね」

「俺は甘いんだよ。本物の格闘家は、負けてもいいなんて思わない。どんな手を使ってでも勝つ。オヤッサンが言ってたが、横田にはジェラルドという名トレーナーがついているらしい。ジェラルドは、プロならどんなことをしても絶対に勝てと選手に教え込むんだそうだ。今頃、奴らは俺の戦い方をビデオで研究して、丸裸にしてるんじゃないか」

そう言いながら、目の前の水面に浮かぶ木片を見つめています。

（この人は今、怖がっているんじゃないだろうか）

十二戦全勝、九ＫＯのハードパンチャーと名トレーナーのコンビとの戦い。嵐さんのように、怖いもの知らずに見える人でも、押し寄せてくる恐怖と闘いながら試合の日を迎えるのだろう。

　嵐さんが不意に顔を上げ、自分に言い聞かすように呟きました。

「オヤッサンは違うんだな。勝つこと自体より、なぜ戦うか、そっちを大事にしている。いかに勝つかじゃなくて、どう戦うかなんだよ。お前の特攻隊の話、気に入ってたぜ。オヤッサンのツボにはまったみたいだな」

　穏やかな日差しに包まれ、小刻みに体を揺らしながら思い出し笑いをしている嵐さんを見ていると、なぜか切ない気持ちになってくるのです。

「修二、お前、彼女いないのか？　大学生なのに、勉強とボクシングばっかりじゃ、アホらしいだろ。オヤッサンみたいな堅物になっちまったら人間終わりだぞ」

　自分の言葉に頷きながら、肘で突っついてきます。

「今は、ボクシングを始めたばかりですから。どこまでやれるか試してみたいんです」

「それもいいけど、たまには理名を誘って、ボートにでも乗っけてやれよ」

「ありえないですよ。あの人にとって、ボクシングをやる男なんて、ストライクゾーンの外だそうです」

　嵐さんは呆れた顔をして僕を見ました。

「意外とバカだな、お前。人の心を読めないとボクシング、強くなれないぞ」

「いや、ないですよ、それは」

「知らないだろうけど、お前がジムに通うようになってから、夕方、事務所で仕事をすることが増えてんだぜ」

「ほんとですか？」

思わず食いつきました。

「一歩踏み込む勇気。オヤッサンがいつも言ってるだろ」

笑いながら、僕の背中を叩きました。

ロードワークの時は、余計なことをしゃべらない嵐さんだったので、落ち着いて話ができたのは、この時が初めてでした。

会話を通じて確信したことがあります。嵐さんは平木さんに心酔している。強い信頼関係で結ばれた嵐さんと平木さんのコンビなら、決して横田、ジェラルドチームに負けていないと思いました。

「さ、帰ろうぜ。明日は六時半にジムに集合」

「えっ、なんでですか？」

「行きゃあわかるよ。じゃあな」と言い残して、走り去っていきました。

翌日、言われたとおりジムに向かいました。早朝のジムで、どんな練習をするのかと考えながら自転車を漕ぎました。玄関先に立つと、練習場からサンドバッグを叩く音が聞こえてきます。遅れてしまったのかと思って、急いでジムに入り、練習場を覗き込みました。思わず、息を呑みました。

理名さんが、ひんやりとした空気の中、一人でサンドバッグを叩いていました。長い髪を後ろに束ね、ぴったりとした黒いタイツに、白いTシャツを着て躍動しています。しなやかなフォームから繰り出すリズミカルで速いパンチ。思わず見入ってしまいました。

「なに？」

僕に気付いた理名さんが、目を細めて声をかけてきました。

「何やってるんですか」

「ボクシングだよ。君こそ何しに来たの？」

「いつも嵐さんと公園の周りを走っているんですけど、今日はジムに来るように言われたんです」

「ジムは、まだやってないよ」

理名さんが首をかしげながら言いました。

「ボクシングは嫌いだって言ってませんでした？」

「そんなこと言ってないよ。文学部で、ボクシングをやろうとしている夢見がちな男はどんなものかな、とは言ったかも」

何か言い返そうとしましたが、それを理名さんが遮りました。

「ボクシングは特に好きというわけじゃないけど、うちがジムをやってる特権だね。朝だと、男臭くないし」

「とてもサマになっていますね。驚きました」

「君より少しはマシかな。小さい頃からやっているから」

この人は普通にしゃべれないのだろうかと呆れました。

理名さんの頬に汗が伝っています。タオルで顔を拭いて、透き通った目で見つめられると、胸の辺りが熱くなってくるのを感じました。

「嵐君が来るまで、君も練習したら？　会長の代理で許可してあげる」

軽くシャドーをしてから、彼女と並んでサンドバッグを叩きました。大きさの違う五つのサンドバッグが一列に並んで吊るされています。理名さんは入り口に最も近いサンドバッグを、僕はいちばん奥のものを打ち始めました。

黙って二人でサンドバッグを打つ。打撃音と鎖がきしむ音に交じって、理名さんの息遣いが聞こえてくる。それぞれ違ったリズムでパンチを打つのですが、次第に足並みが揃ってくるように感じました。四ラウンドも付き合ってくれたところを見ると、彼女もまんざらではなかったのかなと思いました。

ところが、打ち終えると、

「今日は特別だからね。明日からは使えないよ」と、突き放されました。

この時、『一歩踏み込む勇気』という嵐さんが引用した平木さんの言葉が頭に浮かびました。ボクシングの基本精神を表した言葉ですが、人生においても当てはまります。一歩踏み込むかどうかで、その後の人生がガラッと変わってしまうことがある。

（今がその瞬間だ）

心の中の何かが、そう訴えかけてきました。

「理名さん、今度の嵐さんの試合、一緒に応援に行ってもらえませんか？」

理名さんは表情を変えず、しばらくの間、僕の顔を見ていました。

「いいよ」

一言、呟きました。

了解してくれたことは、もちろんうれしかったのですが、それと同じくらいに、僕に素直な言葉を返してくれたことが、うれしかったのです。

言葉を探しているうちに、彼女はタオルを首に引っ掛けて出ていってしまいました。

翌朝、ロードワークの後で、嵐さんに礼を言うとともに、事のいきさつを話しました。

「やるじゃないか」と、愉快そうに僕の尻を叩きました。

夕方、ジムで着替えていると、嵐さんが近づいてきて、

「ロードワークに付き合ってくれている礼だよ」と、チケットを二枚、手渡してくれまし

た。僕には高額で手の届かないリングサイドのチケットでした。

「ファイトマネーの一部をチケットでもらうんだけど、売りさばくのが面倒でよ。ちょうどよかったよ」

そんなわけありません。巷では、無敗同士が雌雄を決するタイトルマッチということで盛り上がっています。チケットを欲しがっている人はいくらでもいるはずです。

「ありがとうございます」

後ろ姿に声をかけると、振り向かずに片手を上げて練習場に消えていきました。


嵐さんのトレーニングは、試合に向けて佳境《かきょう》を迎えていました。連日、対戦相手に似たタイプの選手を、よそのジムから招いてスパーリングをこなしています。

嵐さんが戦っている時は、トレーニングを中断して動きを追いました。初めの頃は漠然と眺めていましたが、次第に分析的に見るようになりました。

例えば、一ラウンド目は嵐さんの動きだけを見て、パンチの打ち方や体の動きを記憶に留める。二ラウンド目は、相手の選手だけを見る。三ラウンド目は、両者の動きを俯瞰的に見る。

慣れてくると、相手の動きを見ているだけで、嵐さんの攻めを、ある程度予測できるようになりました。

　ある日、嵐さんのスパーリングが終わった後、リングに上がり、シャドーボクシングを始めました。嵐さんになったつもりで、仮想の相手に対し、今見たばかりの戦いを再現していました。

　僕の動きをじっと見ていた平木さんが声をかけてきました。

「修二、ひょっとして、さっきの嵐のスパーを再現しているのか？　そんなことできるのか」

「一ラウンドだけなら、二人の動きを映像として記憶できます。小さい頃から、記憶力は良かったんで」

「その能力をうまく使えば、大変な武器になるな」

　平木さんは腕を組んで、思案しています。

「それはいいとして、一つだけ言っておく。お前は、体格が嵐に似ているし、動きも速くなってきている。しかし、お前に嵐のボクシングはできない。仮想の相手を想定してやるシャドーと違って、試合では現実に相手がいる。心技体という言葉があるが、たとえ体と技が同じだったとしても、心は人それぞれ異なる。あれは嵐という人間の戦い方だ。お前が目指すべきボクシングではない。基本はできつつある。これからは、自分と向き合い、自分の中からお前のボクシングを見つけていくんだな」

「僕は嵐さんの猿真似をしようとしているわけではありません。平木さんが教えてくれる基本に、嵐さんの動きを重ね合わせることで、自分のボクシングスタイルの原型をつくり、そこから独自のスタイルへと発展させていこうと考えています」

「考え方自体は悪くない。ただ、スタートする方向を間違えると、遠回りすることになると言っているんだ。今度の嵐の試合を観れば、私が言おうとしていることがわかるかもしれないな」

　今度のタイトルマッチは、嵐さんにとって大事な試合になることは間違いありません。その試合が僕に何を教えてくれるのか。期待を抱きながら、試合の日を迎えることになったのです。

第三章　デビュー（一九八九年四月）

修二

「試合を生で観るのは初めてなんだ」

「私は小さい頃、お父さんに連れられてよく来てたよ。でも久しぶり」

会場の後楽園ホールは、思っていたよりも小さく感じました。僕は落ち着きなく会場を見回していましたが、理名さんは隣の席で、背筋を伸ばし、前方のリングを眺めています。

僕らの席は南側三列目。挑戦者の嵐さんが登場する青コーナーは、すぐ目の前でした。

まだ試合が始まっておらず、五分の入りでしたが、場内には張り詰めた空気が漂っています。

「だだっ広くないから、圧迫感がありますね。熱気がダイレクトに伝わってくる。ここで戦うと緊張するだろうな」

「君、試合する気あるの？」

「まだわからないです。やってみたいという気持ちはあるんだけど」

「今日の試合で、君が何を感じるか楽しみ」

パンフレットによると、四回戦が三試合、六回戦と八回戦が一試合ずつ組まれており、メインイベントが嵐さんの登場する十回戦、日本フェザー級タイトルマッチです。

いよいよ、第一試合が始まります。

僕と同じフェザー級の試合で、赤コーナーが浪花ジムの石田哲選手、青コーナーが新世界ジムの黒川洋一選手です。

「二人とも、デビュー戦ね」

理名さんが、選手のプロフィールを見ながら言いました。

二人がリングの上で向かい合う。背を向けている黒川選手は中肉中背で僕と似た体格です。一方の石田選手は、背が低く相手を見上げています。

スポットライトで照らされた石田選手の顔は、額の汗の粒々まではっきりと見えます。ワセリンを塗った顔が強張っており、息遣いがここまで聞こえてきそうです。僕は身を乗り出してリングの上の二人を見上げていました。

試合開始のゴングが鳴る。

黒川選手はコーナーから飛び出すと、軽やかなステップで、ジャブ、ワンツー、ワンツースリーと続けざまにパンチを放つ。石田選手は両腕で顔面をカバーし、相手の勢いに負けて後退。黒川選手のパンチが顔面を捉えだすと、攻撃が大胆になっていく。石田選手は顎を引いて、攻撃に耐えている。

赤コーナーのセコンドが大きな声で、「テツ、打て、打たんかい」と連呼しているのですが、よけるのが精一杯で攻撃に転じることができません。石田選手がコーナーに追い詰められて、連打を浴びていたところでラウンド終了のゴングが鳴りました。

「石田選手、なんで打っていかないのかな。そんなにいいパンチをもらっていないのに」

無表情のままリングを見つめていた理名さんが、首をかしげながら呟きました。

「デビュー戦だし、思うように力が発揮できないんじゃないですか」と応じましたが、彼女は納得していないようです。

石田選手を見ていると、打たれ放題になっている自分の姿が浮かんできました。力を出し切れないままリングに崩れ落ちる。みじめな姿が観客の目に晒される。どうしても打たれている方に自分を重ねてしまいます。

「どないしたんや、いつもの調子でいかんかい。なんで打たんのや」

セコンドがコーナーに戻った石田選手に活を入れ、頭に水をかけました。石田選手は、荒い息をしながら何度も頷いています。

二ラウンドが始まると、黒川選手が連打でじりじりと追い詰める。青コーナーを背負った石田選手は上体を両腕でカバーしながら体を閉ざす。黒川選手の必死の形相がすぐ目の前に迫っています。

黒川選手の右ストレートが、ガードしている両腕をかいくぐり顔面を捉えると、ここぞとばかり左フックを放ちました。石田選手は顎を引き、頭でパンチを受け止め、右フックを振り抜く。パンチは、がら空きになっていた相手の顎にさく裂。黒川選手は丸太が倒れるように、ゆっくりと顔からリングに落ちていきました。

僕は、「あっ」と叫んでから、しばらく息ができませんでした。リングで戦うことの恐ろしさを目の当たりに見せつけられたのです。

「すごい、一発逆転」

ため息混じりに呟きました。

理名さんは目を細めて、リングの上で座り込んでいる黒川選手を眺めています。

「逆転と言うか、筋書きどおりじゃないかしら。なんか最初から狙っていた気がするな」

「デビュー戦で、そんなことできますか？」

「雰囲気に呑まれて舞い上がってしまう人もいるし、逆に腹が据わる人もいると思うよ。何が起こっても不思議じゃないよね」

理名さんの話を聞きながら、リングの上の石田選手の姿を追っていました。小柄でおとなしそうな顔をした石田という青年が、笑顔でリングから下りてきます。僕にはこの純朴そうな青年が、蜘蛛の巣に引っかかってもがいている蝶に、ゆっくりと近づいていく毒蜘蛛のように気味悪く思えたのです。

哲

初めてリングに立った人は、スポットライトが眩しいやら、熱いやら感じるそうですけど、わいは違ってました。後楽園ホールのリングに上がった時、高いと思たんです。浪花ジムのリングは、床の高さと変わりません。ここのリングは、お客さんが観やすいように、フロアより一メートルあまり高くなってます。

わいは背が低いんで、いつも人を見上げながら話をしてます。リングの上から観客席を見回すと、リングサイドの人たちが、わいを見上げているやないですか。鉄塔の上に登った時のように、何やら自分が偉くなった気がしました。

背の高い人は、こういうふうに見下ろしているんやと思いました。ちっさい頃からバカにされてましたし、会社でも下っ端で、いつも怒鳴られてますけど、そないに卑屈に思たことないんですけど……。

緊張してたうえに、スポットライトが頭の上から照りつけるんで、どないかなってたと思います。

審判に呼ばれて、相手の選手と向き合いました。ワセリンを塗りたくってギラギラ光る顔でわいのこと見下ろしてきます。

自分でもようわかりません。なんやらえらい残忍な気持ちになったんです。こんな奴に、やられるわけあらへん。顔に薄笑いを浮かべて、ひんやりとした気持ちで相手のことを見てました。

ゴングが鳴ると、相手は様子見にジャブ、ワンツーと打ってきました。

わいの体は人並み以上に頑丈にできてます。そのうえ、先輩の香田さんとのスパーリングで、ハードパンチをいやっちゅうほど食らってましたから、めったなことでビビることはありません。顎を引いてる限り、これぐらいのパンチで倒れやしません。

わいが一発かましたら、逃げ回って面倒なことになる。好きなだけ打ってもろて、隙ができたところで右フック一発で仕留めようと思いました。それがうまいこといきました。

試合が終わって控室に戻ったんですけど、チョーさんがずっと黙りこくってるんです。

「おかげさんで勝てました。ありがとうございました」

上目遣いでチョーさんの顔を見ながら頭を下げたんです。

「あんた、なんで最初から行かんかったんや。言うてみい」

なんでチョーさんが怒ってるのか、わかりませんでした。なんも悪いことしてません。ノックアウトで勝ったのに、なんで不機嫌な顔されないかんのや。なんやら腹が立ってきました。

「なんでって、作戦です。チョーさんがカメのビデオを観ながら、教えてくれたやないですか。あんたには、あんたの戦い方があるはずやって。あのカメみたいに相手を引き付けて、がぶっと噛みついたんです。何か悪いことしてますか」

チョーさんは前の壁を睨んでました。

「なんも悪いことしてへん。してへんけど……。好きになれへんのや」

「どこがです？」

「あんたやない気がする。ようわからんけど、違う気がするんや」

「お願いします。よう考えて、教えてください」

「勝手に期待しとっただけかもしれんけど、あれは、わいが見たかったあんたのボクシングと違うんや。ボクシングは、勝ったらええっちゅうもんと違う。あんたの生き様を見せてほしいんや。ほんまのあんたを、お客さんに観てもらいたいんや」

チョーさんの中で、もやもやしていたもんが、少し晴れて来たみたいです。わいの顔をまっすぐ見て言うてくれたんです。

「もう一遍、考えてみてくれへんか、あんたのボクシング。あんたに、人を見下すようなボクシングをしてほしいないんや」

チョーさんの喉から絞り出す声を聞いてたら、憑きもんが取れた気がしたんです。知らん間に、普段と違う自分になってたみたいです。

しんみりと、片付けをしてました。ホールの歓声が離れた所から聞こえてきます。リングに立った自分の姿を思い出しました。ふと、一つの考えが浮かび、息を呑み込んだんです。

（ひょっとしたら、あれがわいの本性とちゃうやろか）

そう思たら、なんやら血の気が引いていくように感じたんです。

修二

「君、ちゃんと試合観てる？」

一試合目の衝撃があまりに大きかったので、二試合目と三試合目の戦いが、ぼんやりと目の前を通り過ぎていきました。

「凄まじいですね、ボクシング」

ため息混じりに呟きました。

「なに、他人事《ひとごと》みたいに。自分だってやってるじゃない」

理名さんが僕の顔を覗き込みます。

「たぶん、練習量は、ここで戦っている四回戦の人たちに引けを取らないと思う。でも、練習と試合は別物というか、大きな隔たりがあるように感じます。いくら体を鍛え、技術を身につけても、背中を押してくれる何かがないとリングに上がれない気がします」

「そういう自覚があるんだ。でも君は一歩前に進んだと思うよ。ボクシングは、怖さを感じ取るところから始まるんじゃないかな」

僕は、とんでもない世界に足を踏み入れようとしているのではないかと、今さらながら思ったのです。僕の憂いをよそに、理名さんがプログラムを見ながら話しかけてきました。

「次の試合から六回戦だよ。注目の白木光一選手のデビュー戦。君と同じ十九歳でフェザー級。アマチュア時代、五十二勝一敗で五冠達成だって。すごいね。君の前には、超えなきゃならない山が、たくさんあるみたいね」

白木選手と香田選手がリングに上がりました。光り輝く真っ白なトランクスをまとった白木選手は、理名さんだけでなく、この会場にいるすべての女性を惹きつける魅力があると思いました。

頭部が小さく、手足が長い。痩身だが、胸や肩など、あるべき所に筋肉がつき、ボクサーとして理想的な体型をしています。すっきりとした眉と切れ長の目。スターになるべくして生まれてきた人のように見えました。

「世の中、不公平だね」

理名さんがおどけて僕の顔を覗き込みました。

その言葉に抗うための根拠を何一つ持っていません。言い返さずに黙っている僕を憐れに思ったのか、

「まっ、君も悪くないよ。落ち込むな、青年」と言って、肩を叩いて励ましてくれました。相変わらず理名さんは僕をダシにして面白がっているのですが、何はともあれ、一緒にいることを苦痛に感じていない様子なので安心しました。

試合が始まりました。

香田選手が両腕で顔面をカバーしながら前に出る。踏み込んでパンチを放つが、手足の長い相手の懐に入って行けない。白木選手は相手が出て来たところにパンチを合わせる。打っては離れ、危なげない戦いをしています。

二ラウンドに入り、白木選手の速いジャブが顔面を捉え、右瞼の上を切り裂きました。血と汗の混じったものが飛び散る。香田選手はひるむことなく前に出る。

流血が激しくなったので、レフリーが試合を中断してドクターの診断を仰ぎました。ドクターは血を脱脂綿でふき取り、傷口を覗き込んでから、試合続行の判断を下しました。

「コーイチ、何してるの。打て。打ちなさい。攻め切りなさい」

赤コーナーから、外国人のセコンドがしきりに叫んでいます。攻めに迷いがあるからだろうか、それとも香田選手が流血で奮起したのだろうか、両者、一進一退の戦いになりました。

第四ラウンドに入ると、吹っ切れたのか、白木選手が猛然と上下にパンチを浴びせかける。一気に試合を決めようとする意志が窺えます。

防戦していた香田選手が振り回した右フックが顔面を捉え、ぐらつかせる場面もありましたが、最後は、白木選手の左ストレートが顎を捉え、リングに沈めました。

白木選手の真っ白なトランクスが、赤く血で染まっています。両手を挙げて観客に応えているのですが、作り物のような笑顔が、彼の苦悩を際立たせていました。

「こういう悲惨な試合は観たくないわね。相手が瞼の上を切らなければ、白木選手の強さと精悍さが際立って、ファンも増えたのに」

理名さんが、リングから顔を背けながら呟きました。僕は、傷を負い、攻め込まれている香田選手よりも、攻めている白木選手の心の内を知りたいと思いました。もし僕が彼の立場なら、ぱっくりと開いた傷口から流れ出る血を見ながら、パンチを打ち込むことができるだろうか。

「後味の悪い試合になりましたね」

「君には刺激が強すぎたかな」

「負けた方だけじゃなく、勝った方も容易じゃないですね」

「白木選手は、相手の傷を狙って打ってないよ。プロの選手としては、失格かもしれないね。ま、私はそういうの嫌いじゃないけど」

この試合を観て、平木さんが言っていたことが、少しわかった気がしました。勝ち負け以前に、なぜ戦うのか、それをしっかり持っていないと、何が起こるかわからないリングの上で、到底、戦うことなどできないと痛感したのです。

光一

「なぜ私の言ったとおりにできないの。あなた、プロでしょ。相手の弱点を攻めるのは鉄則。わかるよね。リングの上じゃ、優勢に攻めていても何が起こるかわからない。いちばん確実な方法で相手を仕留めないと、足をすくわれるよ」

控室に帰って来ると、ジェラルドさんがグローブを外しながら、まくし立てた。

「慣れない攻め方をするから一発もらって危なかった。わかってる？　もし相手が横田だったら、あなた、あそこで倒されてた。世界チャンピオンになりたいと言ってたよね。そんなことで、なれるわけないよ。がっかりね」

俺は黙っていた。返す言葉がない。

ジェラルドさんが言っていることは正論だ。プロのボクサーならそうすべきだった。俺はそれができなかった。そして何より、信頼するトレーナーの指示に従わなかったんだ。

ジェラルドさんはひとしきり小言を言って、横田の試合のために部屋を出ていった。

俺はベンチに座ったまま、先ほどの試合を思い浮かべた。

リングに立ち、客席を見渡すと、すでに満杯状態だった。残念なのは、ほとんどの人が、横田と嵐山の試合を観に来ていることだ。ジェラルドさんが言うように、印象に残る試合をして、俺を観に来る客を増やさなくてはならないと思った。

レフリーに呼ばれて対戦相手と対峙した。練習は計画どおりにこなし、減量もうまくいった。死角はない。六回戦の選手を相手に、てこずるわけにはいかない。鮮烈なノックアウト勝利で、圧倒的な強さを見せつけてやると、相手を睨みつけながら自分に言い聞かせた。

相手のパンチと動きを見て、遅くとも三ラウンドまでに倒せると思った。ところが、二ラウンド目に相手が左目の上を切った。アマチュアの試合では、ヘッドギアを着用しているので、鼻血を出すことはあっても、目の上から出血することはない。

傷口を狙って打っているわけではないが、傷ついた瞼の上にパンチがヒットすると、血が飛び散り、傷口が大きくなる。戦っている二人のトランクスや、レフリーの白いシャツを赤く染め始めた。

ドクターが試合を止めてくれることを願ったが、続行だ。

血が拭き取られると、開いた傷口がはっきりと見える。切り口から肉がせり出してきて、ぽってりと腫れている。思わず目をそむけたくなる。

二ラウンドが終わりコーナーに帰ると、ジェラルドさんが耳元でささやいた。

「コーイチ、わかってるね。傷を攻めるのよ。スナップを効かせて打ちなさい」

相手は果敢に向かってくる。俺は言われたとおり、傷口を狙ってジャブを打とうとした。タイミングを計るために、相手の目を見た。ボクシングに打ち込んでいる者が持つ、まっすぐな視線が俺の心を突き刺す。傷口から、再び血が流れ出している。ジャブを出すことに躊躇してしまう。

「打て、コーイチ、打ちなさい」

ジェラルドさんの叫ぶ声が俺を苛立たせる。迷いがあると、踏み込んで思い切ったパンチが打てない。血だらけで突進してくる相手に向かい、早く倒れろと心の中で叫んだ。

三ラウンドが終わると、ジェラルドさんが諭すように言った。

「コーイチ、なぜ打たない。リングの上は殺し合いよ。チャンピオンになりたくないの」

ジェラルドさんに言われても、傷口を攻めることができなかった。そんなことをしなくても、試合を終わらせることはできる。

自分のスタイルではないが、接近戦に持ち込み、顎やボディを狙って、パンチを打ち込んだ。思わぬ一発をもらいヒヤリとしたが、左ストレートで相手を葬ることができた。

俺は血だらけで向かってくる相手に怖気《おじけ》づいて、冷静な判断ができなかったのか。そうかもしれない。ただ、ジェラルドさんの「傷を攻めろ」という声を聞いた時、そして、ひたむきに攻めてくる相手の目を見た時、体の中から湧いてきたものがある。勝つということ以外の何か。自分の中にある、抗うことのできない、もっと大きな力を持った何かが、俺を引き留めたんだ。

目の前に、すっくと立つ親父の姿が浮かんだ。涙が止まらなかった。

修二

「いよいよ嵐君の試合だね」

理名さんが両手を腰に当て、背筋を伸ばしながら言いました。

「いつも一緒に練習している人が、これから戦うと思うと、自分がリングに上がるみたいに緊張しますね」

場内アナウンスが挑戦者の登場を知らせます。テンポの速い音楽に乗って嵐さんが花道に現れると、会場が一気に盛り上がる。銀色のガウンを身につけ、時折シャドーを交え、颯爽とリングに向かっています。笑みを湛えており、後に続く平木さんの引き締まった表情とは対照的です。

リングに立ち、両手を挙げて観衆に応えています。濃紺のトランクスに縫い込まれた『嵐』という白い文字と、真っ白なリングシューズが精悍な風貌を際立たせています。

嵐さんの登場に沸く場内に、「黙れ」と言わんばかりに、重厚感のある入場曲が流れ始めました。前方の花道から、えんじ色のガウンを羽織った横田選手が、老トレーナーに肩を抱かれて入場してきました。

　チャンピオンがリング中央に立ち、四方の客席に向かって丁寧にお辞儀をしています。コーナーに戻り、ガウンを脱ぐと、絞り込まれた骨太の体躯が現れました。

　パンチ力の横田、スピードの嵐山。これから戦う二人の立ち姿を見て、プログラムに記されている試合予想に納得がいきました。

「嵐さんは強打を警戒して、足を使ったアウトボクシングをするのかな？」

「そんな気の利いたことするかしら。いつものように、最初から殴り合いじゃない」

　リングの上では、レフリーの注意を聞きながら、両雄が睨み合っています。僕の目を引いたのは、主役の両選手ではなく、嵐さんの斜め後ろに立っている平木さんでした。

　ここまでの試合でチーフセコンドを務めていた人たちは、自分の選手の肩に手をやって落ち着かせたり、相手選手を注意深く観察していました。平木さんは横田選手の背後にいる老トレーナーをじっと見つめています。

　平木さんの端正な顔に、頭上から射す光が深い陰影を作っています。老トレーナーは平木さんの視線を受け止め、かすかに笑ったように見えました。

「平木さんはジェラルドというトレーナーと知り合いなんですか？」

「どうかしら。でも昔、門田ジムの選手だったから……」

「お父さんの試合を観たことはありますか？」

「あるよ。でも、小さかったから、はっきり憶えていない。母に抱かれて観ていたかな」

遠い昔、戦いのリングに立つ若き日の平木さん。リングサイドから見上げる幼なかった彼女と母親。幸せな家族の姿を思い浮かべました。

「母が家を出ていくまでだけどね。あの人、お父さんを支えきれなかったみたい」

振り向くと、理名さんは前方のリングを眺めています。どんな気持ちで、リングに立つ父親の姿を見つめているのだろう。

彼女の家族に何があったのかわかりませんが、ボクシングという嵐が平木さんの中で吹き荒れ、彼自身の人生だけでなく、母娘の人生も変えてしまった。そして、ジェラルドという老トレーナーが平木さんの人生に大きく関わっていたように思えてならないのです。

そんなことを考えているうちに、試合開始を告げるゴングが鳴り響きました。

騒がしかった場内が、一瞬にして静まり返ります。会場にいる人たちが一つの巨大な生き物になり、息をひそめ、リングの中の二人を呑み込もうとしています。

勢いよくコーナーを飛び出した横田選手が、左右から重そうなパンチをボディに打ちつけてきました。嵐さんの脇腹にグローブが食い込む。低い打撃音に、「うっ」という苦しげな吐息が混じる。嵐さんは疎《おろそ》かになった相手の顔面に、速いパンチを打ち込む。横田選手はひるまずにボディにパンチを打ち続ける。

執拗なボディ攻撃で、嵐さんのガードが下がったところへ、大きく振り回した横田選手の左フックがテンプルを捉えました。嵐さんが打撃の勢いで二、三歩後退してから尻餅をつくと、観客席から大歓声が沸き起こりました。

「嵐さん、嵐さん」

僕は立ち上がり、虚ろな目をした嵐さんの魂に呼びかけました。

嵐さんはぼんやりと辺りを見回していましたが、飛んでいた意識が戻ったのか、ニヤリと笑い、しゃがんだままレフリーのカウントに耳を傾けています。

「……セブン、エイト」

カウントエイトですっくと立ち上がり、ファイティングポーズを取りました。レフリーが「ボックス」と声をかけると、横田選手が猛然と襲いかかってくる。

「ガードを固めろ。足を使え」

コーナーから平木さんの厳しい声が飛ぶ。嵐さんは指示を無視して、相手に負けない勢いで突進していきます。

「バカッ」

理名さんは唇を噛み、身を乗り出しています。

リング中央で、壮絶な打ち合いが始まりました。嵐さんに決定的なダメージはないようで、手数ではむしろ上回っています。パンチがヒットすると、横田選手の顎が上がる。

相手はひるむことなく、ひたすらボディにパンチを集める。大木を斧で切り倒そうとするように、一発一発に渾身の力を込めて打ちつけてくる。

ラウンド終了のゴングが鳴っても、大歓声で選手には聞こえない。慌ててレフリーが割って入る。嵐さんは相手の肩をポンと叩いてから、コーナーに引き揚げてきました。

「もう。何も考えてないんだから」

息を呑んで戦況を見守っていた理名さんが、背もたれに身を預けながら言いました。

平木さんが急いで嵐さんを椅子に座らせ、頭に水をかけました。愛弟子の前に膝をつき、タオルで顔をふいてから、ワセリンを丁寧に塗り直しています。

「凄いな、嵐さんは。観ていてワクワクしてくる。ロケットが青空を突き抜けていく感じだな」

「君は嵐君を美化しすぎるよ」

ダウンを奪われた時、嵐さんの脳裏には、足を使ったり、クリンチで時間を稼ぐことも浮かんだはずです。しかし、強いものに立ち向かいたい衝動が体の中から湧き上がって来て、抑えることができないのだと思います。

「僕みたいに、頭で考え、納得してからでないと行動できない人間とは違いますね。僕ならダメージが回復するまで時間を稼ぐべきだという理性の命令に抗えないと思う。平木さんが、僕には嵐さんのボクシングはできないと言ったのは、そういうことかもしれない」

平木さんは、泥んこになった幼子の顔をきれいにしている母親のように、嵐さんの顔をタオルで拭っている。理名さんがリングの上の二人から眼を離さずに呟きました。

「君はお父さんに似ているんだよ。だからお父さんには、わかるんだよ。嵐君のようには戦えないって」

僕は改めて、青コーナーの師弟に目をやりました。照りつける光の作用で、二つの影が一つに溶け合っていくように思え、嫉妬に似た感情を覚えました。

第二ラウンドが始まりました。

前のラウンドでは、切れ目なく打ち合っていたので気付かなかったのですが、横田選手は前に出している左手を構えずに、肘を少し曲げたまま垂らしています。

「何、あれ？」

理名さんに尋ねました。

「デトロイトスタイルって呼ばれている攻撃的な構え方だね。腕を上げているより、ジャブを自在に打てる。でも、頭部のガードがお留守になるから、目がよくて俊敏でないとパンチをもらってしまう。力でねじ伏せるつもりでしょうけど、嵐君を甘く見過ぎているんじゃない」

白熱した試合を観て興奮しているのか、理名さんが雄弁になっています。

嵐さんは二ラウンドに入ってからも、果敢に向かって行きました。一進一退で打ち合っていましたが、ラウンドが進むにつれて、手数に勝る嵐さんが、試合を優位に進めています。

七ラウンドの開始直後、横田選手が左フックを打ってきたので、嵐さんは踏み込んでワンツーを合わせました。二発とも、横田選手の顎の先端にクリーンヒットすると、動きが止まり、そのままの姿勢で前に崩れ落ちました。

勝利を確信した嵐さんは、レフリーのカウントを待たず、コーナーポストによじ登り右手を突き上げています。鮮やかなノックアウト勝利でした。

勝敗を分けたのは、横田選手のパンチ力や、嵐さんのスピードではありません。平木さんが練習の時に徹底させていた防御力の差だと思います。

勇敢に相手に向かって行ったので、いくつか強いパンチを被弾しましたが、嵐さんは、ガードを怠れば負けるという意識を、強く持ち続けて戦っていたように思います。特に序盤にダウンを奪われてからは、徹底的に顎をカバーしていました。

一方の横田選手は、「俺の方が頑丈で、パンチ力がある。打ち合って負けるはずがない」という過信が、知らず知らずのうちにガードを甘くさせたのでしょう。

嵐さんの放つ左フックを、致命的な打撃ではないと判断したのか、不用意に側頭部に受け続けていました。右耳から血が流れ出していましたが、ダメージが蓄積されて、感覚機能に支障をきたしていたのかもしれません。

リングの上では、チャンピオンベルトを腰に巻いた嵐さんが、笑顔でインタビューに応えています。

　リングの先に目をやると、横田選手が老トレーナーに付き添われ、花道を去っていきます。

　後ろ姿が何を語っているのか？　勝った人の気持ちは想像がつくのですが、負けた人の気持ちは、本人にしか、わからないものかもしれません。

　売店の周りで時間を潰してから控室に向かいました。嵐さんはすでに着替えを済ませ、引き揚げる準備をしていました。

「よう、お二人さん」

　僕らに気付くと、上機嫌で声をかけてきました。それまでも、セコンド陣に冗談を飛ばしていたようですが、矛先を我々に向けると、いつもより高いテンションでしゃべり続けていました。

　その時、控えめなノックの音が聞こえ、入り口のドアが開きました。振り向くと、ドアの傍にジェラルドさんが立っていました。

「ヒラキ、久しぶりね」

　しわがれた声が、静かになった部屋の中に響き渡りました。

　平木さんの目が険しくなっていきます。

「ボクシングの世界から、消えたと思ってたよ。この前、アラシヤマの試合をテレビで観ていたら、あなたが映ったので驚いたね。まさか、またあなたと同じリングに上がることになるとはね」

平木さんは、しばらくの間、黙って老トレーナーを見つめていましたが、意を決して口を開きました。

「私は、あなたを許したわけではありません」

老トレーナーは二度頷いてから、平木さんの顔を指さしました。

「いい選手を育てたね。でも今度一緒にリングに上がる時は、私が勝つよ」

と言い残して、控室を出ていきました。

重苦しい空気が部屋を包んでいます。

「帰るぞ」

平木さんが、荷物をボストンバッグに詰めながら促しました。それを見ていた嵐さんが、椅子から立ち上がり、いきなり僕の肩を叩きました。

「修二、お前が祝勝会の準備委員長だからなっ。派手にやろうぜ。理名を使っていいから」

理名さんを横目で窺っています。

「反省会の間違いじゃないのかな。今日デビューしたばかりの白木君に、ディフェンスの仕方を教えてもらったらどう？」

「ちっ」

彼女に一蹴されたところで、控室を後にしました。

平木さんが運転するワゴン車で、皆さんと一緒に帰ることになりました。さすがの嵐さんも疲れているせいか、席に着くと目を閉じ、すぐに寝入ってしまいました。

薄暗い車内に、単調なエンジン音だけが響いています。僕は過ぎゆく夜の街並みをぼんやりと眺めながら、初めて目《ま》の当たりにしたボクシングを振り返っていました。

今日戦った人たちは例外なく、リングに上がると、人が変わったように相手に向かって行きました。

僕はリングの持つ魔力を感じていました。嵐さんはリングの上で、降り注ぐ銀色の光を浴び、輝きを放っていました。あの光の粒が、リングに立つ者の中にある何かと化学反応を起こして、若者たちを狂わせるのではないか。

押し寄せてくる歓声の中で、相手に立ち向かう時、どれだけ平時の自分を保つことができるのだろうか。自分を支えてくれる強い想いがない限り、自分自身を見失い、混沌とした中で戦うことになるのだろう。

平木さんが、自分のボクシングを見つけろ、と言っていましたが、そのためには、なぜリングに立つのか、どう生きて行くのかを知るところから始めなければならないと思うのです。

傍らを見ると、理名さんも窓の外を眺めています。リングに立つ平木さんの姿を見たことで、幼い頃の思い出が呼び覚まされたのかもしれません。平木さんが老トレーナーに発した厳しい言葉は、理名さんにどのように響いたのでしょうか。

結局、ジムの前で解散するまで、理名さんに声をかけることができませんでした。

哲

「テツ、ようやった。派手なノックアウト勝ちしたそうやないか。見たかったでぇ」

大阪に帰った翌日、会長はんが、同郷のよしみでご馳走してくれました。仕事が終わってから会長さんの家にお邪魔した時には、焼酎のグラス片手に上機嫌でした。

「松浦がテツに食わせてやってくれ言うて、地元の但馬牛をぎょうさん送ってきよった。たらふく食うて、精つけてや」

差し向かいで、すき焼きを食べさせてもらってます。ありがたいことに、会長さんが鍋の肉や野菜をよそってくれます。

「試合に一回勝ったぐらいで、こんなことまでしてもろて。会長さんと松浦はんには、ほんま、感謝してます」

「何言うてんのや。田舎の後輩を世話するのは当たり前やないか。あんたに夢見させてもろてるんや。感謝せなあかんのは、わいらやで。松浦のアホ、自分がテツを見いだしたんや言うて、威張りくさっとる。あんたの後援会を作る言うて張り切ってたで」

「そない期待されたら、かないませんわ」

「祝勝会をやりたいところやけど、あんただけ贔屓《ひいき》したら、ほかの選手にけじめがつかんさかいな。今日は、ジムの会長やなしに、郷里の先輩に飯食わしてもろたと思てんか」

「ようわかってます。せやけど、チョーさんにも、この肉、食べてもらいたかったですわ」

「声はかけたで……。香田がやられたやろ。教え子が負けて病院通いしてんのに、自分だけうまいもん食われへん言うてたわ。今頃、香田の所に見舞いに行っとるんやないか」

「香田さん、大丈夫ですか？」

「心配あらへん。傷は時間がたったら治るし、目や頭も異常ないみたいや」

わいは頷きながら、酎ハイを作って会長さんの前に置きました。

「チョーさんはな、負けた選手がおったら、祝勝会にはけえへんで。勝った選手は、皆さんに祝ってもらえる。わいがおらんでもええんや、言うてな」

会長さんは一口飲んでから、真っ暗で何も見えへん窓の外を、しばらく眺めていました。

「せやけど、ボクシングはほんま厳しい世界やで。負けたら葬式や。体ぼろぼろにされて、一人で落ち込んどる。チョーさんはな、自分の身を切られるように、教え子のことを思てるんとちゃうか。そういう奴なんや」

　窓の外に目を凝らすと、遠方にうっすらと浮かぶ高層ビルの影が見えてきました。静かに点滅する赤い灯を眺めていると、試合の後に見せたチョーさんの顔が浮かんできました。怒ったような、じれったいような、何とも言えん顔でした。

　――もう一遍、考えてみてくれへんか、あんたのボクシング。

　チョーさんの言うてること、わからんでもないんです。せやけど、何も考えずにイノシシみたいに最初っからぶちかませって言うんですか。頭を使って自分のボクシングせえ言うたんは、チョーさん、あんたやないですか。

　確かに、リングに上がった時、普段のわいやなかった。相手の人を見下してた。せやけど、それって悪いことですか。「このボケ、いてもたる」ぐらいのことを思わなんだら、殴りかかって行かれへん。リングに立ったら、みんなそう思うんやないですか。

「どないしたんや？　なに辛気臭い顔してんのや」

「実は、試合の後にチョーさんに言われたんです。自分のボクシング、もう一遍、考え直せって」

「そら、えらいこっちゃな」

　会長さんは、腕組んで首をかしげてます。

「ボクシング始めてから一年もたってないやろ？　デビュー戦やし、自分のボクシングやなんて、わかれへんと思うけどな。なんの世界でもそうや、何遍も失敗して自分の型ができてくるもんや。チョーさんも、そんなこと、わかってるはずやけどな。テツ、あんた、いったい何したんや。相手の首でも絞めたんかい」

「アホ言わんといてください。反則なんかしてませんわ」

　会長さんは肩を揺らして笑い出しました。

「笑いごとやないんですわ」

「すまんすまん」

　やっと笑いやんだと思ったら、やんわりとした顔になって、わいのこと見つめるんです。

「チョーさんが本気で怒ったんなら、理由があるはずや。家に帰って、ように考えてみるこっちゃな」


　明くる日、週末を利用して、田舎に帰ることにしました。丹波の家を出てからもうすぐ一年になります。家まで二時間余りなんですが、ずっと帰っていませんでした。大きなことを言うて家を出てきたのに、仕事もボクシングも、まだまだ半人前やし、帰りづらかったんです。

　福知山線に乗って窓の外をぼんやり眺めてました。雪をかぶった故郷の山や川が見えてくると、胸の中に温かいもんが、じんわり広がってきました。

「元気やったか？」

玄関に入るなり、母ちゃんがエプロンで手を拭きながら迎えてくれました。

「あんたの好きなもん作ったで」

こたつの上には、巻き寿司、卵焼き、里芋の煮っ転がしなどが並んでいました。

「松浦はんが言うとったけど、ボクシングの試合したんやってな。ケガせなんだか」

「勝ったがな。鮮やかなKO勝ちや。東京の後楽園ホールでやったんやで。今度、大阪でやる時は観に来てや」

「あんたがやりたい言うて、やってんのや。母ちゃんはなんも言わへん。けどな、あんたがどつかれてるとこ、見られへんわ。ほんまに、えらいもん好きになってしもたなぁ」

「思てた以上に、おもろいねん。母ちゃんも、男やったらわかると思うで。わい、頑張って世界チャンピオンになるんや」

「ちゃんと栄養のあるもん食べるんやで」

母ちゃんに、ボクシングのこと、なんぼ言うてもあきませんわ。

故郷に帰って来て安心したせいか、久しぶりにぐっすり寝られました。朝早く目が覚めたので、布団の中で、外が白み始めるまで待ってロードワークに出ました。冷たい空気を吸い込みながら走ってると、頭が冴え渡ってきます。霜に覆われた畑、川沿いの道、小学校の校庭など懐かしい場所を通り過ぎていくうちに、相撲大会が行われた広場に出ました。

土俵に上がり、四股を踏みました。グッと腰を沈めて土俵に立っていると、相撲大会で優勝した時の様子が頭に浮かんできました。土俵を取り囲んだ人たちの歓声が聞こえてきます。

（あの時、始まったんや）

一年たって、後楽園ホールのリングに立ちました。リングの熱気、お客さんの視線、相手の強張った顔、右のこぶしから伝わってきた確かな手ごたえ。思い出すと体が熱くなってきます。今まで何度も繰り返し思い起こした光景です。

ただ、この日は、もう一つの光景が胸に迫ってきました。リングに立っているのは、嵐山はんです。あの人は強打を恐れずに、真正面からぶつかっていきました。ダウンさせられても関係なしや。お客さんも、試合が始まった時から大喝采です。

激しい打ち合いをしてても、ゴングが鳴ると、相手の肩を叩いてコーナーに引き揚げていきました。試合が終わったら、ノックアウトされた横田はんが、嵐山はんの所に歩み寄り、なんとも言えん笑顔で抱き合うてました。

わいの相手はどうや。負けた後、目を合わさんと引き揚げていきました。だまし討ちにされたみたいで、何が何やら、わからんかったんやと思います。お客さんも、わいのパンチを、まぐれ当たりと思てるのと違うやろか。

嵐山はんがリングの上で見た景色と、自分が見た景色は、まるで違うんやないやろか。

この前みたいな戦い方しとったら、いつまでたっても、あの人の前に立てへん気がしてきたんです。

　戦ってる自分が誇らしく思えんボクシングは、したらあかん。チョーさんが言いたかったことは、こういうことやないやろか。

（戦い方やない。戦う姿勢のことを言うてんのや）

　そう思うと、居ても立ってもいられなくなり、荷物をまとめて電車に飛び乗ったんです。

　ひと月ほどたった時でした。ジムに顔を出すと、チョーさんが練習場から声をかけてきました。

「テツ、次はいよいよ新人王トーナメントや。大阪でやるからヘタな試合でけへんで。東京のお客さんみたいに、おとなしいないからな」

「ようわかってます」

　西日本の新人王トーナメントは、七月から、プロテストを受けた大阪府立体育会館で半年かけて行われます。そこで優勝したら、翌年の二月に、後楽園ホールで東日本の代表と戦うことになっています。

　トーナメントが始まると、会場には松浦団長が寄せ集めた応援団が陣取っていました。郷里の人たちをはじめ、ジムの仲間や会社の人たちも応援に来てくれました。

「テツ、今日も一発KOで頼むでぇ」

鉢巻を巻いて、半纏にたすき掛けした松浦はんの甲高い声が響き渡ると、喚声が一気に沸き上がります。

「勝ったら、うまい肉、たらふく食わしたる」

「負けたら、電線に吊るすで。給料なしや」

「泥亀、ガブッといったれ」

「アホ、何しとんや、攻め切らんかい」

「よっしゃ、それや、いてもたれ」

「おお、やった、やったでぇ」

「今日もノックアウトや」

「よっ、丹波の星、日本一」

応援団が騒がしいて、セコンドのチョーさんの声が、よう聞こえません。トーナメントで四戦したんですが、いずれも早いラウンドでのKO勝ちでした。おかげさんで、西日本の新人王になれました。

戦い抜いているうちに、わかったんです。相撲大会の決勝の時のように、突っ張りながら前に前に出て、隙ができたところで顎に一発突き上げる。わいの持ってるもんを考えると、これがいちばん理にかなった戦い方です。

来年は、東日本の王者との対決です。誰が勝ち抜いてくるかわかりませんが、自分のボクシングをやるだけです。

光一

試合から数日たって練習を再開した。ジェラルドさんは、いつもと変わらない様子で迎えてくれた。会場の控室で俺を叱責して以来、試合内容について口にすることはなかった。言うべきことはすでに伝え、一件落着したと思っているのだろうか。それとも、俺の言葉を待っているのだろうか。

わだかまりを解消したいと思うのだが、ジェラルドさんに、どう応えたらよいかわからなかった。というのも、試合の最中に経験した心の葛藤を、自分の中でどう整理すればよいか、考えがまとまらなかった。

勝つため、チャンピオンになるために今まで頑張ってきた。ボクシングに賭けてきたと言い切れる。ノックアウトでデビュー戦を飾り、結果も出した。なのに、どうしてジェラルドさんと顔を合わせた時、後ろめたく感じなければならないんだ。なぜ、こんなみじめな気持ちにならなきゃいけないんだ。

このままでは、リングに上がっても思い切った戦いができない。プロのボクサーとして歩んでいくために、きちんと決着をつけなければならない。

　残業をした日に、いつもより遅く寮に帰ると、ゴードンさんが食堂で酒を飲みながら食事をしていた。まずいな、と反射的に思った。が、すぐに、なんで俺がこの人を避けなければいけないんだと、挑戦的な気持ちが湧いてきた。平静を装い、軽く頭を下げてから目の前の席に座った。

　ゴードンさんが、「おう」と言って相好を崩した時、強張っていた俺の体が弛緩していくように感じた。俺はこの人と話す機会を待っていたんだと認めた。

　夕食を食べ始めると、「初勝利のお祝いだ」と言いながら、栄養ドリンクをバッグから取り出し手渡してくれた。

「会場で観てたよ。さすがに強いな、お前。でも、試合の後で、ジェラルドさんがブツブツぼやいてたぞ。ＫＯ勝ちして文句言われたら、たまらんな」

　お酒を片手に思い出し笑いをしている。俺は軽く頷いて黙っていた。試合のことを酒の肴にされたくない。

「しかし、意外だよな。最短距離でチャンピオンを目指している奴が、試合で寄り道するとはな。お前、なかなか人情派なんだな」

　わかったように口を利かれると、無性に腹が立ってくる。

「傷なんか攻めなくとも、確実に倒す自信があったからです。勝って当たり前の試合だから、紳士的に勝ちたかっただけです」

俺はうそぶいた。

ゴードンさんが、きょとんと口を開けたまま見つめてくる。なぜか落ち着かない。呆けた顔をしているが、精緻な頭脳で俺の心を解読しているんだ。何か言われる前に、矛先を相手に向けた。

「そんなことより、ボクサーなんだからお酒を控えたらどうですか」

声を荒らげてから、またこの人の術中にはまりつつあると感じた。

「いやあ、それを言われるとなあ」

目尻を垂らし、頭を掻いている。しばらくして、真面目な顔に戻ると、グラスを置いて俺の顔をまじまじと見つめた。

「実はさ、俺の親父は熱心なイスラム教徒なんだよ。毎日、五回、欠かさずお祈りを捧げ、戒律を守っている。俺は、子供の頃から親父に何度言われても、どうも神様というものが信じられなくてよ。ろくにお祈りもしないし、このとおり、酒も飲んでいるんだけどさ。お前、どう思う?」

「なら余計に、お酒をやめるべきじゃないですか」

感情を顔に出さないように用心深く答えた。

「だよな。そんな親父がさ、俺が日本の大学に入るためにカイロを離れる時、はなむけの言葉をくれたんだ。『お前が弟を小突いた時、悪いことをしたなと思う気持ちが心の片隅にあるだろ。同時に、これぐらいならいいだろうと思う気持ちもあるよな。誰にでもこの二つの思いがあるんだ。最初に聞こえてくるのが神様の声なんだ。信心しろとは言わない。ただ、この心の声に耳を澄まして生きろ』と言ってくれたんだよ」

思わず顔を上げて目の前の人を見た。

「親父の言うとおりだと思ったよ。でもさ、心の声を無視して、酒を飲むし、他にも良からぬことをする時があるよ。ただ、ここぞという時、切羽詰まった時、心の中から聞こえてくる声がある。その声には従うようにしているんだ。それを無視したら、俺じゃなくなっちまう気がするんだな」

ゴードンさんは目を閉じて、自分の言葉を吟味していたが、ゆっくりと目を開け、焦点を俺に合わせた。

「お前、ジェラルドさんのためにボクシングをやっているのか。違うだろ。言ってたじゃないか。自分は一人で戦っているって。ボクシングは、人のためにやるもんじゃない。お前がやりたいようにやればいいと思うよ」

ゴードンさんが言ったことは、俺の心の片隅にあったものだ。それを見つけ出し、光を当ててくれている。黙っていると、節くれだった手で箸を持ち、不器用な手つきで焼き魚の身をほぐし始めた。

その姿を見て、ふと思ったんだ。いつも、この人に攻め込まれるのは、自分のことしか考えていないからじゃないだろうか。今聞いた言葉だって、ゴードンさんの置かれている立場を思いやると、違って聞こえてくる。

ゴードンさんは、周りの人から「年なんだから、いい加減、ボクシングやめたら」と言われ続けているに違いない。にもかかわらず、ピークを過ぎてから、会社を辞めて退路を断った。

俺に言ってくれた言葉は、心の声だけを頼りに、ボクシングを続けてきたゴードンさんが、日々、自分に言い聞かせていることなんだ。駆け出しの俺の心の中にあるものなんて、手に取るようにわかって当たり前だ。

この人はいつも、俺の立場に立って向き合ってくれている。そのことに気付いた時、目の前の視界が開けていくように感じた。

俺は、戦っている相手の気持ちを考えたことがあるだろうか。あいつは俺と数発パンチを交わしただけで、歴然とした力の差を感じたはずだ。九分九厘勝てないと、肌で感じ取ったに違いない。それでも力の限りぶつかってきた。

戦った後で、相手に手加減されていたと知らされたら、どう思うだろう。試合のために頑張ってきたこと、リングの上で命を賭けて戦ったこと、すべてを台無しにされたと思うに違いない。

そんなこともわからなかった自分が許せない。奥歯を噛みしめた。ゴードンさんは自分自身に語りかけるように呟いた。

「世界チャンピオンでも、試合前にリングの上で十字を切ったり、しゃがんで祈ったりする奴がいるよな。怖いんだと思うよ。殺されるかもしれないからな。リングの上じゃ、とんでもないことが起こるだろ。どんなことが起こっても、最後まで自分らしく振る舞えるように繋ぎ止めていてくださいと、祈っているんじゃないかな」

素直な気持ちで、目の前の人と向き合いたかった。

「ゴードンさんは、相手の傷を攻められなかったことがありますか」

「ないよ。お前みたいに強くないからな。余裕かまして戦ったことはない。反則以外、何でもやるよ。そうしなきゃ、こっちがやられちまうからな。お前だって横田や嵐山クラスと戦うようになったら、余計なことを考えているヒマはなくなるさ」

いつも何かに向かって身構えていた俺だが、話を聞いているうちに、肩の力が抜けていくように感じた。ゴードンさんはお酒を飲み干して、席を立つ前に目を細めて言ってくれた。

「ジェラルドさんだけどさ、横田が負けたこともあり、焦っているようだ。潰されないようにな。まあ、お前なら心配ないか」

後ろ姿を追いながら、ジムがこの人を寮に留めておく理由が、初めてわかった気がした。

食事を終え、部屋に戻ったが落ち着かない。なぜか親父の声を無性に聞きたくなった。家を出てから一度も、連絡を取っていない。寮生に聞かれたくなかったので、寮を出て近くの公衆電話ボックスに向かった。

母親が出たので、簡単に近況を話してから親父に代わってもらった。耳元に意識を集中して待っていると、親父が受話器を取った。わずかな沈黙の後、聞き慣れた声が聞こえてきた。

「元気か？」

「ああ」

「どうした？」

「いや、別に」

と言った後に、腹を据えて、できる限りさりげなく告げた。

「この前、デビュー戦をやって、勝ったよ」

「そうか」

「ああ」

後を継ぐ言葉を探したが、見つからない。

「じゃあ」

「おう」

そっと受話器を置いた。外に出てから電話ボックスを振り返った。ポケットからゴードンさんがくれた栄養ドリンクを取り出し、ゆっくりと喉に流し込んだ。

翌日、リングの上でシャドーボクシングをしていると、ジェラルドさんが声をかけてきた。俺は振り向き、軽く頷いた。

「コーイチ、いいねえ。体がキレてるよ」

一分間のインターバルの時、息を弾ませている俺に、水の入ったボトルを手渡してくれた。

「その調子なら、いつでも試合、やれそうね。次の試合に勝って、さっさと八回戦に上がるよ」

ジェラルドさんの気持ちはわかっている。横田が失ったタイトルを嵐山の手から取り戻したいんだ。俺にとって日本タイトルは、世界チャンピオンになるための過程に過ぎないが、嵐山は越えなければならない大きな山だ。

今でも善戦できると思うが、プロのリングで場数を踏んで、確実に倒せる自信と実力を身につけなければならない。

二か月後に、第二戦が組まれた。危なげなく相手をリングに沈め、協会からA級ライセンスを与えられた。その後、八回戦を二戦。いずれも相手を寄せつけずに勝利を収め、日本ランカー入りを果たした。

「コーイチ、あなた、ほんと華があるよ。速くて美しい。いつも若い女の子のお客さん、いっぱい来てるね」

ジェラルドさんの言葉を聞きながら、嵐山の戦う姿を思い浮かべていた。俺に欠けているものを、あいつが持っている気がしてならない。それがわからない限り、あいつを超えられないように思える。

「コーイチ、来年は、いよいよ嵐山に挑戦するよ」

俺は鏡に映る自分の姿を見つめながら、こぶしを握りしめた。

修二

嵐さんの試合が終わり、大学も春休みに入ったので徳島に帰省することにしました。電車とバスを乗り継いで、家路についた頃には夕闇に包まれていました。冬枯れの吉野川の土手を、ダッフルコートに手を突っ込んで足早に歩きました。一年前まで毎日のように通った道です。対岸に広がる街並みの背後には、眉山が黒々とした影を落としていました。

久しぶりに家族揃って夕食を摂ったのですが、食事が済むと、兄はさっさと自分の部屋に引き揚げ、母は後片付けを始めました。席を立つタイミングを逸した僕は、食卓に父と二人で取り残されました。

大学から帰って来て、上着を脱ぎ、ネクタイを外したままの格好で食卓に着いていた父は、終始無表情で、何を考えているのか読み取ることができません。にもかかわらず、父がこれから話し出すことは、おおよそ見当がつきました。席を立ちたいと思うのですが、それをさせない無言の圧力を感じていました。

父は水割りのグラスを手に持って、小刻みに揺らしています。氷がグラスの壁面に当たり、耳障りな音を立てる。沈黙を楽しんでいるようにも、話し出すタイミングを計っているようにも見えました。

「和彦は大学院に進学することが決まった。バイオ技術の研究を続けるようだ。お前は何をやっているんだ？」

「特に。でも、授業にはちゃんと出てるよ」

父は隣県の出身ですが方言は使いません。家族もそれに倣っています。

「大学を出てから何をするつもりだ」

「まだ、わかんないよ」

想定していた答えだったのか、かすかに唇を突き出して頷きました。僕は黙って父の持つグラスを眺めていました。

白くて細長い指の隙間から見えていた氷が、小さな音を立てる。

「ボクシングを始めたんだ」

意図しない言葉が口から漏れました。

「体を鍛えるのは悪くない」

父は一瞬、戸惑ったように見えましたが、静かに応じました。

「体を鍛えるというより、僕にとってボクシングは、もっと大きな存在なんだ」

「じゃあ、何のためにやっているんだ。いくらお前でも、ボクシングで食っていこうなんて考えていないよな」

「そんなこと考えてないけど……」

言葉に詰まってしまいました。言うべきことが見つからなかったのではなくて、何から話してよいか、わからなかったのです。黙っている僕を見て、父が言いました。

「文学部に入ったと思ったら、今度は、ボクシングか」

父の言葉を聞いて理名さんのことが思い浮かびました。初めて彼女と会った時、同じようなことを言われました。しかし、彼女の言葉の裏には、少なからず僕に対する興味が覗いていました。父の言葉には、それがなかった。僕は、父にボクシングの話をすることを諦めました。

「お前の人生だ。何をやろうがお前の自由だ。だが、親が面倒を見るのは大学を卒業するまでだ。わかっているよな」

「わかってる」

父の言うことは、いつも正論で無駄がありません。メッセージは明確に伝わりました。同時に、父に僕の気持ちを伝えることはできないと、改めて思いました。

それがすべて父のせいだと言うつもりはありません。そもそも、僕の中に、伝えるべき強い想いがあるのか疑問に思えたのです。ボクシングは自分にとって何なのか、きちんと説明できないし、ましてや、将来のことなど何一つわかっていませんでした。

確かなものを何も持たず、体の中から湧き上がってくる得体の知れないエネルギーを、ボクシングを通して無為に浪費しているだけなのだろうか。父と話した後、自分の足元が、はなはだ頼りなく感じたのです。

いつまで徳島に留まるか決めていなかったのですが、二晩過ごしただけで、東京に戻ることにしました。帰りは新幹線ではなく、運賃の安いフェリーを使うことにしました。

徳島の港を正午に出ると、翌日の早朝に東京に着きます。二等の切符を買ったので、天井の低いキャビンで雑魚寝です。本を読みながら横になっていましたが、機械油の臭いがこもった船室で、絶え間なく揺られているうちに気分が悪くなってきました。

新鮮な空気を吸うために甲板に出ました。船尾の手摺につかまり後方を眺めると、徳島の町が遠ざかっていきます。左舷には紀伊半島の灯りが暗闇の奥に浮かんでいます。

船が作り出す白い波の航跡を眺めているうちに、父との会話が甦ってきました。

(僕にとって、ボクシングって何なんだ)

上京する時は、田舎からの脱出、家族からの脱出、凡庸であることからの脱出を願いました。ただ逃げ出したかったわけではありません。何かを掴もうとして都会に出てきました。

そして、ボクシングと出会った。今の僕には、ボクシングをやめることなんて考えられません。スパーリングをやっていて、恐怖とすれ違う時、『生きている』と感じる。

その一方で、父が言うように、大学を出たら一人で生活しなければなりません。ボクシングで食べていける可能性なんて、ゼロに等しいし、そんなつもりもありません。いつまでも、だらだらとやっているわけにはいかない。時間は限られている。

八百メートルを走った時、最終コーナーにさしかかるとゴールを睨みました。たどり着くゴールがあるからこそ、力を出し切って走り抜けることができる。朝のロードワークの時、嵐さんの背中が、自分の限界のもう一歩先に連れて行ってくれました。

(自分に足りないのは、目に見える確かな目標だ)

その時、僕は波打つ黒々とした海を見つめていました。風が耳を叩く音、船が海を切り裂いていく音、エンジンのくぐもった音と振動、船体のうねり、そういうものが一緒くたになり迫ってきました。次第に鼓動が速くなり、今まで一度も考えたこともなかった想いが、意識の底から湧き上がってきました。

（嵐さんだ。嵐さんを超えるんだ）

　思っただけで、心が震えました。僕は嵐さんに惹かれてボクシングを始め、彼の背中を見て練習に励んできました。しかし、超えたいと思ったことは一度もありませんでした。ボクシングで嵐さんを超えるということは、リングの上で倒すということです。そんなこと、思いも及びませんでした。

　あの日、朝のロードワークで初めて嵐さんを抜き去った時、息が苦しくて立っていられませんでした。無性に体が震えました。もしかすると、あの時の震えは、苦しさのせいではなく、自分より強い者、遠く及ばないと思っていたものを超えた時の歓びがもたらしたのかもしれません。

（リングの上の嵐さんは、自由奔放で、強く、美しい。そんな嵐さんを、この手でリングに沈める。その時、どんな景色が僕の前に広がっているのだろう）

　不遜で、嗜虐的な匂いのするこの想い。今まで読んだどんな物語よりも刺激的で煽情的でした。そして、この物語の展開が、自分の手に握られていると思うと、目が眩むようなときめきを覚えました。

　今、嵐さんは僕よりずっと先を走っていて、背中も見えません。もし僕が日本チャンピオンになったとしたら……。その時、嵐さんはもっと先に行っているだろうが、背中を捉えたことになるはずです。

大学を卒業するまでに、日本チャンピオンになることを目標にしよう。あと三年ある。もし、到達できないなら、嵐さんを超えることなど到底無理です。すっぱりとボクシングをやめて就職しよう。

(到達できたら……。その時は……)

気が付くと、陸の影はどこにも見えなくなり、見渡す限り鈍く光る海が横たわっていました。


早朝に竹下桟橋に着きました。船の中では心が騒いで眠ることができなかったので、アパートに帰り、ひと眠りしてからジムに向かいました。ドアを開けると事務所の奥で、理名さんがキーボードを打っていました。

「もう帰って来たんだ。せっかく帰ったんだから、ゆっくりすればいいのに。うちの人と喧嘩でもしたの」

「長くいても、やることないし。それより平木さんと話したいんです。理名さんにも聞いてほしい」

練習場にいた平木さんが戻ってきたので、ソファに座って二人と向き合いました。

「この前の嵐さんの試合を観てから、いろいろと考えていました。後楽園ホールのリングに立ちたいと思います」

「プロになるってことか?」

「先のことはわかりませんが、卒業するまでボクシングに打ち込んでみたいと思います。残り三年で、日本チャンピオンを目指します」

「大きく出たな」

「君、試合を観てビビってなかったたっけ」

言葉とは裏腹に、二人が身を乗り出したのがわかりました。平木さんは腕を組んで考えていましたが、おもむろに話し始めました。

「簡単ではないが、不可能ではない。輪島さんは、社会人になってからボクシングを始め、二年で日本チャンピオン、四年で世界チャンピオンになっている。お前がここに来てからずっと見てきたが、熱心に打ち込んでいるし、筋も悪くない。あとは、プロとしてやる気になるかだと思っていたが」

「嵐さんの試合を見て、踏ん切りがつきました。嵐さんのボクシングは自分に適さないこともわかりました。僕が目指すのは、その対極にあるボクシングです」

「具体的なイメージはあるのか」

「嵐さんのボクシングは、本能に依存した自由奔放なボクシングです。臆病で、何事にも慎重な僕にはできません。僕がやろうとするのは、理にかなったボクシングです。自分には並外れたパンチ力もスピードもありませんが、バランスが取れていると思います。幸い、記憶力には自信があります。相手の動きを記憶して分析する。瞬時に判断を下し、正確な体の動きに置き換える」

「言うのは簡単だがな」

「どうせやるなら、自分にしかできない、新しいボクシングを目指したいです。ボクシングと他の格闘技との違いは、戦う時間がはるかに長く、三分ごとにインターバルがあることです。相手を分析し、作戦を組み立てる時間があります。僕の特徴を生かせる競技だと思います」

平木さんは僕を見ながら目を細めました。

「面白くなってきたな」

「どうしたの？　なんか急にやる気になっちゃって」

「前からやる気はあったよ。目標が定まっただけです」

「修二、お前の目標を達成する近道は、六月から始まる新人王トーナメントで優勝することだ。まず、東日本新人王の予選を勝ち抜き、全日本の決定戦で勝つ。そうすれば、自動的に日本ランキングの下位に入れる。全日本の新人王決定戦は、来年の二月頃に行われるから、お前が三年生になるまでに、日本ランカーになれる。そこからは、試合をしながら実力をつけ、日本タイトル挑戦の機会を待つ」

「新人王になれる可能性はありますか」

「運もあるな。トーナメント序盤で、強い相手と当たらなければ可能性はある。東日本の予選では、六月から十二月の間に五戦ほど勝ち抜く必要がある。強い相手と今から四か月後に戦うか、十か月後に戦うかで結果が違ってくる。

　お前のようにアマチュア経験のない叩き上げの選手は、一戦ごとに強くなる。世界チャンピオンになるような選手は、新人王トーナメントを勝ち抜くことで、別人のように強くなっていく。お前はこれからどんどん強くなるだろう。時間との戦いだな」

　道筋が見えると、頭で描いていた夢物語が現実味を帯びてきました。目標に向かって踏み出す道が目の前にある。ゴールははるか遠くにあるが、この道がゴールに繋がっていると思うと胸が高鳴ってくる。一人で盛り上がっていた僕に、理名さんが水を差しました。

「あのね、フェザー級の日本チャンピオンは嵐君だよ。同じジムの選手とは戦えないよ」

　それには平木さんが答えてくれました。

「あいつが、いつまでもおとなしく日本チャンピオンに居座っているとは思えんな。もっと上にいくか、消えてしまうか、どっちかだろう」

「なんか、強くなった君が、嵐君と戦っているところを見てみたい気もするけどね」

　理名さんは、僕の気持ちを見透かしているように感じました。

　二人に話し終えてから、ふと思ったのです。ひょっとしたら、テレビで嵐さんを見た瞬間から、こうなることが決まっていたのではないか。画面を見ながら、嵐さんと戦っている自分の姿を、秘かに思い描いていたのではないだろうか。

翌日から、新人戦に向けての練習が始まりました。リングの上でシャドーをしていると、平木さんがグローブをつけて上がってきました。僕の前に立つと、ファイティングポーズを取って言いました。

「修二、私がどんなパンチを打とうとしているか、わかるか」

「……わかりません」

「わからないよな。どんなパンチを打つか、私の自由だからな」

と言うなり、顔面を目がけて、立て続けにジャブをついてきました。僕は、右、左、後ろ、右、左と体をそらせてよけました。

「私が右目を狙って打てば、お前は左によける。左目を狙えば右に、鼻を狙えば後ろにそらせる。打ったパンチに対するリアクションは予測できるんだ。なぜならこの時、お前は考えて動いているのではなく、反射的に動いているからだ。

この原理を使えば、相手がパンチをどうよけるかだけでなく、こちらがこう打てば、どのように打ち返してくるかを予測できる。いいか、パンチを誘い出すんだ。それにカウンターパンチを合わせる。相手は自在に打っているように思っていても、打たされているんだ。こっちが主導権を握っている。

強い選手は、戦っている中で、無意識のうちに、この作業を行っている。お前はこれを意識してやるんだ。序盤にいろいろな誘いのパンチを打って、相手の反応パターンを頭に記憶するんだ」

早速、スパーリングで試してみました。早い回で相手の動きを把握するためには、こちらが多彩なパンチを打ち続けることにより、相手のパンチを誘い出さなければなりません。被弾することなく、パンチを打ち続けるためには、防御を確実にすることと、重心を前にかけ過ぎないことなど、スパーリングを通して習得していきました。

ある程度できるようになると、平木さんが僕を呼び寄せました。

「相手の攻撃が読めるようになっても、パンチをよけるために遠くへ逃げてしまっては、カウンターが打てない。相手のパンチが届かない紙一重のところに、最小限の動きで移動し、パンチを打つ。距離を支配すること、それがお前のボクシングの核だ。最後まで集中力を切らさないステップワークを自分のものにしろ」

自在に動けるようになるには、時間を要することがわかりました。平木さんが言うように、時間との戦いでした。

翌月に行われたプロテストは、難なくパスしました。六月になると、いよいよ新人戦が始まりました。勝てば、ほぼひと月ごとに試合が組まれるハードなスケジュールです。休みなく減量するのも大変ですが、試合に向けて、恐怖と闘い、気持ちを高めていく行為は、想像以上に神経をすり減らしました。

やっと試合が終わったと思ったら、また次の試合が待っている。アマチュア経験があり、試合に慣れている人なら別かもしれませんが、僕にとっては、練習や減量よりも、気持ちを維持していくことの方が困難でした。

支えてくれたのは、平木さんであり、理名さんでした。何より、目標とする嵐さんが目の前のリングで躍動している。その姿が僕を奮い立たせてくれました。

試合はすべて僅差の判定勝ちでした。決勝に至っては、ジャッジの採点は引き分けでした。規定に基づき、レフリーの判断を仰ぐこととなり、僕が全日本の大会に出場する資格を得ました。

運も味方してくれました。本命と言われていた選手は反対側のブロックだったので、決勝で当たるまで力を養うことができました。

決勝戦の翌日、ジムに顔を出すと平木さんが声をかけてきました。

「修二、西日本の代表が決まったぞ。浪花ジムの石田哲という選手だ。すべて序盤で倒して勝ち上がっている。戦績が物語っているように、並外れた破壊力を持っているらしい」

事務机に座っていた理名さんが振り向きました。

「石田選手って、嵐君の前座で戦っていた選手だよね。あの時も相手を手玉に取っていたけど、新人戦を通じて、きっと恐ろしいモンスターになっているんじゃない？　ヘロヘロで勝ち上がった君に勝ち目はあるのかな？」

「ボクシングは、やってみないとわからないよ」

「絶対に勝つ、なんて言わないところが君らしいね」

練習と試合を通じ、だいぶ自分のボクシングができるようになってきました。

（あと二か月。自分が目指すボクシングを形にするんだ）

第四章　新人王（一九九〇年二月）

光一

「光一、次はいよいよフェザー級の決勝だな。勝った方は自動的に日本ランカー入りだから、そのうちにお前と対戦することになるかもしれないぜ」

　ゴードンさんに誘われて、全日本新人王決定戦を観戦するために後楽園ホールに来ている。パンフレットを広げ、これから戦う笠原修二と石田哲のプロフィールを見た。

「二人ともボクシングを初めて二年足らずですよ。俺は小さい頃からボクシングをやっている。奴らと一緒にしないでくださいよ」

「強い奴は強いもんだぜ。俺なんか、お前が生まれる前からボクシングやってんだぜ。何人に追い越されたと思ってんだよ」

　ゴードンさんが笑いながら俺の肩を小突いた。

「石田は全試合KO勝ち、笠原はすべて判定ですね。やはり石田の圧勝ですかね。世界チャンピオンになるような選手は、四回戦、六回戦時代は、相手を寄せつけずにKOで勝ち上がっていますからね」

「ただ、やってみないとわからないのがボクシングだ。特に、トーナメントに出る新人は、何かのきっかけで化けることがあるからな」

俺は奴らがボクシングを始めた頃に、親父のもとを離れ、ジェラルドさんと世界チャンピオンを目指した。あれから俺は着実に歩を進めている。日本ランカーになり、日本タイトルも射程距離に入った。

一方、奴らは短期間で基礎を身につけ、新人戦で実践を積み、二年で俺に近づいてきた。上達の早さ、これからの伸び代を考えると、決してあいつらを無視できない。上ばかり見ていると足をすくわれるかもしれない。

だが、あいつらに絶対に負けるわけにはいかない。もし負けたら、今までボクシングに賭けてきた俺の人生そのものが否定されたように感じるだろう。積み上げてきた自信が一気に崩れ去る。

いらぬ心配を振り払うために、会場に目を移した。誰もいないリングに、スポットライトの光が煌々と降り注いでいる。

館内放送が流れると、リングの向こう側の観客席がにわかに活気づいた。西軍選手の応援団が陣取っているのだが、石田の登場を前にして騒ぎ出した。数は限られているが、異様な雰囲気を醸し出している。

いい年をしたおっさんが鉢巻を巻いて、横断幕を背景に、日の丸の付いた扇子を打ち振りながらはしゃいでいる。

バカにするつもりはない。が、不思議で仕方がない。大阪からわざわざやって来て、他人のために、なぜ、あそこまでバカになれるんだ。あいつらを見ていると、なぜか苛立ってくる。

俺は心から人を応援したことがないし、たぶん、俺のために、あれほど一生懸命に応援してくれる人もいないだろう。

選手と応援する人たちとの暑苦しい関係。そんなもの、まっぴらだ。常に人との距離を保ってきた自分の生き方が間違っているとは思わない。普段から孤独に耐え、自分と向き合う覚悟がなければ、戦いのリングに立てるわけがない。

隣ではゴードンさんが、ずんぐりとした胴体を窮屈そうに椅子に沈めて、パンフレットを覗き込んでいる。この人を見ていると、不思議と心が落ち着く。

「ゴードンさん」

「ん?」

「今度の俺の試合、観に来てくれるんですか」

ひげ面の角ばった顔が、柔らかく溶けていく。

「当たり前だろ」

俺は感情を表さないように、できる限り自然に頷いてから目を逸らした。

赤コーナー側には東軍選手の応援団が陣取っている。俺の席から、程遠くない所に嵐山を見つけた。同じジムに所属する笠原の応援に来たのだろう。ジムの仲間らしい若者に囲まれている。サングラスをかけ、光沢のある白いシャツを着て、はだけた胸元から金色のネックレスが光っている。隣の女性に話しかけているが、女性は澄まして前方を見ている。

軽蔑しているわけではない。ただ、嵐山のような人間が頂点に立つことが許せない。俺は親父にボクシングの技術だけでなく、チャンピオンにふさわしい人間になるようにと、厳しく躾けられてきた。あいつを見ていると、小さい頃から思い描いてきたチャンピオンのイメージが踏みにじられているように感じる。

ところが、嵐山と横田の対戦を観てから、あいつのことを簡単に切り捨てられなくなった。横田はボクシングと真摯に向き合い、人一倍練習に励んでいる。その横田の強打を恐れず、真っ向から打ち合いを挑み、リングに沈めた。

あいつの強さはどこから来るんだ。何に支えられているんだ。得体が知れないだけに不安を覚える。

来月、嵐山は日本タイトルの初防衛戦を行う。その時、俺も前座で日本ランク一位の選手と戦い、勝った方があいつに挑戦する権利を得る。自分の生き方を肯定するためにも、嵐山を倒さなければならない。

気が付くと、ゴードンさんが俺の顔を覗き込んでいる。

「お前、何だか知らんけど、いつも大変そうだな」

笑いながら、俺の肩を揉んでくれた。

哲

「どしたんやテツ？　体がカチカチやないか」

チョーさんがバンデージを巻く手を止めて、わいの顔を見上げました。この控室には西軍の選手と関係者が詰めていますが、戦い終わった選手がうなだれて戻ってくるんです。層の厚い東日本で勝ち抜いてきた選手には勝てへんのやろか。ぷっくり膨らんだ瞼から、涙を流す選手を見てると、心細うなってきたんです。

「今までうまいこと勝ててますけど、そろそろ、やられるんやないかと思たりするんです」

「心臓に毛が生えてると思てたけど、かわいらしいこと言うやないか」

「負けたら、わざわざ大阪から応援に来てくれてる人に、合わせる顔がありませんわ」

それというのも、試合の数日前に松浦はんが、ぎょうさん肉を持ってジムまで励ましに来てくれたんです。

「テツ、いよいよ決勝やな。皆で東京に応援に行くで。この前、農協の若い奴が、あんたの試合の日に定例会やる言うてな。どやしつけたったわ。『アホ、テツの決勝戦があるやないか。郷土の星を応援せんと、どないすんねん』て言うたったんや」

松浦はんて、そんな無茶苦茶言う人やったかいな。運動会や卒業式の時に来賓で来てたけど、いつも物言わんと行儀よう座っていたのに、人ってわからんもんやと、その時思たんです。

応援してくれるのはありがたいけど、あんまり期待してもろても背負いきれません。いろいろなことが次から次へと頭の中を駆け巡って、落ち着かんのです。

手と手が触れ合ってますので、わいの心の動きがわかったんやと思います。

「あんたが初めてジムに来た時のこと、覚えてるか？　サンドバッグを打つのが楽しいて楽しいて、しゃあないいっちゅう顔しとったやろ。わいな、その顔見て、こいつと一緒にボクシングができると思たら、ほんま、うれしかったんや。負けたって、誰にも文句言わせへん。プロっちゅうのはな、勝ったらええっていうもんとちゃうんや。お客さんにな、『ええもん見せてもろた』って言われてなんぼのもんや。あんたが戦こうてる姿、応援してくれてる皆さんに見てもろたら、それだけでええんとちゃうか」

バンデージで手首とこぶしを固められると、不思議なもんで、腹が据わってくるんです。漫画の主人公になったつもりで、シュシュッと息を吐きながら、白いこぶしで空を切りました。

「ええ調子やないか」

グローブをはめて、紐をしっかりと結んでもらうと、心も引き締まります。チョーさんが素手のまま、両手を構えてパンチを促します。ワンツー、ワンツーフックと続けざまに繰り出すと、雑念がチョーさんの手のひらに吸い取られていくように感じます。

「そうや、テツ、無心で、打って打って、打って、打ちまくるんや。あんたが負けるわけない。あんたぐらい練習してきた奴はおらん。そうや、その調子や」

猛スピードでパンチを放って応えました。

(わいが負けるわけない。まっすぐぶつかっていくだけや)

「ほな、行くで」

チョーさんがリングに向かう扉を開けました。

「ようっ、テツ、今日も一発ＫＯで頼むでぇ」

花道を歩いていると、松浦はんの声が館内に響き渡りました。それを合図に、皆さんが、やかましいくらいに声をかけてくれます。

リングに立って、対戦相手とまっすぐに向かい合いました。

目を見たらわかります。

(この人もボクシングに賭けてきたんや)

修二

平木さんが僕の前に膝をつき、繊細な手つきでバンデージを巻いてくれます。

「修二、石田は全試合、二ラウンドまでに相手を倒している。奴にとって三ラウンド以降は未知の世界だ。お前はこれまで、四ラウンドをフルに戦い、競り勝ってきた。負けないボクシングをやってきた。今日の試合は六回戦だ。最初の二ラウンドを持ちこたえたら、相手は焦る。三ラウンド以降は、お前が精神的に優位に戦える」

理にかなったことを静かな口調で話してくれるので落ち着きます。

「いいか、逃げたらつかまる。今までやってきたように、軽くてスピードのあるパンチを出し続けろ。懐に入らせないためのパンチだ。深追いはするな」

身長とリーチに大きな差があります。相手と距離をとって戦う自分のスタイルを考えると、くみしやすい相手のはずです。

「相手は一気に攻め込めないとわかると、誘ってくるぞ。誘いには絶対に乗るな」

以前見た石田選手の試合が頭をよぎりました。誘いに乗った相手は、一撃でリングに眠らされました。平木さんがつけてくれた八オンスのグローブで、自分の顔を殴ってみる。薄いクッションを隔てて、硬いこぶしの感触が頬に伝わってきます。

（ガードを怠った時、僕はリングに転がっている）

「修二、行くぞ」

戦いの場へ続く扉が開くと、前方のリングの輝きが目に飛び込んできました。光に吸い寄せられていく。一歩一歩、踏み出すたびに自分が戦士に変わっていくような感覚に陥りました。

「ようっ、修二、今日も一発ＫＯで頼むでぇ」

調子の外れた関西弁が、館内に響き渡りました。周りから、どっと笑いが起きる。声がした方を振り向くと、ジムの仲間に囲まれた嵐さんが、笑顔でＶサインを送ってきました。

「理名ちゃんも見てるよぉ」

理名さんは、背筋を伸ばして嵐さんの隣に座り、僕を見ています。暑苦しい男たちに囲まれているだけに、彼女の凛とした姿が際立っています。僕は強張った顔を緩めて軽く頷きました。

リングの下で、黄味がかった滑り止めの粉を踏みしめ、再び意識を集中させる。煌々と輝くスポットライトを浴びながら階段を上る。何度上がっても、誰が上がっても、リングに向かう時の心の高鳴りは変わらないと思いました。

六度目の後楽園ホールのリング。レフリーに呼ばれ、石田選手と向き合いました。太い眉の下の小さな目で、まっすぐに僕を見上げてくる。坊主頭のあどけない顔と、男たちをリングに沈めてきた強打が重なり合いませんでした。

　熱を帯びた光線が脳天を射る。石田選手を見ていると、次第に観客の存在が視界から消え、リングの上の二人だけが存在しているように思えてきます。

　コーナーに戻り、マウスピースを奥歯で噛みしめ、平木さんに向かって頷きました。

　ゴングが試合開始を告げる。

　相手は顎を両方のグローブで隠し、上目遣いで睨みながら向かってくる。僕はワンツーワンツーと小刻みにパンチを放って突進を阻む。相手はロープ際に追い込もうと、執拗に圧力をかけてくる。

　僕は左右にステップして相手をいなし、泳ぎながらもパンチを顔面に当てる。これを繰り返しているうちに、飛んでくるパンチの射程を正確に把握できるようになりました。

　ラスト三十秒を切ったところで、相手が鋭く踏み込み、渾身の力で右フックを放ってきました。左の前腕でのブロックが間に合わず、無防備なまま上腕で受け止める。パンチは重い衝撃とともに、骨と筋肉の間にめり込み、体ごと右に飛ばされました。

（腕に電気が走り指先が痺れてくる。恐怖を植え付けるために、意図的に上腕を狙って打ってきたんだ。怖気づいて下がると捕まる）

　懐に飛び込んで追撃してこようとするところを、相手の腰にしがみつき、クリンチで逃れました。

レフリーに引き離されたところで、第一ラウンドが終了。コーナーに引き返しながら、ラウンドを振り返りました。今まで戦った相手とは比べものにならない破壊力を肌で感じました。ただ、パンチ力に頼っている選手だけに、東日本の決勝戦の相手に比べたら、はるかに攻め方が単調です。

左腕の痛みと引き換えに、相手のKOパンチの間合いと軌道を把握できました。他のパンチについても、打つ時の癖、スピードと威力、さらにはコンビネーションのパターンまで、概ね頭に入れることができました。

哲

第一ラウンドが終了し、コーナーに戻りました。椅子に腰を下ろすと、チョーさんが、タオルで顔を拭いてくれます。

「あいつ、なかなかやりよる。せやけど、焦ることあらへん。大振りせんと冷静にチャンスを待つんや。一発当てたら一気に行くで」

チョーさんの声を聞きながら、前のラウンドを思い浮かべました。いつもなら出会いざまに、パンチを相手のガードの上から叩き込んで、有無を言わさずロープ際まで追い詰めますが、スピードのあるパンチを矢継ぎ早に打ってくるんで、なかなか懐に飛び込めませんでした。

思い切って踏み込み、左、右とパンチを打ったんですが、相手は目の前から消えてました。背を丸めてダッキングしたかと思うと、くるりと回って、わいの左横に立ってるやないですか。はっと思たら、スピードの乗った右ストレートを顔面に打ち込まれたんです。

当てただけのパンチで、ダメージはありません。急いで相手の方に向き直って、またワンツーを打ったんです。今度は、体を後ろにそらしてよけたと思たら、右に回り込んで、また、チョンチョンと、軽いパンチを打ってきました。

ひとつも効かへんのですけど、顔の前を飛ぶハエみたいにうるさい奴や、つかまえるのに難儀すると思いました。

腹に一発、強烈なやつをかましたかったんですが、懐に入り切れんので、腕に右フックを食らわしたんです。相手を威嚇するというよりも、パンチがなかなか当たらんので、どこでもええから一発ぶちかましたかったんです。

相手は吹っ飛んで、慌ててクリンチしてきました。あのパンチだけやなしに、ラウンドを通じてわいが押し込んでました。でも、どうやろ？　浅いパンチやけど有効打の数やったら負けてるかもしれません。

第二ラウンドが始まりました。

相手を逃さんように、じりじりと前に出るんやけど、うまいこと回り込まれて、ロープに追い詰められません。

（そんなに速い動きしてるように見えへんのに。いったい、どないなってるんや。パンチが当たれへん。時間だけが過ぎていきよる。あかん、あかん、焦ると大振りになって、ますます相手のペースに引き込まれていくがな）

何もでけへん間に、ラウンド終了のゴングが鳴ってしまいました。コーナーに引き揚げると、チョーさんがトランクスのベルトを引っ張って、深呼吸させてくれます。

「焦らんでもええ。相手は、あれだけパンチ打ってんのや。そのうちスピードが落ちてきて、捕まえられるはずや。ええか、前に出て圧力をかけ続けるんやで」

（ここから、わいにとって未知のラウンドや。せやけど、なんも変わらへん。スタミナは心配ない。今度こそ、追い詰めたる）

光一

「笠原、うまいな」

第二ラウンドが終わると、ゴードンさんが腕を組み、コーナーに戻った二人を眺めながら呟いた。

「石田は必死に追い込もうとしてるけど、攻めが単調だから、捕まえるのに苦労していますね」

「笠原は距離のコントロールが抜群にうまい。相手が打つ気を見せると、必要最低限の動きで射程から外れて、すかさず攻撃に出ている。相手の動きを読み切ってるぜ。石田はジャブさえ当てられなくなった」

「笠原も浅いパンチしか当てられないですけどね」

「そうだな。相手の反撃を警戒してのことだと思うが、重心が後ろ足に残ったまま打っている」

「慣れてきたら、次第に力のこもったパンチを打つようになりますかね。そうなってくると、石田も一発当てるチャンスが生まれるかもしれませんね」

「ただ、笠原は今までの試合、すべて僅差の判定勝ちだろ。はなから相手を倒すことなんて考えてないかもな」

「つまんないでしょうね。派手な打ち合いを期待して来たお客さんにとっては」

ゴードンさんは観客席を見回してから顔をほころばせた。

「俺はけっこう楽しんでるよ。ディフェンスの妙技に興味が持てるようになると、ボクシングの醍醐味がわかるんだけどなぁ」

「笠原は嵐山と同じジムだけど、戦い方は真逆ですね」

「笠原はうまいが、怖さはないな。お前のようなスピードとパンチ力のある選手と戦えば、防御にほころびが生じて崩されるだろうな。あれだけじゃ、上に行けないんじゃないか。あいつが嵐山の大胆さを兼ね備えて、一撃で倒せるパンチを持てば、恐ろしいボクサーになるかもしれないけどな」

笠原を改めて見た。背筋を伸ばして椅子に座り、セコンドの指示に耳を傾けている。

そこに、聞き覚えのある声が響き渡った。

「修二、ダンスはいいから、ボクシングやってね、ボクシング」

周りがどよめく。

(嵐山だ)

ゴードンさんが、ニッと笑いながら言った。

「まっ、あの二人が混じり合うことはないな。別世界の生き物だもんな」

哲

第三ラウンドのゴングが鳴りました。

「よっしゃ、気合入れていくで」

チョーさんが背中を勢いよく押して送り出してくれました。

(あかん、こっちがパンチを出そうとしたら、左手をわいの顔の前にピンと伸ばして牽制してきよる。かまわず打っていったら、サイドステップでよけられて空振りや。パンチを打とうとしても、空振りすると思たら、なかなか手が出んようになってきた。チョーさんは、「相手はそのうち疲れる」言うてたけど、ちっともスピードが落ちへん。そらそうや、力んで打ってこんし、無駄な動きしてへん。どないしたらええんや。このまま行ったら、打ち合いをすることなしに、試合が終わってしまうやないか）

肩で息してコーナーに引き揚げると、チョーさんがワセリンを塗ってから、わいの瞳を覗き込みました。

「笠原は打つ前からパンチの軌道を見切ってる。なんぼ打っても当たらんはずや。コンピューター付きのロボットみたいな奴やで」

「もうどないしたらええか、わかりませんわ」

チョーさんがグローブの上から、わいのこぶしをきつく握りしめました。

「あいつの逆手を取ったろやないか。ええか、よう聞け。次のラウンドの半ば過ぎまで、今までどおり、相手の顔を目がけてパンチを打っていけ。頃合いを見計らって、ジャブを顔の左、グローブ一つはずして打つんや。相手にとって想定外のパンチや。一瞬、戸惑うはずや。そこを右フックやなしに、ロングアッパーで相手のグローブの間をこじ開けるんや。あんたの得意な突っ張りのつもりでかましたれ」

「そんなうまいこと、いきますやろか？」

「気が付いてないやろけど、今まであいつの思うように打たされてたんやで。あんたが真っ正直に攻めるもんやさかい、あいつは自分の読みを過信してるはずや。何遍も騙されへんやろけど、一遍ぐらいは引っ掛かるやろ。あんたのパンチや、一発当たったらゲームセットや」

修二

「修二、気を抜くな。あと三ラウンドだ。ガードを怠らず、確実にポイントを稼いで行け」

平木さんに言われなくとも、気を抜くつもりは毛頭ありませんが、気持ちに余裕が出てきたのも事実です。

この試合が僕の目指しているゴールではありません。新人王タイトルは通過点に過ぎず、まだまだ強くならなければなりません。この一戦でいろいろな攻防のパターンを試すことで、戦い方の幅を広げていくつもりです。

第四ラウンド。相手は相変わらず単調な攻撃を仕掛けてくるので、ジャブのタイミングと軌道は正確に読めます。

ラウンド中盤を過ぎた頃に、フェイントを使って相手のジャブを誘う。想定どおり、相手は踏み込んでジャブを打ってきました。僕は右に回り込んでパンチをかわし、右ストレートを打つつもりでした。

ところが、右に動いて外したはずのジャブが、顔の正面に飛んできました。パンチを打とうとしていた右手でジャブを払う。予想外の動きに戸惑い、一瞬足が止まる。アッと思った時には、褐色のグローブが胸元からせり上がってきました。

体が動かない。左手でパンチを払おうとするが間に合わない。顎を引いて歯を食いしばる。顎への直撃は免れたが、パンチは前腕の間をすり抜けて、左目を捉えました。

硬くて重い衝撃を受けた瞬間、ドサッと暗闇が目の前に降ってきました。体が浮遊している感覚をおぼえた後に、腰から強い衝撃が伝わり、尻餅をついたのがわかりました。

「ツー、スリー……」

カウントを取る声が聞こえる。すぐそばに立っているレフリーの姿がぼんやりと見えてきました。

「フォー、ファイブ……」

目の前に差し出されているレフリーの手が、ぼやけて二重に見える。頭を振って、もう一度見る。徐々に映像が鮮明になってくるが、一つに重ならない。

「セブン、エイト……」

夢中で立ち上がって、ファイティングポーズを取りました。周りの景色がゆっくりと揺れ動いている。レフリーが瞳の奥を覗き込みながら、戦意があるか問いかけてくる。夢中で頷きました。

「ボックス」

相手が襲いかかってくる。

「残り五十秒だ。足を使え。ガードを固めろ」

平木さんが叫んでいる。

（逃げなければ……）

サイドステップでリング周縁を回り始めたが、すぐにロープに追い詰められました。両脇を固く締めて、顔面とボディを閉ざす。両腕の隙間から、ダメージを受けていない右目で相手の目を見る。容赦なく打ち込まれるパンチを、体をよじって受け止める。左の脇腹に硬いものが、めり込んできました。息ができない。鈍い痛みが波紋のように全身に広がっていく。苦しみに耐えられずに膝をつきました。

両手をついて、息を吸い込むことに意識を集中する。

「カウントエイトまで立つな。耐えろ。あと二十秒だ」

（平木さんだ）

上体を折り曲げて、立ち上がりました。自分の顔と体が引きつっているのがわかる。目が眩む。

（逃げても、逃げきれない。クリンチだ）

パンチを打ちながら前に出る。相手のパンチを一つかわしてから、なりふり構わず腰にしがみつきました。振りほどこうとする相手に抗い、食らいつく。

レフリーが二人を分けたところで、ゴングに救われました。

哲

「来たぁ、来た来た。それや、それそれ。それを待っとったんや」

「ハラハラさせやがって」

「次の回、きっちり決めてやぁ」

コーナーに戻る時、初めて応援に来てくれてる皆さんの声が聞こえてきたんです。やっと、気持ちに余裕ができたからやと思います。

チョーさんが小躍りしながら迎えてくれます。

「やったやないか、テツ。相手は虫の息や。もともと、あいつには一発逆転のパンチはない。一気に仕留めるで」

そのつもりや。しっかりと目で応えました。

せやけど、なんやろ、あの人。わいの腹に、フラフラしながら、しがみついてきたと思たら、溺れかけてる人間か何かのように、物凄い力で胴体を締めつけてくるやないですか。どっからあんな力が湧いてくるんや。なんやら気味悪うなって、夢中で振りほどこうとしたけど離さへん。

わいのパンチを食らって逃げまわってたけど、あの人の根はまだ死んでない。きっちり仕留めんと、反対にガブッと、やられてしまうかもしれへん。どっちにしても、次のラウンドが勝負や。

（一発で仕留めたる）

修二

平木さんがロープをくぐり抜け、駆け寄ってくる。僕を抱え、椅子に座らせました。「大丈夫か」と言いながら、頭から水をかけ、そっとタオルで拭き取り、傷の手当てをしてくれます。

戦っている間は気が付きませんでしたが、目の上が裂け、鼻血が出ています。眼球の奥の方が別の生き物のように脈打ち、疼いている。

「まだ戦えるか？」

僕に話しかけているんだと気付きました。反射的に頷きましたが、立ち上がってみない

います。

と、まともに戦えるかどうかわかりません。

場内のざわめきが、自分の発する呼吸音や心臓の鼓動と混じり合い、頭の中で渦巻いています。

その時、雑音の中から聞き覚えのある声が聞こえてきました。

「修二、逃げるな。向かって行け。一歩踏み込む勇気だ」

観客席から聞こえてきたのか、心の中から聞こえて来たのか、よくわかりません。いずれにせよ、その声、嵐さんの声が記憶を呼び起こしました。

この試合のために、嵐さんとスパーリングをしている時でした。僕が狙いすまして右ストレートを顔面に放った瞬間、嵐さんが低い体勢でぐっと踏み込み、パンチを紙一重でかわし、右ストレートを打ってきました。

パンチは顎の先端を捉え、僕はひっくり返りました。

「修二、これが横田を倒したパンチだ。相手を倒すのは、腕力じゃない。勇気だ。相手が渾身の力で放ったパンチに自分から向かって行く勇気。相手のパンチが当たれば、倒される。こっちのパンチが当たれば、相手の力を自分のパンチに乗せられる。一歩踏み込む勇気があれば、俺やお前のような非力な人間にも必殺パンチが打てる。ま、お前の戦い方には必要ないかもしれないが、覚えておいて損はないぜ」

嵐さんがパンチを放つ姿が鮮明に甦ってくる。その映像が僕に勇気を与えてくれました。

依然、二重に見えている像は重なりません。体中が疼き、息が苦しい。でも、神経は研ぎ澄まされています。生命を維持するための防衛本能のせいか、力が体中に漲ってくるのが感じ取れます。

(今なら、嵐さんのパンチが打てる)

目を凝らして青コーナーを見ると、セコンドがこぶしを振り上げ、石田選手を鼓舞しています。

(相手は無傷、僕は……。あいつが僕を仕留めに来た瞬間、その時が勝負だ)

第五ラウンド開始のゴングが鳴りました。

相手を凝視しながら、すっくと立ち上がる。相手はじりじりと前に出て来る。僕は大きくリングを回り始める。足はまだ使い物になりそうだ。相手はリングの中央を支配していて、僕が動いた方に体の向きを変え、襲いかかるタイミングを計っている。

僕がスペースを確保するために、回転方向を変えようとした瞬間でした。肉食動物が獲物を捕らえる時のように、俊敏な動きで襲いかかってきました。ガードを固め、踏ん張るが、パンチの圧力でロープに追い詰められました。

左、右、左、右とパンチが飛んでくる。

「そうや、テツ、打って打って、打ちまくれ。ここで決めるんや」

「修二、回り込め」

「逃すんやないで」

両腕を固く閉じ、相手のパンチを受け止める。体が左右に揺れる。脇腹への強烈なパンチを、肘を使ってかろうじてブロックする。

（執拗にパンチを繰り出してくるが、倒すためのものじゃない。僕のパンチを誘い出し、隙ができたところに、とどめの右フックを打ち込む。そのタイミングを計っているんだ）

相手はとどめのパンチを打つ前に、バックステップで距離を取ってから、鋭く踏み込み、左ジャブを打ってくるはずだ。そうやって右フックを振り抜くためのエネルギーを得、最適なポジショニングをとる。

僕がこいつを倒すためには、相手の右フックがトップスピードに乗る最も危険な領域に飛び込み、相手よりも早く、パンチを打ち込まなければならない。

（やるしかない）

ワンツーを突く。乗ってこない。相手がパンチを打つ合間に、もう一度、ワンツーを突く。

相手はよけて、ボディにパンチを打ち込んでくる。ロープにもたれかかり耐えました。攻撃が一瞬途絶える。

（誘っているんだ）

相手を睨んで、もう一度、顔面にワンツーを打ち込みました。相手はバックステップで一歩下がり、パンチを避けるとともに、右肩をいつもより大きく引いた。

（来る）

左ジャブを突いて、鋭く踏み込んできた。と同時に、右の肩をさらに引いた。上腕の筋肉が盛り上がる。右頬が引きつっている。

僕は顎を引いて左ジャブを額で受け止め、一歩踏み込むことで相手の右フックの軌道まで上体を移動し、右ストレートを振り抜きました。

右こぶしに、硬い感触があった。自分の体重と相手の体重がこぶしに乗る。すぐにその重量が右腕、上体、腰、そして軸足へと降りていく。

相手は固まったまま、顔からキャンバスに崩れ落ちました。

白いタオルがリングの上を舞う。

「テツ」

と叫びながら、セコンドが倒れて動かない石田選手のもとに駆け寄ってきました。

（僕は、初めて相手をリングに沈めた。初めて、人を殴り倒した）

光一

「あいつ、化けたな」

ゴードンさんが顎を右手で支えて、ため息混じりに呟いた。

「あそこから、よく挽回しましたね」

「あのパンチ、嵐山だよ。嵐山が横田を倒したパンチだよ」

思わずゴードンさんの方を振り向いた。

「ただ、嵐山は野性的な勘で、戦いの中からパンチを打つタイミングを嗅ぎつけている。無意識のうちにパンチを放っている。笠原は相手のパンチを意図的に誘い出して、それに合わせている。あの状況下でも、冷静に分析して活路を見いだしている。すごい奴が現れたもんだな」

認めざるを得ない。体が震えた。が、怖くて震えているんじゃない。俺はゴードンさんの方に体を乗り出してうそぶいた。

「まだまだ、あいつは俺の敵じゃないですよ。体のキレ、スピード、パンチ力、防御技術、ボクシングを構成しているすべての要素の完成度が違う」

「そうだな」

ゴードンさんが、笑顔で包んでくれる。

「あいつがもっと成長した時に戦いたい。その時には、俺は嵐山を倒し、さらに強くなっている」

「お前が言うと、ウソっぽく聞こえないところがすごいわ」

おどけているゴードンさんの澄んだ目を見た。

「ただ、あいつが教えてくれました。自分の殻を破り、成長していけるんだって」

ゴードンさんは、しばらくの間、俺を見つめてから、目を細めて言ってくれたんだ。

「お前こそ成長しているよ。今のお前なら、いいボクシングができるんじゃないか」

哲

暗闇の中から、「テツ、テツ」と叫ぶチョーさんの声が聞こえてきました。目を開けようとしたんですが、天井から射す強烈な光が瞳の奥に飛び込んできたので、すぐに目を閉じました。チョーさんの上半身の黒いシルエットが残像として残りました。

「大丈夫か?」

息遣いが感じ取れます。わいはリングに大の字に転がされてたんです。薄目を開け、しばらく横になっていました。

(何が起こったんや? わいは、あの人をボコボコにしたんやで。血だらけで、顔の形が変わっとったやないか。なんで、わいがマットに転がらなあかんのや)

相手のパンチ、まともに食らったのは、たったの一発です。わいは、めちゃくちゃ頑丈やさかい、今までにパンチをもらってもダウンしたことはありません。それが、一発でやられてしまいました。

どんだけごっついパンチ持っとるんや、あの人。いや、腕っぷしが強いんやない。タイミングです。ようわかりました。わいのぶつかっていく力とあの人の力を合わせて、顎を打ち抜いたんです。

理屈はわからんことないです。けど、そんなことできるんやろか。滅多打ちにされた後で、とどめのパンチに飛び込んで来るやなんて、命、惜しいないんかい。おとなしそうな顔してたけど、わいより腹が据わってます。

完敗です。

頭をもたげてチョーさんに話しかけました。

「チョーさん」

「なんや？」

「負けても、ボクシングって、ええもんです」

「アホ、負けるのは今日だけにしといてや」

と言いながら、そっと頭を支えてくれました。

「わい、笠原はんに挨拶したいんですわ。すんませんけど、連れていってくれますか」

チョーさんに肩組んでもろて、赤コーナーで傷の手当てをしてる笠原はんの前まで歩いていきました。

頭を下げました。

笠原はんは椅子から立ち上がって、形が変わってしもた顔を歪めて、抱きついてきました。

わい、負けてしもたけど、やっと一人前のボクサーになった気がしたんです。

修二

「修二、早く着替えろよ。祝勝会に遅れるぜ」

練習を終えて、着替え終わった嵐さんがロッカールームの鏡の前で、髪を整えながらせかします。試合から一週間がたち、平木さんが二人を自宅に招いてくれることになっていました。

「お前は理名に花を持ってけ。俺は酒でも買ってってくわ」

平木さん父娘は、ジムから北に五分ほど歩いたマンションに住んでいます。日が暮れ、人通りの少ない住宅街を足早に通り過ぎていく。練習で火照った体が、二月の冷気に晒され心地よく感じます。

玄関の前まで来ると、嵐さんがチャイムを鳴らせと目で促しました。僕は田舎にいた時から、よその家庭に招かれたことがなかったので、身を正してからボタンを押し、じっとインターフォンを見つめていました。

聞き慣れた理名さんの声がスピーカーから聞こえてくると、ほっと肩の力が抜け、その声がひときわ愛おしく感じられました。

しばらくするとドアが開き、

「おう、よく来たな」

「いらっしゃい」

二人が、笑顔で迎えてくれました。玄関に活けてある白い水仙の一輪挿しが、理名さんのイメージと重なりました。彼女のことを意識し始めると、平木さんの前で理名さんに花束を差し出すことが、単に手土産を渡す意味合いを超えた、自分の気持ちを晒す行為に思えてきました。

僕は買ってきたバラの花束を、「どうぞ」と言って目の前の平木さんに手渡しました。

「お前、やっぱりバカだな。花を女の人に渡さないでどうすんだ。俺がお酒を理名に渡すのか？」

嵐さんが呆れ顔で言いました。

「いいじゃないですか。花は僕と嵐さんから、平木さんと理名さんへの贈り物なんだから」

「なに屁理屈こねてんだよ。ったっく。常識ってものがないのか。大学で何習ってんだ」

「嵐さんにだけは、常識なんて言葉、使われたくないですね」

平木さんは苦笑いしながら、花束を理名さんに手渡しました。

「ありがとう」

理名さんは余計なことを言わず、微笑みながら花束を受け取りました。そのさりげなさが、僕を勇気づけてくれました。

「さ、飯でも食べようか」

平木さんに導かれてリビングに入ると、ソファの前に二つテーブルが置かれ、スペアリブ、焼き鳥、ピザ、サラダなどが所狭しと並べられていました。

理名さんがエプロンを取り、着席したところで、平木さんがビールの入ったグラスを掲げました。

「新人王、おめでとう」

嵐さんはグッと一息に飲み干し、グラスを僕に差し出します。

「嵐、お前、試合が近いのに、そんなに飲んでいいのか？」

「今日は、かわいい後輩のために、飲まないわけにいかないっしょ」

「お前が飲みたいだけだろ」

「明日から防衛戦に向けて、酒を断つ。今日が飲み納めだ。修二、目一杯飲むぞ」

「しょうがない奴だ」

と言いながら、平木さんもグラスを空にして上機嫌です。

「傷はもう大丈夫なの？」

理名さんが目の上の絆創膏を見て尋ねてくれました。

「目も正常に戻ったし、どこも痛まないよ。昨日辺りから、少しずつ体を動かしている」

「修二君は、またリングに上がろうと思っているの？」

「試合が終わった直後は、もうこりごりだと思ったんだけど、日がたって痛みがなくなると、体中がムズムズしてきて、気が付くとジムで練習してたんだ」

「お前、あんなにボコボコにされて、まだ試合やるってか？」

「嵐さんだって、試合の後はいつも顔の形が変わってるじゃないですか」

「俺のはパフォーマンスなんだって。お前みたいに、相手の腰にしがみついて、泣きべそかいてる奴と一緒にするな」

「誰がっ」

嵐さんは横目で僕を見ながら、追い打ちをかけてきました。

「それにしても、まぐれの一発が当たってよかったな。あれがはずれて、あいつのえげつないパンチをもらってたら、二度と理名の顔を拝めなかったぜ」

（確かに……）

あの瞬間を思い出すと、背筋に冷たいものが走ります。

「戦っている時、嵐さんが教えてくれたパンチが思い浮かびました。信じられないくらい猛スピードで頭の中の映像が切り替わるんです。どこから勇気が湧いて来たのか、どこにパンチを打つだけの力が残っていたのか、自分でもよくわかりません。追い詰められると、普段では考えられない力が発揮できるんですね」

「お前もわかってきたじゃん。強い奴とやってる時、どんな自分と出会えるか、ワクワクするんだ。一度その味を覚えると、やめられないんだよなぁ」

「嵐と修二は、戦術的なアプローチは違っても、求めているものは同じかもしれないな」

二人の話を黙って聞いていた平木さんが、頷きながら口を挟みました。

「修二君に敗れた石田君も、あなたたち二人の想いを共有していると思うな。試合の後に、君に挨拶に来た時の清々しい顔を憶えてる？　対戦している相手が想定以上のことをやってのけると、勝ち負けに関係なく畏敬の念を抱くし、喜びを感じるんじゃないかしら」

「修二、お前、珍しく褒められてるぜ」

嵐さんが肘で突っつきます。

ひとしきり僕の試合が話題になっていましたが、次第に話は他へ移っていきました。嵐さんの試合がテレビ放映されて以来、平木ジムの門を叩く若者が後を絶たないことや、理名さんの大学院への進学が決まったこと。さらには、妊娠中の嵐さんの奥さんが臨月を迎えようとしていることなど、場を盛り上げる話題に事欠きませんでした。

あっという間に時間がたち、気が付くと、理名さんも含め、全員出来上がっていました。場の空気とお酒に呑まれ、気が大きくなっていたのだと思います。僕はずっと気にかかっていながら口にできなかったことを、思い切って持ち出しました。

「平木さん、一つ聞いてもいいですか？　嵐さんの試合の後、ジェラルドさんが控室に来ましたよね。あの時の平木さんは普通じゃありませんでした。ジェラルドさんとの間に、何があったんですか？」

三人の動きが止まり、視線が平木さんに集まりました。

「平木さんの経験したことが、僕たちがボクシングをやっていくうえで、役に立つと思うのなら話してもらえませんか」

平木さんは眉をひそめ、正面の壁を見つめています。

「私も聞きたいな」

理名さんの口調は柔らかで、尖った空気を和らげてくれましたが、拒絶することを許さない強い意志が覗いていました。

「いいだろう。私もいつか話そうと思っていた」

愛娘の真剣な表情を見て腹を決めたようです。チューハイを飲み干し、グラスをテーブルの上に置きました。しばらく虚空を眺めていましたが、静かな口調で話し始めました。

私がボクシングを始めた頃は、高度成長期の真っ只中で日本中が活気づいていた。ファイティング原田さんや海老原さんに続き、世界チャンピオンが次々に誕生し、ボクシングも全盛期を迎えていた。

私は高校と大学でボクシングをやっていて、アマチュアの国内大会で何度か優勝したこともあるが、大学を卒業したらボクシングをやめて就職するつもりだった。というのも、その頃、同じ大学に通う女性と付き合っていて、卒業後に結婚する約束をしていた。理名の母親の美咲だ。

そこにジェラルドさんが現れたんだ。学生最後の大会を終えた直後だった。すでに彼は、二人の世界チャンピオンを育てた名伯楽として名を馳せていた。

「私が世界チャンピオンにしてあげる」というジェラルドさんの言葉に、ボクシングをやってきた人間が抗うことができるだろうか。彼について行けば、自分も世界チャンピオンになれる。そう思わせるだけのカリスマ性があの人にはあった。

ジェラルドさんの魔力に魅入られてしまったのだろう。私は決まっていた大手電機メーカーへの就職を蹴って、門田ジムに入ることにした。退路を断ち、すべてを賭けて臨むつもりだった。美咲はこの決断に反対したが、最終的には私のわがままを受け入れてくれた。

ジェラルドさんは当時、門田ジムの専属トレーナーで複数の選手を教えていたが、その中に、嵐と同じ児童養護施設で育った佐久間がいた。今はその四つ葉園の園長になり、嵐の親代わりになっている人だ。

　私が入門した時に、佐久間はすでに新人王に輝いていて、周囲の期待を集めていた。身寄りがないこともあり、ジェラルドさんを実の親のように慕い、信奉していた。二人の関係を見ていて、羨ましく思うほどだった。

　佐久間と私は同じ階級なのでライバル関係にあったが、同い年だったこともあり、すぐに何でも話せる仲になった。プロとして先輩だったあいつは、自分の経験から導き出したアイデアを惜しみなく聞かせてくれた。

　真面目で一本気な奴だから、先代の園長からの信頼も厚く、四つ葉園の子供たちからも慕われていた。私は佐久間のことを、ボクサーとしてだけでなく、人として尊敬していた。

　我々は順調に勝ち星を積み重ねていった。佐久間は負け知らずで日本チャンピオンになった。二度防衛してから日本タイトルを返上し、東洋太平洋タイトルに挑んだ。ジェラルドさんの思惑では、あの時点で佐久間を東洋、私を日本チャンピオンにするつもりだった。

　私は王座決定戦に勝利することで、空位になっていた日本タイトルを獲得することができた。

　一方、佐久間は東洋タイトルに挑戦したが、惨敗した。再起を期して臨んだ格下とのノンタイトルマッチでも、まさかのＫＯ負けを喫した。タイトルマッチでの敗戦を引きずっていたのだろう。

佐久間は苦しんだ。練習していても動きに精彩を欠くようになり、口数が次第に少なくなっていった。そんなあいつをジェラルドさんは、必要以上に追い込んだ。

東洋タイトルへの再挑戦が決まった時だった。ジェラルドさんは、佐久間と私がスパーリングをした後で言ったんだ。

「サクマ、東洋タイトルでつまずくようじゃ、世界は到底ムリね。今度負けたら、ヒラキに東洋を取らせるしかないね」

それ以来、あいつは私と口を利かなくなった。負けが続いて自信をなくし、後ろから迫ってくる私の影にさえ怯えていたのだろう。何よりも、苦しい時にこそ寄り添ってくれるはずのジェラルドさんに突き放されたことが、どれだけあいつを苦しめたことか。

普段から練習熱心だった佐久間が、狂ったように練習に励んだ。傍《はた》から見ていると明らかにオーバーワークだった。過酷な練習と減量で肌の艶がなくなり、唇が荒れ、目から生気が失われていった。真夏の暑さも加わり、まともに眠ることもできなかったのだろう。

ジェラルドさんは、あいつの変調に気付いていながら、「サクマが殻を破るチャンスよ。一皮むけないと、先はないね」と言って傍観していた。

疲労がピークに達する試合の一週間前に、とうとう張り詰めていた糸が切れてしまった。スパーリングの最中に、意識を失い救急車で運ばれた。精神も病んでいて、とても試合などできる状態ではなかった。結局、大事な試合に穴を空けてしまった。

あいつはボクシングをやめ、療養生活に入った。うつ病から抜け出し、穏やかな佐久間に戻るために一年近くを要した。退院後に、先代の園長の計らいで、四つ葉園で働くようになったんだ。

子供たちの世話をするのが性に合っていたのだろう。穏やかな日々を取り戻した。佐久間をずっと見守ってきた先代は、退職する時に施設をあいつに託した。

後から思えば、ボクシングをやめて良かったのかもしれない。だが、私は、佐久間を追い込んだジェラルドさんが許せないんだ。

佐久間が病院に運ばれた時、私はジェラルドさんと一緒に病院に駆けつけた。面会を許されないまま、ジムへ帰ることになった。夕暮れの歩道を歩きながらジェラルドさんが呟いた。

「残念ね。サクマもよく頑張ったけど、仕方ないね。持って生まれたものがあるからね。あの子は、日本チャンピオン止まりの器だったね。世界に行ける選手は、見ればわかる。体から放っているものが違うね。あなたは世界チャンピオンになれる資質を持ち合わせてる。アマチュア時代のあなたを見て、やっと金の卵を見つけたと思ったよ」

耳を疑った。私には、佐久間に対するいたわりの気持ちも、選手を追い込んだ自責の念も感じ取れなかった。私は立ち止まり、前を歩くジェラルドさんの背中に向かって言った。

「あなたは私をジムに引き入れた時から、佐久間のことを見限っていたんですか」

ジェラルドさんは振り返り、私を見た。

「私の使命は、このジムから世界チャンピオンを出すこと。ジムはそのために私をここに連れてきて、お金を払っている。名伯楽なんて呼ばれてるけど、いくら私でも、才能がない人をチャンピオンにすることはできないね。大事なのは、群れの中から、名馬を見つけ出すことよ。だから、自分であなたを見つけてきた。サクマの望みは世界チャンピオンになること。私にできることは、たとえ限界が見えていたとしても、選手が望めば、できる限り高みに押し上げる手助けをすることね」

右手の人差し指を私の顔に向けた。

「いつもサクマとスパーリングをしていたあなたには、わかっていたはず。今までどおりのボクシングをやっていても、サクマは上に行けないって。現実を見つめ、道なかばで夢を捨てるか、リスクを背負ってわずかな可能性に賭けるか、それを決めるのは選手自身ね。サクマだよ、選んだのは……。世界チャンピオンになれるのは、ほんの一握りの人間だけ。なれなかった選手は消えていく。それがサクマや私、そしてあなたが選んだボクシングの世界ね。ちがう？」

青い瞳が、異論を挟むことを許さない強い光を湛えていた。

にもかかわらず、病院で横たわる佐久間の姿が頭から離れない私は、ジェラルドさんに抗った。

「佐久間は追い込まれていた。トレーナーであるあなたは、わかっていながら、壊れるのを見過ごした。いや、あなたが、あいつの心をからめ取り、追い詰めたんだ」

ジェラルドさんは、顔色一つ変えなかった。一歩進み出て、私の顔を覗き込んで言った。

「じゃあ聞くけど、あなたは親友なのに、わかっていながら、なぜサクマを止めなかったの？　止めることができた？　できないでしょ。世界を目指すボクサーはね、行き着く所まで行くしかないのよ。その覚悟がない選手は、たとえ才能があったとしても、世界チャンピオンなんて、なれるわけないね」

ジェラルドさんは、前を向き歩き出した。が、彼の背中を睨んだまま動かない私に気付くと、立ち止まり、背を向けたまま言った。

「ヒラキ。自分で気付いているかどうかわからないけど、あなた、サクマが壊れるのを望んでいたんじゃない。前を走る人の背中は、励みになるけど、目障りなもの。仲良しごっこじゃ、頂点に立てないね。毒を食らう覚悟を持ちなさい」

ジェラルドさんは、そう言い残して立ち去った。私は、言い返せなかった。混乱していたんだ。小さな背中が夕闇の中に消えていくのを、ただ見送ることしかできなかった。

すっかり陽は沈み、駅前通りは賑わいを取り戻していた。私は雑踏の中を一人で歩きながら、思いを巡らした。

佐久間が練習にのめり込んでいる時、励ましや気遣いの声をかけはしたが、あいつが日々やつれていく姿を見ていながら、練習をやめろと言い出すことができなかった。ジェラルドさんが言うように、誰が止めることができただろう。同じボクシングの道を歩む人間だからこそ、あいつの気持ちがわかる。

私の中に、佐久間の敗戦を願う気持ちはなかっただろうか。あいつが壊れるのを望んでいなかっただろうか。

そんな思いも、いろんな感情の断片と共に、心の中に潜んでいたかもしれない。しかし、そんな思いが意識の表面に浮かんで来ようものなら、即座に葬り去っていた。私は佐久間に対して誠実であろうとしていたはずだ。

ところが、ジェラルドさんの言葉を聞いたことで、自分の立っている地平が、揺らぎ始めているように感じたんだ。

私はジェラルドさんと一緒にボクシングをすることが怖くなった。佐久間のように、知らず知らずのうちに、彼の魔術に操られて、自分を見失った状態でリングに立ち、壊れてしまうのではないか。目標に向かって頑張れば頑張るほど、目指すべき自分の姿から、離れていくように思えたんだ。

何のためにボクシングをやっているのかわからなくなってきた。世界チャンピオンを目指しているが、そのためにボクシングをやっているんじゃない。修二がここに来た時に言っていたが、「生きていることを実感したい、人生の中で輝く瞬間を持ちたい」という想いが、ボクシングをやる根拠だったはずだ。

選手はトレーナーと、心を一つにしなければ戦えるものではない。もう、ジェラルドさんと一緒に歩むことはできないと思った。私はボクシングをやめた。

ジェラルドさんは、ジムが引き留めたにもかかわらず、佐久間と私のことで責任を取りジムを去った。しばらくして、彼はフリーのトレーナーとしてジムを渡り歩くようになった。彼にも生活があり、また、日本のボクシング界は彼の手腕を求めていたんだ。

これが、ジェラルドさんと私の間にあったことだ。

私は甘かったのだろうか？　ボクシングに対し、勝手な幻想を抱いていた世間知らずの若造が、現実の世界を見せつけられ、尻尾を巻いて逃げ出しただけなのだろうか。

私にはどうしても、そう結論づけることができなかった。ボクシングが私の中でくすぶっていた。ボクシングをやめた後、家業の不動産屋を手伝っていたが、親が亡くなった時、遺産を整理してボクシングジムを開いた。

確かめたかったんだ。ジェラルドさんと同じトレーナーの立場に立って、もう一度ボクシングに触れてみたかった。私が情熱を傾けたボクシング、夢を描いたボクシングは、素晴らしいものだと、自分の手で証明したかったんだ。

ここで若者たちとボクシングをすることで、私自身、多くのことを学んでいる。例えば、この前の修二の試合だ。石田に滅多打ちにされている時、選手を守るために、タオルを投げて試合を止めるべきか迷った。

私はタオルを投げなかった。あの時、修二の目は死んでいなかったからな。結果的に、修二は試練を乗り越えた。極限の戦いを通して大きく成長した。

だが一歩間違えれば、二度とボクシングができない体になっていたかもしれない。トレーナーの判断次第で、若者の人生そのものを奪うことになってしまう。

ジェラルドさんもギリギリのところまで佐久間を追い込み、あいつの成長を期待した。結果は裏目に出たが、やろうとしたことに変わりはない。

しかしだ。トレーナーや周りの人間は、選手を追い込んではならない。選手が、なぜボクシングをやるのかということを見失った時、リングに上げてはならない。選手は、自分のために、自分の想いを遂げるためだけにリングに上がるべきだ。選手をビジネスの道具にしてはならない。


話し終えた平木さんは、背を丸めているせいか、疲れたように見えました。長年一人で抱えてきたことを打ち明けて、肩の力が抜けただけかもしれません。

重苦しい空気が場を包んでいたのですが、いつものように嵐さんが風穴を開けてくれました。

「オヤッサンも佐久間の親父も、堅すぎんだよ。もうちょっと、楽にやれないもんかな。

だいたい、ボクシングなんて、金儲けの見世物なんだから」

「お前が羨ましいよ」

平木さんが苦笑いしながら呟きました。そのあと、真顔になり、嵐さんに向かって言いました。

「お前にも教えられたことがあるよ」

「……………」

「笑顔だよ」

平木さんは自分の発した言葉から力を得たように、力強く訴えかけました。

「無心でサンドバッグを打った後の爽快感。厳しい練習や減量に耐え、恐怖を克服してリングに上がった時の、たまらなく自分を誇らしく思う気持ち。試合で力を出し切った時の充実感。ボクシングから歓びを得られなくなったら、やめるべきだ」

「オヤッサンらしいな。ま、今度、ジェラルドの教え子の白木が勝ち上がってきたら、きっちり俺が、オヤッサンのボクシングを見せつけてやるよ。見たか、これが平木ジムのボクシングだって」

「お前のボクシングが、平木ジムのボクシングだと思うと泣けてくるよ。せめてガードだけは、ちゃんとしてくれよな」

僕には嵐さんのように、冗談を言って場を和ませる才覚も度胸もありません。声に出して笑うことぐらいしかできませんでした。理名さんも微笑んでいました。きっと僕と同様に、この二人と時間を共にできることを幸せに感じていたのでしょう。

帰り道、嵐さんはポケットに手を突っ込み、来た時よりもゆっくりと歩いて行きます。葉を落とした百日紅《さるすべり》の並木が、月の光を浴び、幹に点在するいびつな瘤を浮かび上がらせています。

きっと嵐さんは、親代わりで育ててくれた佐久間さんや、若き日の平木さんのことを思い浮かべていたのでしょう。僕は嵐さんが話しかけてくるまで、黙って歩くことにしました。

以前、平木さんに聞いたことですが、嵐さんは暴力をふるう親から引き離されて養護施設に連れてこられたそうです。嵐さんの中には深い闇の部分があり、それがリングへと駆り立てているのではないか。

僕は幼い頃、無限に広がる宇宙、永遠に続く光のない世界を思い浮かべると、怖くて眠れませんでした。もしかすると嵐さんは、生まれた時からずっと暗闇の中にいて、表向きの明るさは、心の中の闇を覆い隠すために身につけた術《すべ》ではないのだろうか。

誰にも依存しない、何にも執着しないところに彼の強さがある。嵐さんにとって、チャンピオンになることなど、どうでもよく、闇を永久に葬り去るため、自分の人生に決着をつける機会をボクシングに求めているようにさえ思えてくるのです。

気が付くと、石神井公園の前まで来ていました。ボート乗り場に人影はなく、係留されているボートの群れが、寒さに震えるように揺れていました。

「修二、ったく、いつになったら理名をボートに乗せてやるんだよ。勝ち続けてるうちが花だぜ。負けだすと女のことなんか考えられなくなっちまうからな」

言い返すことはできたのですが、今の嵐さんには逆らいたくありませんでした。

「春になったら、誘ってみます」

「おう、約束だぜ」

手を振ってから、嵐さんは薄暗い公園の小径に消えていきました。


四月になり、無事三年生に進級できました。桜の花が満開になる頃、僕は嵐さんとの約束を果たすことにしました。

晴れた日曜日の午後、理名さんと二人でボートに乗り込むと、アルバイトの青年が、「行ってらっしゃい」と言いながら勢いよく船尾を押してくれました。

水の中にオールの先端を沈めて、握りしめた柄を胸の方に引き寄せるだけの単純な動作なのですが、左右のバランスが取れずに、ボートは揺れながらジグザグに進みます。

「僕の田舎には、たくさん川があるけど、池はないんだ。だからボートはないし、女性を乗せて、漕いだこともないんだ」

他のボートにぶつからないように、辺りを見回しながら、気もそぞろに話しかけました。

「修二君が何を主張したいのかよくわからないけど、ボートを漕ぐのが下手なことなら、大丈夫だよ。そのうち、慣れるから」

池の半ばまで来ると、やっとオールも手になじみ、落ち着いて漕げるようになりました。ボートは桜の花に囲まれた池の上を緩やかに進んでいく。陽光が水面に反射して、彼女の柔らかな頬の線を金色に輝かせています。

「理名さんは漕ぐの、上手なんだ？」

「君より少しマシかな。父と一緒によく来たから。初めて漕いだ時、うまくできなくて泣きながら一生懸命漕いでたよ」

理名さんがサンドバッグを打っている姿を見て驚いた時も、同じ言葉を返されました。その時は癪に触ったものの、額の汗を拭きながら澄んだ瞳で見つめられ、胸が高鳴ったことが思い出されます。

あれから、ほぼ毎日、ジムで顔を合わせています。一緒に嵐さんの試合を観戦したり、僕の試合の応援にも欠かさず来てくれます。なのに、ボクシングを離れて誘ったことは一度もありませんでした。

先週、嵐さんの防衛戦があり、応援に行った帰りに、「ボートに乗ってお花見しよう」と誘ったのでした。

向き合っていると、適当な話題が浮かんでこないので、せっかく二人でボートに乗っているのに、またボクシングの話を持ち出してしまいました。

「嵐さん、すごかったな。三ラウンドＫＯで危なげなく防衛したね。今度は、門田ジムの白木光一選手とだね」

「次は大変な試合になりそうね。以前、白木君を観た時はリングの上で迷いがあったけど、今は付け入る隙が見当たらない。ずいぶんたくましくなっていたね。二人とも人気があるから、盛り上がるわよ。どっちが勝っても、二人にとって、もう国内に敵はいないね」

理名さんは熱を込めて持論を展開してから、僕と目が合うと慌てて付け足しました。

「ゴメン、君がいたね」

「いいよ、気を使わなくても。僕には、もう少し時間が必要だな。まずは、次の日本ランカーとの試合に勝たなきゃ」

進行方向の左手を眺めると、遊歩道の奥に、斜面を利用した野外ステージが設けられている。人だかりの中から、軽やかなバイオリンの演奏が聞こえてきました。理名さんはステージの方を向いて聴き入っていたので、僕は彼女の視線を気にすることなく横顔を眺めていました。

感傷的なメロディに触発されたのだと思います。ずっと気になっていたことを、問いかけました。

「あのさ、立ち入ったことだけど、聞いてもいいかな」

「改まって、どうしたの？」

「理名さんのお母さんのことだけど」

彼女は僕を見つめながら頷きました。

「お母さんは、どうして平木さんと別れたの？　やっぱり、先の見えないボクサーとの生活に行き詰まったのかな」

「そうじゃないの。私が大学生になった時、母から別れた理由を聞かされたことがあるの。あの人は父にもっと頼ってほしかったみたい。あの頃の父はボクシングしか見えていなかった。悩んでいる時も、一人で抱え込んで誰にも頼ろうとしなかった。

母は、自分は何のためにいるのだろうって思ったみたい。父のわがままを受け入れて、ボクサーとしての父と一緒に歩もうと思っていたのに……。父の中の自分が、とても小さい存在だと思ったみたいね。だからあの人も、自分の道を進むことに決めたんだって。

わからないよ、ホントのところは。でも、理由はどうあれ、あの人は、父と幼い私を残して出ていったの」

理名さんは眉間にしわを寄せながら話し終えました。話している間、目の焦点が合っていないように見えたのですが、にわかに凛とした目になり、僕を見据えました。

「お父さんも悪いのよ。決してあの人のことを想っていないわけじゃなかったのに。ちゃんと自分の気持ちを伝えないから」

僕は思わず目を逸らしました。

細長い池の端まで来て折り返した時には、意識しなくともオールは勝手に水をとらえ、ボートは水面を滑るように進んでいきます。僕は漕ぐ手を止めて、意識を目の前に座っている理名さんに集中しました。

「僕が初めてジムに顔を出した時、最初に会ったのが理名さんだった。それからずっと僕のことを見ていてくれた。僕は、これからどうなるかわからない。でも、これからも、僕のことを見ていてほしいんだ」

たくさんの花をつけた枝垂桜の枝の先端が水に浸かっている。その前で鴨の親子が戯れている。

「いいよ」

僕はオールをしっかりと握りしめ、花びらが浮かぶ水面を漕いでいきました。

光一

「ヨコタ、どうしたの？　思い切って攻めなさい。いつからそんなチキンになってしまったの」

ジェラルドさんが、リングサイドから容赦なく発破をかける。

久しぶりに、横田とスパーリングを行っているのだが、これがあの横田なのか？　親父と一緒にこのジムを訪れ、初めてグローブを合わせた時に見せた不遜な態度や、無謀ともいえる強気の攻めは影を潜め、小さくまとまったつまらない選手になっていた。

ひと月前、俺は挑戦者決定戦で日本フェザー級一位の選手を破り、嵐山の持つ日本タイトルに挑む権利を得た。

同じ日、嵐山に負けてから調整を続けてきた横田も、満を持して復帰戦に臨んだ。ところが、嵐山にもらったカウンターパンチが頭をよぎるのだろうか、好機に攻めきれず、大差の判定負けを喫した。一度負けると攻めが慎重になり、思い切った戦いができなくなる選手がいる。横田はその典型だった。

無敗でチャンピオンに挑戦する俺だが、王座から陥落し、苦しみもがいている横田の姿は、明日の自分を見ているようで身につまされる。

一ラウンドが終わり、コーナーに帰って来た横田に、ジェラルドさんは容赦のない言葉を浴びせかける。睨み返せよ、と思うのだが、横田はグローブを見つめたまま、全身でジェラルドさんの言葉を受け止めている。自信をなくしたボクサーはみじめだ。

三ラウンドを戦い終えた後、肩で息をしている横田をジェラルドさんが叱咤《しった》する。

「しっかりしなさい。女の子がボクシングやってると思ったよ。リングの上で泣き出さないでよね」

　いくらなんでも、ひどすぎる。俺はジェラルドさんを睨みつけ、グローブをはめた手をロープに叩きつけてからリングを下りた。

　結果がすべての世界だ。誰も助けてくれない。試練は自分で乗り越えるしかないとわかっているのだが……。

　理屈じゃない。ジェラルドさんの言葉に無性に腹が立つ。選手と一緒に歩むトレーナーの役割は何なんだ？　ジェラルドさんのように、傷口を攻めて、選手に反骨心を呼び起こさせることなのか。あれが、横田のようにボクシングに真剣に向き合っている者に対して取るべき態度なのか。

　練習を終え、更衣室の椅子に座りバンデージをほどいていると、横田が近づいてきた。

「光一、すまんな。不甲斐なくてお前の練習にならなかったな」

「いえ、大丈夫です」

　顔を上げて応えたが、すぐに目を逸らして、またバンデージをほどき始めた。視界の隅で、横田の握りしめたこぶしが震えている。俺は息を止めて、体を緊張させた。

「同情はやめてくれ。お前に同情されるくらい、みじめなことはない」

　いきなりグローブで顔を殴られた気がした。何も言い返せなかった。トレーナーと選手の間には、二人だけの世界がある。そこに割って入って、勝手に感情をぶちまけた自分に呆れてしまう。恥ずかしさが猛烈な勢いで込み上げてきた。横田の顔を見ることができない。俺はバンデージを見つめたまま頭を下げた。

数日後、再び横田とグローブを合わせた。調子は相変わらず上がらないようだ。パンチは一瞬のひらめきで打つべきものなのに、頭で打とうとしている。考えると、初動が遅くなるうえ、余計な力が入り、スピードが乗ったパンチを打てない。打ち返される。焦る。苦し紛れのパンチを打つ。悩めば悩むほど、泥沼に沈んでいく。

ジェラルドさんの怒号は次第にエスカレートしていく。

「そんなことじゃ、いつまでたっても日本タイトルを取り戻せないよ。一生、コーイチの前座でいいの？」

横田の動きが止まった。振り向き、ロープ際に立っているジェラルドさんに歩み寄る。つけていたヘッドギアをもぎ取り、キャンバスに叩きつけた。横田が大事にしているメキシコ製の黒いヘッドギアは、床からの衝撃を受け止め、いびつな形になったままジェラルドさんの足元に留まった。

「あんたは、光一が勝てば、それでいいんだろ。あんたが見つけてきた、かわいい選手だからな。あいつを世界チャンピオンにすれば大儲けできるしな。やってらんねえよ」

ジェラルドさんは黙って横田を見ていた。その表情からは、何を考えているのか読み取れない。練習場を出ていこうとする横田を見ようともしなかった。

俺は極力二人に目を合わさないようにしながら練習を終えた。ジムを出て、あてもなく歩いた。ゴールデンウイーク明けのせいか、仕事帰りの人々の姿には倦怠感が漂っている。巣鴨駅の前まで来ると、ガードレールにもたれかかり、白山通りの下を行き交う電車を眺めていた。暗がりの中、車窓から黄色い明かりを漏らしながら小さくなっていく電車を眺めていると、ジムでの光景が甦ってきた。

何が俺の心を重くしているのだろうか。横田が出て行ったことは気掛かりではあるが、そのこと自体が問題ではない。横田とジェラルドさんの衝突を間近に見ることで、以前から心の片隅で抱いていた疑念が、差し迫った問題として目の前に突きつけられたんだ。

果たして俺は、ジェラルドさんとやっていくことができるのだろうか。信じ切ることができるのだろうか。横田の姿が、明日の俺と重なる。嵐山との戦いに臨む前に、はっきりと答えを出さなければならないと思った。

寮に帰り、頃合いを見計らって食堂に行くと、ゴードンさんがお酒を飲みながら食事をしていた。

「『鳥安』の焼き鳥、良かったらどうぞ」

帰り道に駅前の商店街で買ってきたものを差し出した。

「おお、気が利くねえ」

笑顔で焼き鳥を手に取るゴードンさんの正面に座った。何から切り出していいか迷っていると、向こうから口火を切ってくれた。

「見てたぜ。とうとう横田がキレちまったな。まあ、あいつの気持ちもわからんでもないが。真面目な奴ほど思い詰めちまうからな」

自分の言葉に頷きながら焼き鳥を頬張っている。

「なに？　お前、あいつのことを心配してるのか」

「いいえ、横田さんには、この前、お前に同情されるほどみじめなことはないと言われました」

ゴードンさんは、食べていた焼き鳥を噴き出しそうになった。

「お前らしくないことするからだぜ。クールな光一君のイメージを壊したら駄目よ。じゃあ、何、どうしたの？」

「横田さんが言ってましたよね。俺が勝つとジェラルドさんが大儲けできるって。どういうことですか」

「ああ、それか。お前のマネージャー権のことを言ってんだよ」

ゴードンさんによると、マネージャーは対戦相手を決めたり、プロモーターとファイトマネーの交渉をしたり、選手の権利を守る役割を果たす。日本では所属するジムが、トレーナー、マネージャー、プロモーター、すべての機能を提供するので、試合に関し、選手はジムに任せきりになる場合が多い。

ところが俺の場合は、フリーのトレーナーであるジェラルドさんに誘われ、ここに来た。その時、彼はジムと交渉して、特別に俺のマネージャー権をもらった。だから、俺が試合をすることによって、トレーナーとしてだけでなく、マネージャーの報酬も得ることができる。もし俺が世界チャンピオンにでもなれば、横田をチャンピオンにした時より、はるかに多くの金が懐に入るらしい。

大方の選手は、世界タイトルマッチなど高額の金が動くようにならない限り、運営の仕組みに関し無頓着だ。俺もその辺の事情について疎かった。

ジェラルドさんがいつも言っている「ボクシングはビジネスね。お客さんを呼べる選手になってね」という言葉が頭をよぎった。俺は金儲けの道具にされているだけなのか。そう考え出すと、しわだらけのジェラルドさんが、欲にまみれた守銭奴に思えてきた。

たぶん、考えていることが顔に出ていたのだろう。

「光一、ジェラルドさんを誤解したら駄目だぜ。マネージャーの話と、横田の件は関係ない。あいつがひがみ根性で言っているだけだ」

ゴードンさんは、持っていた串を皿の上に置いてから、改めて俺を見た。俺の中で、ジェラルドさんの像が定まらない。黙っている俺に、ゴードンさんは言った。

「金目当てでボクシングをやっている人間に、何人もの世界チャンピオンを育てられると思うか？　選手がついてくると思うか」

素直に首を横に振ることができない。眉をひそめ、ゴードンさんの言葉を待った。

「ジェラルドさんがあそこまで厳しくするのは、世界を目指す意志がある選手だけだ。横田は世界チャンピオンになると公言していたが、日本タイトル辺りでまごついているようじゃ、世界など望めるはずもない。上に行くなら、もっともっと強くなる必要があるのに、いつまで負けを引き摺ってんだよ。ここを乗り越えられない選手は、夢を諦めて、とっととボクシングをやめた方がいい。みじめになるだけだ」

いつになく厳しい口調に驚かされた。ゴードンさんにとって、横田の件は他人事ではないんだ。ゴードンさんだって、若い頃、世界チャンピオンを目指してボクシングを始めたに違いない。限界が見えた時に悩み、自分の想いに折り合いをつけて、今もボクシングを続けているのだろう。

「俺にだって、選手自身が乗り越えなければならないことだとわかっています。でも、トレーナーは負けた時こそ、選手に寄り添うべきじゃないですか」

「あのな。ここみたいに大きなジムになると、次から次へと才能のある選手が入ってくる。ジム側の人間は、負けて頭打ちになった選手に、ひととおりの励ましの言葉をかけても、腹の中では見切りをつけている場合が少なくない。言い過ぎかもしれないが、負けた者には興味ないいんだよ。そういう世界だ。

でも、ジェラルドさんは違うと思うよ。選手を見捨てない。自分が悪者になっても、選手を奮起させようとしている。お前、横田とスパーリングをやっていて肌で感じただろ。技術じゃない、横田は心が折れている。そんな選手に、自分がリスクを背負って、カンフル剤を与えているんじゃないか。

俺にもあの人のやり方がベストかどうかはわからない。ただ、ジェラルドさんは、あのやり方で世界チャンピオンを育ててきている。俺が知っている限り、あの人はどんなことがあってもブレない。横田がここで逃げ出すのなら、それまでの話だ。しょせん、世界で戦う器じゃなかったということだ」

「以前から、ジェラルドさんを知っているんですか」

「ああ、俺がこのジムに入門した時、あの人は門田ジム所属のトレーナーだった。でも、俺が入ってから一年足らずで、このジムを出ていったけどな」

「なぜ辞めたんですか」

「教え子を追い詰めて壊してしまったんだ。同僚だった選手も、ジェラルドさんのやり方に反発してジムを出て行った」

ゴードンさんは、二人の選手に起こったことを、熱を込めて話してくれた。ジムを去った佐久間と平木という選手は、目標にしていた先輩だったので特に印象に残っているらしい。

コップに残っているビールを一気に飲み干すと、ゴードンさんは虚空に目を向けながら、とつとつと話し始めた。

ジェラルドさんは、二人の看板選手を引退に追いやった責任をとってジムを去ったことになっている。俺も当時はそう思っていたんだが……。俺はここに長く居るから、いつの間にか、酒を飲みながら会長の愚痴を聞く役回りになったんだ。ジェラルドさんが辞めてからだいぶたって、会長が当時のことを話してくれたんだ。

俺が入門した頃、今の会長は先代からジムを引き継いだばかりで、ジムを大きくしようと躍起になっていた。一方、ジェラルドさんは、現場の言うことを聞かない二代目のやり方に腹を据えかねていた。

そこに佐久間さんの一件が起こったんだ。どんなふうに手を回したか知らないが、二代目が、東洋タイトル奪取に失敗していた佐久間さんに、再挑戦の話を持ち込んできた。ジェラルドさんは、今戦っても勝ち目はない、時間が必要だと言って再戦に猛反対した。今度、タイトル奪取に失敗したら、佐久間さんは、もう立ち直れないだろうと思ったからだ。

二代目は強引に推し進めた。というのも、佐久間さん自身が再戦を望んでいたからな。ジェラルドさんは、腹を決めて、勝たせるためにギリギリまで追い込んだ。佐久間さんはそれに応えようとしたが、試合まで心と体がもたなかった。

責任をとったのも事実だが、ジェラルドさんは二代目に愛想をつかして出て行ったというのが本当のところみたいだ。二代目も、強引なやり方では結果が出ないことが、次第にわかってきた。数年前に、二代目が直々にジェラルドさんに頭を下げて、フリーのトレーナーとしてだが、ジムに戻ってもらった。俺をこの寮に留めているのも、若い選手の相談に乗ってほしいと二代目に頼まれたからなんだ。

話を聞いて、ジェラルドさんという人の輪郭がはっきりしてきた。佐久間さんと平木さんの気持ちも痛いほどわかる。もし、若かった二人のそばに、ゴードンさんのような人がいれば、違った展開になっていたかもしれない。

「いいか、光一。ジェラルドさんがマネージャー権に固執したのは金のためじゃない。お前を頂点に立たせるまで、ビジネスの道具にさせないためだ。あの人も歳だから、これが最後のチャンスだろう。お前には特別な思い入れがあるんじゃないか」

食堂の壁には、一枚の写真が掛けてある。このジムで初めて世界チャンピオンになった選手が、リングの上でチャンピオンベルトを巻き、両手を高く掲げている。その横で、白いタオルを肩にかけた、しわのないジェラルドさんが微笑んでいる。

写真を見ながらゴードンさんがため息混じりに言った。

「横田が嵐山と戦った時、ジェラルドさんと平木さんが、リングの上で対峙しただろ。さすがの俺も背筋が寒くなったよ。平木さんは、あなたを許さないと、啖呵を切ってジムを出て行った人だ。その平木さんが、強い信念を持って、嵐山という選手を育て上げ、ジェラルドさんに挑んできた。今度は、お前が平木、嵐山チームに挑む。神様は何がしたいんだろうと思えてくるよ」

ゴードンさんの憂いに満ちた顔を見ても、俺にはもう迷いはなかった。俺のボクシングをやるだけだ。ジェラルドさんには教えを乞う。だが、誰にも、もたれ掛からない。

（リングで戦うのは俺だ）

横田が出て行ってから一週間が過ぎた。練習をしていると、頭を剃り上げた横田が現れた。練習場の入り口に立ち、唇を一文字に結んでいる姿はまるで修行僧だ。リングの脇で練習生に教えているジェラルドさんの背中を見つめていたが、インターバルを告げるブザーが鳴ると、意を決し、近づいて行った。

「すみませんでした」

振り向いたジェラルドさんに深々と頭を下げた。ジェラルドさんは、横田の顔を一瞥《いちべつ》してから、何も言わず練習場から出て行った。横田は突っ立ったまま、老師の後ろ姿を眺めている。

しばらくして、ジェラルドさんが手提げ袋を持って戻ってきた。

「乱暴にするからストラップが壊れてたよ。修理、間に合ったね」

郵便はがき

料金受取人払郵便

新宿局承認

2524

差出有効期間
2025年3月
31日まで
(切手不要)

160-8791

141

東京都新宿区新宿1－10－1

(株)文芸社

愛読者カード係 行

お名前《ふりがな》			明治 大正 昭和 平成 年生 歳	
ご住所《ふりがな》	□□□-□□□□			性別 男・女
お電話番号	(書籍ご注文の際に必要です)	ご職業		
E-mail				
ご購読雑誌(複数可)		ご購読新聞 新聞		

最近読んでおもしろかった本や今後、とりあげてほしいテーマをお教えください。

ご自分の研究成果や経験、お考え等を出版してみたいというお気持ちはありますか。

ある　ない　内容・テーマ(　　　)

現在完成した作品をお持ちですか。

ある　ない　ジャンル・原稿量(　　　)

書　名			
お買上書　店	都道府県　　　　市区郡	書店名	書店
		ご購入日	年　　月　　日

本書をどこでお知りになりましたか?

1.書店店頭　2.知人にすすめられて　3.インターネット(サイト名　　　　)

4.DMハガキ　5.広告、記事を見て(新聞、雑誌名　　　　)

上の質問に関連して、ご購入の決め手となったのは?

1.タイトル　2.著者　3.内容　4.カバーデザイン　5.帯

その他ご自由にお書きください。

(　　　　)

本書についてのご意見、ご感想をお聞かせください。

①内容について

②カバー、タイトル、帯について

弊社Webサイトからもご意見、ご感想をお寄せいただけます。

ご協力ありがとうございました。

※お寄せいただいたご意見、ご感想は新聞広告等で匿名にて使わせていただくことがあります。

※お客様の個人情報は、小社からの連絡のみに使用します。社外に提供することは一切ありません。

■書籍のご注文は、お近くの書店または、ブックサービス(0120-29-9625)、セブンネットショッピング(http://7net.omni7.jp/)にお申し込み下さい。

と言いながら、鈍い光沢を放つ黒革のヘッドギアを、横田の腹に押し付けた。

哲

「どないなってんのや。負けてから、えらい強ようなったやないか」

コーナーに戻ってくると、チョーさんが声をかけてきました。

笠原はんに負けてから、じっとしてられへんのです。一週間の安静期間が過ぎると、すぐに練習を再開しました。今日は、香田先輩とのスパーリングです。一気にコーナーに追い詰めて、パンチの雨を降らせました。

褒められても素直に喜べません。自分と同等か格下の選手を力任せにコーナーに追い込み、攻めたてる練習を何遍繰り返しても、笠原はんには勝てる気がしません。

あの時、チョーさんのアドバイスがなかったら、何もさせてもらえないまま試合は終わっていたはずです。たまたま小細工に引っかかってくれたから一矢報《いっしむく》いたものの、最後は、計算ずくのカウンターで倒されました。

自動小銃を持ってる相手に、竹槍で突っ込んで行ったようなもんです。自分のボクシングが時代遅れに思えてきます。

今までは、何でもチョーさんに打ち明けてきたのですが、今回ばかりは、わいの中の何かが引き留めたんです。自分の気持ちを突き詰めて、言葉にするのが怖かったのかもしれません。

「ヘンシーン」

グローブをつけたまま、仮面ライダーが変身する真似をしました。笑いで誤魔化すところは子供の頃から変わっていません。

「わいは踏みつけられて、進化するんですわ」

「笑かしてくれるやないか。負けた時ぐらい、しょんぼりせんかい」

チョーさんはヘッドギアの上から軽く頭をはたいてから、ドリンクボトルを手渡してくれました。

全日本の新人王にはなれませんでしたが、応援してくれた皆さんは、わいの戦い方に満足してくれたみたいです。後援会長の松浦はんが、デビュー戦から撮りためたビデオをドキュメント映画風に編集して、地元の公民館で上映してくれました。おかげで後援会の会員も一気に増えたようです。

会社では一緒に働いている皆さんが激励会を開いてくれました。会社の近くの居酒屋で、十人ばかりがテーブルを囲みました。班長の峯田はんは、わいの目の前に座って喜んでくれてましたが、酒がまわってくると、思案顔で黙り込んでしまいました。

そのことが気になっていたんですが、翌日、仕事が終わった時に事務所に呼ばれました。

「ほかでもない、仕事の相談や」

ソファにどっかと座り、眉根を寄せています。

「でかい仕事が舞い込んできてな。現場は琵琶湖の東側の山岳地帯や。尾根伝いに鉄塔を建てて、五十万ボルトの送電線を張る仕事や。うちの会社がその一部を請け負ったから、わいらも借り出されることになったんや。

深い山の中やし、冬は雪が積もって仕事がでけへん。四月に取りかかって、十月中に完工させなならん。その間、現場の仮宿舎で泊まり込みになる。他の連中は了解してくれてる。テツ、あんた、どないする？」

どないすると言われても、急な話で、頭が回りませんでした。

「あんたは真面目で、仕事も堅い。これからも一緒にやりたいと思てる。せやけど、ボクシングも今が大事な時や。この仕事に参加したら、少なくとも半年はジムに通われへんし、試合もでけへんやろ。それがあんたにとって、ええことなのか、わいにはわからんのや」

まっすぐに、わいのこと見てます。

「ボクシングのことは、ようわからん。けど、あんたが並みの選手やないことぐらいはわかる。ずっとあんたの試合を観てきたけど、いずれチャンピオンになる器や。何より、あんたはお客さんに勇気を与えてくれる。誰にでもできることやない。

この仕事をやってる限り、これから先も、ボクシングがでけへん時が多々あるはずや。

今の仕事をやりながら、ボクシングを続けていくのは容易でないと思てな。ええ機会やから、そこら辺のところ、自分の中ではっきりさせといたらどうや」

いずれぶち当たる問題やと薄々感じていたんですが、先のことは考えずに、ここまで夢中でやってきました。峯田はんが言うように、はっきりさせる時が来たんやと思いました。

「すんません。すぐには返事できませんので時間ください」

峯田はんと別れてから、あれやこれやと考えているんですが、考えれば考えるほど、どないしたらええのか、わからんようになってくるんです。

今の仕事が好きです。皆さん良くしてくれるし、鉄塔の上に立って仕事をする時の、痺れるような緊張感は捨てがたいものがあります。それに、母ちゃんや妹のためにも、収入の安定しているこの仕事を辞めるわけにいきません。

でも、ボクシングも、やっと芽が出てきたところです。どこまで行けるか試してみたい。そもそも、ボクシングをやるために大阪に出て来たわけやし、仕事のためにボクシングがでけへんというのもおかしな話です。

二、三日考えて、決めました。何もボクシングを辞めるわけやない。半年だけや。試合はでけへんけど、山の中走ったり、練習は続けられる。先のことは、また考えたらええ。

新人戦も終わったことやし、久しぶりに丹波に帰ることにしました。無性に母ちゃんの顔が見たかったんです。

昼過ぎに家に着いたので、母ちゃんにご飯を食べさせてもらいました。こたつに入って、みかんを食べながら大阪での暮らしぶりについて話しました。皆さんのおかげで、仕事もボクシングも順調にいってることや、今度大きな仕事が入って、半年はボクシングがでけへんことも話しました。

「松浦はんには、きちんと話をせないかんと思て帰って来たんや」

母ちゃんは、わいの前に座ってのんびり話を聞いてたんですが、次第に難しい顔になってきたんです。松浦はん、という言葉が引き金になったように思います。姿勢を正して、わいを見据えました。

「あんたは、何しに大阪に行ったんや？」

「どないしたんや。急に、何を言い出すんや」

「出て行く時、正座して母ちゃんに言うたこと忘れたんか。ボクシングするために大阪に行かしてください、そう言うたやろ。初めて試合に勝って帰って来た時は、なんて言うた。世界チャンピオンになるって、威勢のええこと言うてたな。そんで、なにかい。試合に負けたら、ボクシングちょっと休んで、仕事しますってか」

「負けたことは関係あらへん。仕事やから、しょうがないやろ」

「あんたが何言うても、はたから見てるもんには、そうとしか聞こえへん。仕事もボクシングも一生懸命やるって体裁のええこと言うてるけど、あんた、逃げ道つくってるだけやないか。二股かけて、世界チャンピオンなんかに、なれるわけないやろ。あんたはそんな器用な人間とちゃう」

子供の頃、悪いことして帰ってきた時、黙ってても、ちゃんと見抜かれてた。あの時と同じように、母ちゃんに射すくめられて、胸がどきどきしてきました。

「負けたんやろ……。何をおいても、今まで以上に練習せなあかんのとちゃうんか」

胸のど真ん中に、ぶちかましを食らわされた気がしました。けど、無駄やとわかってましたが、悪あがきをしてしまいました。

「なに言うてんねん。母ちゃんは、わいがボクシングやめて、普通の仕事してほしいんとちゃうんかい」

「アホ、誰がそんなこと言うた。あんたがどつかれてるところは見たあないと言うただけや。何のために畑売って、送り出したと思てんのや」

母ちゃんは座り直し、息を整えてから言いました。

「この前、松浦はんがわざわざ家に来てくれてな。あんたの試合のビデオを観るために公民館に連れていかれたんや。いやや、言うたんやけど、世話になってる松浦はんが頭下げて頼むさかいな。

観たがな、あんたが戦こうてるところ。よう頑張ってたやないか。何より、ビデオを観てる皆さんに驚かされたがな。普段おとなしい人が、大声出してあんたのことを応援してた。うちも釣られて一緒に声出して応援したがな。それがなんや。なに逃げだしてんのや。ほんま、なさけないわ」

「わいが、なんで怒られないかんのや。ボクシングも仕事も一生懸命やる言うてんのに、怒る親がどこにおるねん」

言い返せば言い返すほど、自分が言うてることと、思てることが空中分解していくように感じました。

外の空気を吸うために、川沿いの道を歩くことにしたんです。冬枯れの小道をしばらく行くと、切り株があったので腰を下ろしました。雪解けの水を湛えて、せわしげに流れている川を眺めていると、大阪に出る決心をした時のことが思い浮かんできました。

ボクシングをやるために大阪に行きたいと訴えた時、母ちゃんはしっかり受け止め、応えてくれた。一心に想う気持ちが通じたんやと思います。

けど、今の自分の言葉には、あの時の迫力がない。母ちゃんは一緒に戦こうてるつもりでいるだけに、わいの腰の据わってない態度が我慢ならんのや。

身も蓋もない言い方やったけど、わいが認めたくなかったことを、母ちゃんが言葉にしてくれました。

（わいは逃げたんや……）

笠原はんに負けて、ボクシングに対する情熱が失われたわけやない。今まで以上に練習に励んでるつもりです。せやけど、時々、笠原はんと戦こうてる夢を見るんです。

リングの上で向かい合う。あの人の目を見る。足がすくみ、脂汗《あぶらあせ》が噴き出してくる。コーナーに追い詰められる。喘《あえ》ぎながら矢継ぎ早にパンチを繰り出し抵抗する。わいを見下ろす笠原はんの涼しい顔が近づいてくる。不意にパンチが飛んで来て、目の前が真っ暗になる。息が苦しくなって目が覚める。

なんや夢かいな、と気付いてほっとするんですけど、その後に、ベストパンチを外されて殴り倒されたという現実が、じんわりと迫ってきて寒々とした気持ちになるんです。力でねじ伏せられた……。どうあがいても、あの人にはかなわんかもしれん、という思いが押し寄せてくる。人に殴り倒されるとは、こういうことなんや。今まで積み重ねてきた自信やプライドが、根こそぎ持っていかれるように感じるんです。

そんな弱気でいるところに、仕事の話を鼻先にぶら下げられたんや。わいは背負っているものを放り出して、飛びついたんです。

松浦はんに会うことなしに、その日のうちに大阪に帰ることにしました。母ちゃんには、「もうちょっと考えてみるわ」と言うて出てきましたが、腹は決まっていました。

明くる日、ジムに顔を出しました。時間が早かったので、二、三人の練習生がサンドバッグを叩いているだけです。チョーさんは事務所の椅子に座り、饅頭を食べながら練習風景を眺めていました。

「チョーさん、教えてください」

「どしたんや？　辛気臭い顔して」

チョーさんの前に座り、前置きなしに尋ねました。

「どうやったら、笠原はんに勝てますか？　あの人には何をやっても先回りされて、返り討ちに遭ってしまいます。自分のボクシングが時代遅れで、なんぼ練習しても、何遍戦こうても、勝てんように思えてしまうんです」

チョーさんは饅頭をお茶で流し込み、ひとつ喉を鳴らしてから改めてわいの顔を見ました。

「ちっとは負けがこたえてきたみたいやな。初めて殴り倒された時は、誰でもそうや。自分のボクシングが信じられんようになる。せやけど、あんたが思てるほど、笠原との間に差があるわけやないで」

わいを見つめたまま、身を乗り出してきました。

「あのな、あんたが負けたんは旧式のボクシングをやってるからとちゃう。あんたの目指すボクシングができてないだけや。まだまだ穴だらけや。あいつに勝とうと思たら、一つ一つの技術に磨きをかけていくしかないんや」

「せやけど、この前みたいに手を読み切られたら、なんもでけへんやないですか」

「読まれるような打ち方するからや。打つ前にモーション盗まれてて、『はい次、これ打ちますでぇ』って、教えてやってるようなもんや。どのパンチもノーモーションで打てるようにせなあかん。それに攻めが単調やから読まれる。もっと、コンビネーションの引き出しを増やすこととやな。

あんた、今まで相手に読まれることを意識して戦こうたことないやろ。ただ相手の隙を見つけて打ち込んでるだけや。ええか。シャドーする時も、サンドバッグ打ってる時も、目の前の相手に見られてることを意識するんや。隙のないボクシングしたら、あいつかて、そんな簡単に読めるもんやない」

暗闇に陽が射して、進むべき道が、また見えてきた気がしました。

「チョーさん、なんでもっとはよう教えてくれへんのです。正味、もうあかんと思てました」

「どあほ、仮面ライダーの真似して強がってる奴に誰が教えるかい。真正面から向きおうてない奴に、何言うてもあかん」

素直に謝ってから、母ちゃんに言われたことや、戻ってくる時に考えたことを話しました。

「今の会社を辞めて、ボクシングに専念しようと思てます。ボクシングやりながらできる仕事を探します。今までは、ただ夢中でボクシングやってたんですが、ここからは本気で世界チャンピオンを目指すつもりです」

「その覚悟があるんやったら、もう一段上のボクシングを目指してみるか」

わいは息を止めてチョーさんの言葉を待ちました。

「ボディーワークや。あんたは、相撲のツッパリと同じで上体を起こしたまま、力ずくで相手を追い込んでいく。そこいらの奴ならそれだけでも通用するけど、世界にはなかなか通用せえへんで。

上半身を上下左右に柔軟に動かして、相手のパンチをかわすのと同時に、鋭く踏み込んでパンチを打つ。そしたら、リーチのある選手や、足のある選手にもパンチが届く。笠原にしたって、踏み込まれて打ち返されると思たら、安易に誘いのパンチを打ってこれんようになる。

ところが頭でわかってても、なかなかできるもんやない。ええお手本がおる。マイク・タイソンや。あいつは、ボディーワークでパンチをことごとく空を切らせて、自分よりはるかに大きな相手の懐に入り、一発で仕留めてる。見事なもんや。日本人で、あんなことできる選手はおらん。テツ、挑戦してみる気あるか？」

わいは、唾を飲み込みながら頷きました。

「よっしゃ、決まりや。これから会長に話しに行くで」

その場でチョーさんが電話してくれて、会長さんの家に向かうことになりました。

会長さんは仕事から帰ったばかりで、背広のまま迎えてくれました。

「ええ話を聞かせてくれるそうやな」

リビングのソファに座るなり、笑顔で話しかけてくれました。わいは、田舎でのいきさつや、チョーさんと話したことを繰り返しました。

「チョーさん、おもろなってきたやないか。とうとう、夢が叶うで」

「なに言うてまんねん。気が早すぎますわ」

「わいは人を見る目だけはあるんや。こいつはやりよる。なんやら初めて店を持った時のように、ワクワクしてきたで」

会長さんはいそいそと席を立って、台所から徳利とお猪口を三つ持ってきました。

「盃を交わそうやないか。桃園の誓いや。世界を獲りにいくで」

この時は、ありがたくお酒を頂きました。胸の辺りが焼けるように熱かったです。

「松浦も、聞いたら喜ぶでぇ。仕事のことは心配せんでもええ。うちの店で働いたらええんや。給料はだいぶ下がるやろけど、ボクシングに専心できるはずや」

もう後戻りはでけへん。ここからが、ほんまの勝負です。皆さんの想いをしっかり背負って、頑張るつもりです。

修二

「嵐、お前、ホントに大丈夫なのか？　美幸さんに付き添ってなくていいのか？」

平木さんが運転席からルームミラー越しに嵐さんに尋ねました。

「子供なんて自然に生まれてくるもんでしょ。俺が付いていても何もできないっすからね。さあ、出発、出発」

平木さんのワゴン車で横浜のジムに向かうところです。嵐さんのタイトルマッチが一週間後に迫っており、挑戦者の白木光一選手とタイプが似ている選手とスパーリングを行うための遠征です。僕と四回戦の選手二人も同行することになっていました。

ところが、当日の明け方に、美幸さんが臨月を前にして破水したので、嵐さんは彼女をタクシーで病院まで送り、昼過ぎまで付き添っていました。母子に異常はなく、通常の分娩ができそうだと医師に告げられたこともあり、遠征に踏み切ったのです。

朝からの騒ぎで寝不足だったのでしょう。道中、嵐さんは居眠りをしていたのですが、首都高速を下りて海が見えてくると、背伸びをしてから平木さんに声をかけました。

「オヤッサン、三ラウンドは短いっすよ。せっかく横浜まで出向くんだから、もうちょっとやらせてよ」

「試合は間近だ。ここからは疲れを抜くことを最優先にしなきゃな」

「早く白木とやりたいなあ。ジェラルドが手塩にかけて育てたサラブレッドだからな。やっと骨のある奴とやれるぜ。爺さんには悪いが、あいつを踏み台にして世界に駆け上がりますよ」

「余計なことを考えるんじゃないぞ。お前のボクシングをすることだけを考えろ」

「わかってますよ。とにかく、これが最後の日本タイトルマッチだ。俺は世界をめざす。修二、お前のために日本チャンピオンの座を空けといてやるよ」

嵐さんが隣にいる僕の肘を突っつきます。

「上ばかり見てると、足をすくわれるぞ」

平木さんが釘を刺すと、嵐さんは夏の陽光を照り返して光る海を眺めながら呟きました。

「俺、今は負ける気がしないんすよ」

ルームミラー越しに嵐さんを見ていた平木さんは、黙って目的地まで車を走らせました。

ジムに着いて準備が整うと、同行してきた四回戦の選手がスパーリングを行い、そのあとで僕がリングに上がりました。次の試合までひと月以上あるので、八回戦の選手二人に三ラウンドずつ相手をしてもらい、内容の濃い練習ができました。

いよいよ嵐さんの登場です。雑誌の記者がカメラを構え、周りで練習していた人たちも動きを止めてリングを窺っています。

開始のブザーが鳴る。嵐さんは車の中で発した強気の発言を裏付けるように、リングの上で躍動しています。相手はクラスが二つ上の日本ランカーで、白木選手と同じ長身のサウスポーです。

周囲の視線に刺激されたのか、ひと回り大きい相手は最初から力ずくで攻めてきました。今までの嵐さんなら、負けずに打ち返していくのですが、前腕で頭部とボディをしっかりとガードして相手のパンチを受け止めています。

二ラウンド目になると、長い腕から突き刺すように放たれる相手のパンチをかいくぐって、カウンターを打ち込もうとしています。時々、相手のパンチを外しきれずにぐらつく場面もありましたが、ひるむことなく執拗に繰り返していました。

最終ラウンドでは、持ち味である高速の連打を放ち、相手をコーナーに追い詰める場面もありました。体のキレもよく、順調に仕上がっているようです。

練習を終えると、嵐さんは病院に電話をして、奥さんの様子を確認しました。陣痛は始まったが、まだ生まれていないようです。手早く着替えを済ませ、平木さんの車で病院に向かいました。途中道路が混んでいたので、練馬の病院に着いた時には九時を回っていました。

「修二、お前、ヒマなんだから俺に付き合え。社会勉強だ」

言葉とは裏腹に、嵐さんがいつになく落ち着かない様子だったので、黙って頷きました。

平木さんは、「何かあったら電話しろ」と言い残して、他の選手を連れて帰っていきました。

受け付けを済ませ、美幸さんが入っている分娩室の前まで来ると、通路に置かれた長椅子に、背を丸めた男が一人で座っていました。

「佐久間の親父、なんでこんな所にいるんだ」

「おう、嵐、間に合ってよかったな。俺は、お前と美幸の親代わりだからな。子供が生まれる時は、必ず知らせろと美幸に言っておいたんだ」

「ったく、物好きなんだから」

嵐さんは佐久間さんの隣に座りました。

「もう、いつ生まれてもおかしくないんだけどな……。生まれるまで、旦那も中に入れてもらえないみたいだぞ」

佐久間さんは平木さんと同い年のはずですが、ずっと年配に見えました。垂れ気味の目尻に刻まれたしわ、短く刈り揃えた胡麻塩頭に、ずんぐりとした体つきから、几帳面で穏やかそうな人柄がにじみ出ていました。平木さんに教えてもらっていなければ、この人が自分を追い込み、壊れてしまうまでボクシングにのめり込んでいたなどと、想像もできなかったと思います。

僕は挨拶をしてから、二人の邪魔にならないように長椅子の端に座りました。産科の病院に入るのも、出産に立ち会うのも初めてですし、ずっと興味を惹かれていた佐久間さんの出現で平静を保つことができませんでした。

一方、嵐さんは、わが子が生まれる瞬間に臨み、尋常な精神状態ではないはずですが、いつもの調子で冗談を飛ばしていました。

嵐さんが席を立った時、佐久間さんが美幸さんについて話してくれました。四つ葉園で嵐さんと一緒に育ち、十八歳になって施設を出てから児童指導員の資格を取り、今では佐久間さんのもとで働いているそうです。二人の結婚のいきさつを話してくれているところに、嵐さんがコーヒーを買って戻ってきました。

ひんやりとした空気に包まれた病院の廊下で、温かいコーヒーを黙って飲みました。一息つくと、佐久間さんがゆったりとした口調で話し始めました。

「なあ嵐、子供も生まれるし、そろそろお前もちゃんとした職に就かないか。ボクシングは気が済むまでやればいいと思うが、いつまでも職を転々としていないで、うちの園で働かないか？　美幸もそれを望んでいると思うよ。お前なら子供たちに人気はあるし、俺も心強いのだが」

「俺に子供の世話なんかできるわけないだろ。心配するなって。すぐに世界チャンピオンになって、美幸にも楽をさせるからよ」

「ま、今は次の試合で頭がいっぱいだろうから、今言ったことを頭の隅にでも留めておいてくれ」

嵐さんは、片方の頬にえくぼを作って頷きました。

話も尽きて、正面の扉をぼんやりと眺めながら、三人並んでおとなしく座っていました。練習の疲れのせいか、うとうとし始めた時に、赤ん坊の泣き声が聞こえてきました。三人同時に体を乗り出し、意識を扉の向こうに傾けました。

「生まれたぞ」

佐久間さんが嵐さんの腿を掴んで、神妙な声で言いました。

しばらくすると、扉が開いて看護服を着た中年の女性が顔を出しました。ピンクの壁を背に行儀よく座っている男たちが、食いつくような視線を向けてきたのが滑稽に映ったらしく、助産師さんは思わず噴き出しました。

「お待ちどおさま。おめでとうございます。元気な女の子ですよ」

と言いながら、父親になった嵐さんを部屋に導き入れました。残された二人は手持ち無沙汰で、どう振る舞ってよいかわからず、顔を見合わせてから閉まった扉を眺めていました。

程なくして、助産師さんが再び現れて僕らを部屋に招き入れてくれました。中央に置かれたベッドに美幸さんが横たわっていて、その傍らで、白い肌着に包まれた赤ん坊が眠っています。標準よりかなり小さい子だそうです。薄い皮膚に包まれた赤紫色の頭部と、嘘みたいにちんまりとした手だけが覗いています。愛らしさというよりも、その子が放つ生々しさに胸を突かれました。

　ベッドの向こう側から、膝をついて赤ん坊を覗き込んでいる嵐さんの顔は強張っていて、美幸さんの穏やかな表情と対照的でした。固まったまま動かない嵐さんを見かねて、助産師さんは赤ん坊を抱いてみるように促しました。

「無理っすよ。怖くて抱けません」

　ますます強張った表情になり、手を横に振る嵐さんを無視して、助産師さんは赤ん坊をそっと抱き上げ、差し出しました。嵐さんは見よう見まねで、恐る恐るわが子を腕に抱きました。

　赤ん坊は目を閉じたまま、口を尖らせ、唇をかすかに震わせて、嵐さんに何か話しかけているように見えます。

「お父さんになったね」

　美幸さんがささやきかけました。

　嵐さんは赤ん坊を抱く両腕をしっかり固定したまま、ゆっくりと頷きました。慎重に赤ん坊を助産師さんに手渡してから、美幸さんを見つめ、目で何かを訴えているようですが、言葉になりません。

「美幸、よく頑張ったな。ゆっくり休め」

佐久間さんが代わって思いを伝えました。

親子水入らずのひと時を邪魔しないように、佐久間さんと一緒に部屋を出て長椅子に腰を下ろしました。今にも壊れそうな、この上なく頼りない命が、僕の心を激しく揺さぶっていました。今まで感じたことのない大きな力が、ここにいる人たちを包んでいるように感じました。

誰かと気持ちを共有したくて、何か言ってもらいたくて、隣の佐久間さんを見ました。僕の視線を感じ取ったのか、扉を見つめたまま、ぼそっと呟きました。

「幸せになってほしいよ」

幼い頃から二人を見てきた人の、心からの願いのように聞こえました。僕も、嵐さんの家族には幸せになってもらいたいと思います。

その一方で、平凡な幸せというものを、素直に受け入れたくない気持ちが、自分の中に存在していることに改めて気付きました。

(限りある命だからこそ輝く瞬間を持ちたい)

そんな想いからボクシングを始めました。恐怖に打ち克ってリングに立った時、生きていると感じる。過酷な減量と練習を経て勝利した時には、世界を征服したような高揚感が得られる。

嵐さんに惹かれたのも、ボクシングに打ち込んでいるのも、退屈な日常が、この先ずっと続くということに耐えられなかったからです。凡庸な自分から抜け出す、その想いが今の自分を駆り立てています。

ところが、無防備な赤ん坊を見ていると、そんな想いに囚われてあがいている自分が、生きるという自然な流れから逆行しているように思えてくるのです。

母子を病院に残し、佐久間さんの車で帰ることになりました。助手席に座った嵐さんは、放心したように窓の外を眺めていました。

ジムの前で僕と嵐さんは車を降りました。

「あの子のためにも、試合頑張れよ」

別れ際に佐久間さんが車の中から声をかけました。

「俺にできるのは、試合に勝つことぐらいっすね」

嵐さんが片手を上げて応えます。

僕は自転車で帰るので、その場で嵐さんと別れました。一人、夜道を帰っていく嵐さんの後ろ姿を見ていると、平木さんの言葉が胸に迫ってきました。

「リングに立つ者は、なぜ戦うのかという問いに対する答えを持たなければならない。戦う意味を見失った時、リングに上がってはならない」

誰にも依存しない、何にも執着しない自由奔放なボクシング。そこに、嵐さんの強さがある。今日、わが子を抱いて、この命が自分の手に委ねられていると感じたはずです。守るべきものができた今、嵐さんはどんな気持ちでリングに上がるのだろう。チャンピオンになった選手が、リングの上で幼い子供を抱いて、インタビューを受けている場面をよく見かけます。また、父親と共に切磋琢磨し、二人三脚でチャンピオンになった選手も多くいます。

親子の絆が、戦うための心の支えになると思うのですが、僕にはどうしても、嵐さんがリングの上で子供を抱きかかえ微笑んでいる姿を思い浮かべることができませんでした。嵐さんをリングへ駆り立てる想いは、家族を守ろうとする想いと、相容れないように思えてならないのです。

真夜中を過ぎ、人通りが途絶えた住宅街を自転車で疾走すると、タイヤが路面を噛む音だけが耳に入ってきます。

(何を考えているんだ。嵐さんは絶好調。赤ん坊も無事生まれた。懸念する材料は何もない。明日になれば、また、いつもの嵐さんに戻るはずだ)

石神井公園を通り過ぎる時、ボートの上で揺れる理名さんの顔が浮かんできました。ボクシングにのめり込んでいる自分がいる。僕の目の前には一本の道があるが、先を見通そうとしても真っ暗で何も見えない。理名さんを愛おしく想っているが、彼女と結婚し、子供を共に育てていくなど考えてみたこともありません。ボクシングを追い求める自分の未来と、理名さんとの将来が一本の道として重なり合うのだろうか。

何も考えがまとまらないまま、静まり返った夜道を駆け抜けていきました。

翌日、ジムに現れた嵐さんは、減量のために黒のサウナスーツに全身を包み、凄みを増していました。サンドバッグを打つ姿に、近寄り難い気迫を感じます。笑顔が消えたのは、減量苦と試合が間近に迫った緊張のせいでしょうか。心の内を計り知ることはできませんが、試合に向けて集中できているように見えました。

平木さんの強い勧めで、白木戦に集中するために、美幸さんと赤ん坊は試合が終わるまで病院に留まることになっています。嵐さんは病院に向かうため、いつもより早く練習を切り上げました。

帰り際に、練習をしていた僕に声をかけてきました。
「修二、今度の試合、オヤッサンの補助でセコンドに付いてくれ。了解は取ってある」
思ってもいなかったことなので、すぐに言葉が出てきませんでした。
「傍でよく見ておけ。お前もいずれあいつと戦うだろうからな」
四回戦の選手のセコンドに付いた経験はあるのですが、大事なタイトル戦に、嵐さんと、ひとつのチームとして戦えるなんて願ってもないことです。

今回の防衛戦、嵐さんは新たな境地で、国内最強の挑戦者を迎え撃つ。この目でしっかりと見届けたいと思います。

光一

嵐山戦に向けて、練習も佳境に入った頃だった。ミットで受けてくれていたジェラルドさんが、二ラウンド目の途中で膝に手をつき、息を切らしながら俺の顔を見上げた。

「コーイチ、パンチ、強くなったねぇ」

そう言ってから、若いトレーナーにミットを手渡してリングを下りて行った。

俺のパンチが強くなったわけじゃない。ジェラルドさんの体力が衰えたんだ。俺がこのジムに来た時から次第に痩せていくことに気付いていたが、最近、特に衰えが目立つ。練習場にいる時は、背筋を伸ばして毅然としているが、虚ろな目をしてロッカールームのベンチで休んでいる姿を見ると不安になってくる。七十六歳の老人だから仕方がないのか、それとも、何か悪い病気を患っているのか俺にはわからない。

この日を境に、ミット打ちは他のトレーナーに任せ、コーナーに立って指示を出すようになった。時折、最後のラウンドだけリングに立ち、気付いた点を矯正させるために、自らの手でパンチを受けてくれる。

「コーイチ、なにそのパンチ。リングに上がったら殺し合いよ。老いぼれジジイを、リングの外に吹っ飛ばしなさい」

（そんなこと、できるわけがない）

ジェラルドさんの叱咤が痛々しく聞こえる。

「なにやってるの。打ち抜きなさい。そんなことじゃ、アラシヤマに勝てないよ。アラシヤマ、ハートが違うね。あなた、未だにアマチュアの甘ちゃんね」

（どこまで人を馬鹿にすれば気が済むんだ。このクソじじい）

俺はジェラルドさんが構える両方のミットに、猛然とパンチを放った。渾身の左ストレートを打ち込んだ時、ジェラルドさんは後ろによろけ、後頭部がロープで受け止められる形で倒れ落ちた。

駆け寄ってきた若いトレーナーと一緒に事務室に運び、ソファに寝かせた。病院に連れて行こうとしたが応じない。冷たい水が入ったグラスを差し出すと、起き上がって一口だけ飲み、向かい側に座った俺に言った。

「コーイチ、いいストレートだったね。その感触、忘れないでね。もうあなたに教えることはないね。あとは、強い相手と戦って実戦で学んでいくことね」

ジェラルドさんらしくない弱々しい言葉だった。今まで、この人とは接近戦で打ち合うように、泥臭くせめぎ合ってきたつもりだ。それが、遠くに離れていくように感じた。

「俺、嵐山に勝てますか」

「どうしたの？　あなたらしくないね」

俺は今まで、自分の弱さを晒すような問いを人に発したこともなければ、自分自身に投げかけたこともない。試合が決まれば、『俺が負けるわけがない』と、自分に言い聞かせるところから始める。練習で裏打ちすることで、根拠のない自信を、揺らぐことのない確信に変えてリングに上がってきた。

この時は、自分の弱さを晒し、教えを乞うことで、ジェラルドさんをもう一度俺のそばに引き戻したかった。ボクシングと共に生きてきたこの人にとって、選手の力になることが何よりの歓びであり、活力になるはずだ。

「実力では負けない自信があります。でも、得体が知れないんだ、あいつ。自由奔放で、恐れを知らずに向かってくる。かといって、よくいる命知らずのバカだと片付けられないところもある」

偽りのない言葉だった。今回ばかりは、嵐山に勝てるかどうか、未だに不安を消し去れないでいた。

ジェラルドさんの目が輝きを取り戻した。身を乗り出し、俺に迫ってきた。

「アラシヤマはバカでもないし、怖いもの知らずでもないよ。とても繊細。それに頭がいい。横田と戦っているところを見たでしょ。無謀な攻めに見えるけど、冷静に戦況を把握している。強打を絶対に急所に当てさせなかったね。最後は、不用意に放った横田のパンチに合わせ、一発でリングに沈めたね。あの子が強いのは、得体の知れない何かがあるんじゃなくて、強いから強いの」

コップの水を飲み干すと、目尻のしわを深くして言った。

「私が育てたチャンピオン、みんなそうだったよ。臆病で繊細。怖いもの知らずの人なんて一人もいなかったね。コーイチも繊細なナイスボーイよ。自分の弱さを知っていて、練習で克服してきた。大丈夫。心技体、今のあなたに死角はないよ」

その日から、ジェラルドさんがリングに上がることはなかった。立っているのもつらいようで、練習場の隅に置いた椅子に座って目を光らせている。インターバルの時に、言葉少なにポイントを指摘してくれる。

試合が数日後に迫った時だった。シャドーボクシングを終えてリングから下りると、ジェラルドさんが手招きをした。

「順調ね。パンチがキレてる」

口元を引き締めて頷くと、椅子に座ったまま俺の顔を指さして言った。

「これだけは覚えておきなさい。アラシヤマはあなたの左ストレートに合わせてくる。賭けてもいいね。あなたがベストの状態で放った最高のパンチに、カウンターを合わせてくるね」

確かにそうかもしれない。嵐山に一打必倒のパンチはない。そのことをあいつはよく心得ていて、相手の力を利用して打つカウンターで勝負してきている。俺が相手なら、そう簡単にカウンターを打つチャンスが生まれないとわかっているだろう。一発に賭けてくるはずだ。俺が渾身の力で打ったパンチに合わせてくる。

「あの子は、強い相手の最高のパンチを超えたいのよ。勝ち方にこだわっている。それダメね。命取りになる。

コーイチ、ボクシングは勝つことがすべてよ。どんな勝ち方でもいいの。最も確率の高い方法で勝つ。あなたのゴールは世界チャンピオンよね。こんなところで綱渡りをしてはいけないよ」

俺は今まで相手を左ストレートで葬り去ってきた。来るとわかっていても、誰も避けられなかった。

(嵐山がその気で来るなら、迎え撃つしかないだろ。俺は、左ストレートで、嵐山をリングに沈める)

ジェラルドさんの忠告に背いているとは思わない。軍師の言葉を真摯に受け止め、自分で考え、決める。俺のボクシングをやる。

「あいつには、カウンターを打たせません」

ジェラルドさんは窪んだ目の奥から俺を見つめ、二度頷いた。

翌日、帰り際に事務所にいた会長に呼ばれた。ソファに座り、向かい合った。会長は腕を組み、眉間にしわを寄せている。それを見て、何の話かおおよそ察しがついた。

「ジェラルドさんだが、今度の試合、代わりの人間をセコンドに付けようと本人に打診したんだが、怒られた。あの性格だからな……。息をしている限り、リングに上がるそうだ」

会長は焦点の定まらない目で、練習場でトレーニングに励む若者たちを眺めている。

「ジェラルドさんとは古い付き合いでな。いろいろあったよ……。おそらく今度が、ジェラルドさんにとって最後の試合になるだろう。お前が世界チャンピオンになるまで傍についていたかっただろうが、こればかりはな」

ジェラルドさんの病状について詳しくは教えてくれなかったが、この頃の様子を見ていると、今度の試合でさえ一緒に戦えるか心配になってくる。

ジェラルドさんとの日々が終わろうとしていると思うと、残された日々が、かけがえのないものに思えてくる。俺は今まで、誰にももたれ掛からずに一人で戦ってきたつもりだ。しかし、この二年足らずの間に、ジェラルドさんが自分の体の一部になったように感じている。プロボクサーとして成長させてくれたことも認める。

ジェラルドさんはトレーナーとして生を全うするつもりだ。今度の試合、俺も覚悟して臨む。何が起ころうとも、ボクサーとして歩を進めていく。

（やるべきことは、勝つこと。それだけだ）

第五章　正念場（一九九〇年七月）

修二

後楽園ホールが満杯に膨れ上がっています。

いよいよメインイベントの日本フェザー級タイトルマッチが始まろうとしています。嵐さんが、挑戦者の白木光一選手を迎え撃つ一戦。戦績は、嵐さんが十四戦全勝（十KO）、一方の白木選手は高校時代に五冠達成後、プロ入りしてから六戦全勝、すべてノックアウトで飾っています。

僕はセコンドの一員として、赤コーナーの脇からリングを見上げています。無敗の人気者同士の対決。場内は異様な盛り上がりを見せていて、熱気が四方の客席から押し寄せてきます。

リング中央では両陣営が対峙している。青コーナーに陣取る白木選手は、光沢のある純白のトランクスを身につけ、切れ長の涼しい目で嵐さんを見ています。頭上から射す光が胸筋や六つに割れた腹筋をくっきりと浮かび上がらせています。その立ち姿が清廉な印象を与えるのは、ぜい肉をそぎ落とした体躯だけによるものではなく、ボクシングに打ち込む真摯な姿勢の表れのように思えるのです。

白木選手の傍らには、白いタオルを肩にかけたジェラルドさんが寄り添っています。以前見た時より痩せて、ひと回り小さくなったように感じます。伸びやかで若々しい白木選手の隣に立つことで、くすんだ肌の色と、顔に刻まれたしわがひときわ目を引きます。にもかかわらず、周りを威圧する凄みを感じさせるのは、見開いた眼が、未だ光を失っていないからだと思います。

対する嵐さんは、赤コーナーを背にしているので表情を窺うことはできません。中肉中背のしなやかな体躯が、陰影の少ない柔らかなシルエットを作っている。きめの細かい白い肌と、淡い青色のトランクスが光の中で溶け合い、俊敏でバネのある嵐さんの身体的特徴を際立たせています。いつもは体を小刻みに動かし、闘志をむき出しにしているのですが、今日は、不気味なくらい静かにレフリーの声に耳を傾けています。

平木さんは背筋をピンと伸ばし、嵐さんの斜め後ろに控えています。微動だにせず、前方を窺っている姿を見て、ふと思ったのです。平木さんは白木選手に似ている。背が高く痩身というだけでなく、鋭角的で透き通った空気感が白木選手のそれと酷似しているのです。

僕は、もう一度、白木選手とジェラルドさんに目をやりました。遠い昔、若き日の平木さんも、目の前の二人のようにジェラルドさんと並んでリングに立ち、頂点を目指したのでしょう。妥協を許さない二人だからこそ、ぶつかり合い、袂《たもと》を分かった。

そして今、想いを教え子に託し、リングで相まみえている。錯覚かもしれませんが、ジェラルドさんの目を見ていると、冷たい殺気だけではなく、対戦相手である嵐さんと平木さんを包み込む温もりを感じるのです。

　平木さんは、『選手をビジネスの道具にしてはならない』と言ってジェラルドさんを非難していました。しかし、リングに並んで立つ白木選手とこの老人の姿を見ていると、僕には、どうしても、ジェラルドさんがそんな想いでボクシングに向き合ってきたとは思えないのです。

　まばゆいばかりの照明が、四人を照らしています。彼らは、それぞれの想いを抱いてリングに上がっている。張り詰めた空気が、これから始まる戦いを神聖なものに思わせるのです。どんなドラマが繰り広げられるのか。僕はロープを強く握りしめ、リングを見上げていました。

光一

（どうした？　なぜ睨み返してこない）

　俺はレフリーに呼ばれて対戦相手と向き合う時、感情を排除した目で、相手の瞳の奥を射貫くことにしている。睨み返してこようが、暴言を吐こうが、挑発には乗らない。親父に教えられたとおり、相手への敬意を払うことも忘れない。静かに相手を見据え、威圧する。それが俺の流儀だ。

　いつもの嵐山なら、顔を近づけてきて、対戦相手を睨み返すはずだ。ところが、目の前のあいつは、グローブを自分の胸に押し付けて、うつむき加減に目を閉じている。俺と目を合わそうとしない。神妙な顔をして、唇を震わせ何か呟いている。

　確かに、目を閉じて自分と向き合い、精神集中に努める選手もいるが、嵐山はそんなタマじゃない。

（なんの真似だ？　怖気づいたのか。俺を前にして神頼みか。それとも、何かをきっかけに新境地に至ったのか。いずれにせよ、謙虚な姿勢は嫌いじゃない）

　嵐山の所作が気にかかり、レフリーの言葉が頭の上を素通りしていった。

　コーナーに引き揚げかけた時だった。

「よう」

　あいつが声をかけてきた。

　振り向くと、おどけた顔があった。目が合うと、次第に真顔になり、冷ややかな顔に変貌していく。薄笑いを浮かべ、右手で自分の喉を掻っ切る真似をした。

　レフリーが厳しい顔で自陣へ戻るように注意したが、嵐山は無視して言った。

「ここがお前の墓場だ。お前のために念仏唱えてやったよ」

　虚を突かれた。俺は慌てて取り繕い、目に力を込めて睨み返した。

「早く戻れ。これ以上しゃべると減点するぞ」

レフリーが再び注意した。嵐山は形だけ頭を下げて自陣へ戻っていった。稚拙なこけおどしだが、俺を動揺させるには十分だった。心を乱された自分が腹立たしい。あいつが俺の心を読んでもてあそんでいる。

コーナーへ引き揚げる時、ジェラルドさんが俺の肩に手をまわして笑いかけた。

「子供だましね。試合はこれからよ」

自陣に戻ると、コーナーマットに向き合い、両側のロープを握りしめた。マットの一点を見つめ精神を集中する。心臓の鼓動が速くなり、体中が熱くなってくる。

リングの外に出たジェラルドさんが、グローブの上に手をのせて言った。

「あなたは、アラシヤマとモノが違う。間違いなく勝てる。ただ、これまでの相手とはスピードが違うよ。まずは、あの子のスピードを体に覚え込ませなさい」

俺は力強く頷いてから、身を翻《ひるがえ》し、リングを隔てて立つ嵐山と視線を合わせた。

ゴング。

俺はガードを固め、慎重に相手を見ていくことにした。リング中央で小刻みにステップしながら間合いをはかる。

（あいつをボクシングの戦いに引き戻せば、負けるはずがない）

ガードが低い。胸の辺りでグローブを構え、頭部を丸出しにしている。ガードを高く上げている時より、素早くパンチが出せる攻撃的な構えだ。俺を相手に、そんな構えで十ラウンドの長丁場を凌げると思っているのか。

いつもなら、最初から飛ばしてくるはずだが打ってこない。俺は慎重に右ジャブを顔面に放った。左眼窩の上に命中した。頭部がのけぞる。間髪を入れずにジャブをダブルで決めた。再びのけぞるが、ひるまずに向かってくる。俺は相手が射程に入って来る手前で鋭く踏み込み、全体重を右こぶしに乗せ、力のこもったジャブを放った。

見えなかった。

黒い影が、突然、右目の端から現れた。鈍い衝撃がこめかみから伝わってきた。暗闇に閃光が走る。意識が途絶える。気付いたら尻餅をついていた。

天井を仰いだ。正気を取り戻すために、強烈な照明に向かい、目を見開いた。世界が真っ白になり、目の奥が熱くなる。刺激が感覚を呼び戻す。

「コーイチ。パンチ、浅いよ。立てるよっ」

歓声と罵声が飛び交う中、ジェラルドさんの叫ぶ声が聞こえてきた。アマチュア時代も含め、初めて喫したダウンだ。しかも、相手が最初に放ったパンチでだ。俺のスピードが乗ったジャブに、左フックをかぶせてきた。

当たるはずがないパンチだ。俺はあいつより十センチ近くリーチが長い。しかも射程距離の外から放った俺のパンチに合わせることができるのか？

今まで抱いていた漠とした不安が、肉体の痛みを伴った差し迫った恐怖となって襲ってきた。

修二

「やったぁ。ダウンだ、ダウン」

場内が歓声で沸き返る前に、キャンバスに手をつき叫んでいました。

凄い。嵐さんにしか打てないパンチです。相手が打ってくる気配を本能的に嗅ぎつけて、リスクを冒して飛び込んでいく。相手より早くパンチを振り抜く。ケンカで鍛えた勘と度胸、それに持ち前の瞬発力のなせる業です。

ジェラルドさんが目を見開いて、コーナーから叫んでいる。しゃがれた声がキャンバスの上を這ってこちらまで届いてきます。痩せた体のどこに、そんなエネルギーが潜んでいるのだろうか。

白木選手がピクンと反応しました。キャンバスに両手をつき、レフリーのカウントを聞いています。天井の一点を見つめ、何が起こったのか状況を把握しようと努めています。

通常のフックとは軌道が異なるので、白木選手にはパンチが見えなかったはずです。半身になり、グローブを低い位置から上に向かって振り抜く。相手の腕と肩で、パンチの軌跡が死角に入るので、当たる瞬間まで見えないのです。平木さんが白木選手の試合のビデオを分析して考案した攻略法のひとつです。

嵐さんはレフリーの指示に従い、一度はニュートラルコーナーに下がりましたが、相手が立ち上がってくると見ると、白木選手の傍まで歩み寄りました。

光一

目の前で嵐山が仁王立ちしている。初めて対戦相手を見上げた。強い光を背景に、黒い影が覆いかぶさってくる。視線が合うと、俺は思わず目を逸らしてしまった。

立ち上がり、カウントエイトでファイティングポーズを取る。レフリーが両手を広げ、迫ってくる嵐山を押し留める。その手が離れると、あいつが襲いかかってきた。

ジャブをかいくぐり、高速の連打を浴びせかけてきた。ロープにもたれかかり、両腕で体を固く閉ざす。

「コーイチ、よく見て。狙えるよ」

両腕の隙間から相手を窺う。わずかな攻撃の切れ目に、がら空きになっている頭部にジャブを打ち込む。打ってから堅い防御で連打に耐える。再びワンツーでのけ反らせると体を入れ替え、相手にロープを背負わせた。

嵐山は薄ら笑いを浮かべ、手招きをしている。頭部を露出して誘っている。いつもの俺なら、相手にそんな余裕を与える間もなく攻め込むのだが、足が出ない。

さっきの打撃が足にきているからじゃない。俺のパンチに合わせてくるかと思うと、踏み込めない。体の奥から湧き上がってくる何かが足をからめ捕っている。

打ってこないとみると、あいつは目を細め、短く息を吸い込み、飛び込んできた。嵐山のパンチが左右のボディをえぐる。ガードが下がると頭部にフックが飛んできた。致命的なパンチだけは受けないようにしながら、ラウンド終了まで耐えるしかなかった。

ゴングが鳴ると、嵐山はぴたりと打つのをやめた。俺の肩をポンと叩いてコーナーに戻っていく。俺は茫然として見送った。

自陣に戻り、椅子に腰を落とした。ジェラルドさんが、若いトレーナーに支えられながらロープをくぐり抜け、目の前で片膝をついた。冷たい水を頭からかけると、俺を睨みつけ、右手で頬を力まかせに叩いた。

「目を覚ましなさい。なにビビってるの。相手も手は二本。刃物なんか持っちゃいないよ」

両肩を掴んで顔を近づけてきた。

「速いジャブで徹底的に目を攻めるよ。一発打って、ステップアウト。深追いしない。攻め急ぐと、さっきみたいにカウンターをもらうよ。わかったね」

試合が決まった時から、ジェラルドさんが言い続けてきたことだ。今日も、試合前に控室で念を押されていた。

「ジャブをかいくぐって、懐に飛び込んで来るのがアラシヤマの攻め方の基本。よけ損ねてジャブをもらうのは覚悟のうえで攻めて来るね。だからいつも目を腫らしてる。

アラシヤマが突進して来たら、ジャブをひとつ当てて、サイドステップで離れる。これがあなたの攻め方の基本。ピンポイントで眼球を狙うよ。それを辛抱強く繰り返す。あなたのパンチなら、それだけで試合を終わらせられるね。わかる？　攻め急ぐと、横田の二の舞になるよ」

最初にやるべきことは、ヒットアンドアウェイで自分のペースを作ることだった。なのに嵐山の挑発に乗って拙速に攻め、仕掛けられた罠にはまってしまった。

（二度と同じ轍は踏まない。仕切り直しだ）

修二

一ラウンドが終わり、嵐さんがコーナーに引き揚げてきました。ダウンを奪い、意気揚々と戻ってくるかと思ったのですが、口を一文字に結び、僕が出した椅子にドカッと座り込みました。

「どうなってんだ、あいつのジャブ。目に鉄の棒を突っ込まれたみたいだ」

「相手は下がりながらだが、スピードのあるパンチを的確に当ててきている。今までの相手と違うぞ。このままもらい続けると命取りになる。目を打たせるな。ガードを上げてプレスをかけていけ」

平木さんが腰をかがめ、青く腫れ始めた左目を冷やしながら言いました。

僕は平木さんの言葉を聞きながら、嵐さんが横浜のジムでスパーリングをした時のことを思い浮かべていました。頭部を両腕でカバーしたまま、前へ前へとプレスをかけて、ひと回り大きい相手を、じわじわとロープに追い詰めてから連打を放っていました。

体幹と足腰の強さでは白木選手にまさっているはずなので、理にかなった攻め方です。

ただ、嵐さんはフットワークを駆使して自在にパンチを放つ従来のスタイルにこだわっていたので、本番で平木さんの指示に従うか疑問でした。素直に受け入れたところを見ると、戦いを優位に進めながらも、白木選手の強さを肌で感じているのだと思います。

「さっ、攻めていくぞ」

平木さんが気合を入れてから、マウスピースを口に含ませる。嵐さんはグローブで押し込み、颯爽とコーナーを出て行きました。

光一

　第二ラウンド。嵐山が一気に決着をつけようと飛びかかってくると思い、身構えていた。ところが、頭部を両腕で蔽い、摺り足でじわじわと迫ってくる。

　ジャブを打ったが、前腕ではじかれる。左ストレートを強引に放ち、力ずくで両腕の間をこじ開けようと試みたが阻まれた。

　圧力に負けて、俺はじりじりと下がり始めた。気が付くとロープを背負っていた。追い詰められた形での、打ち合いが始まった。

　俺みたいな長身の選手は、長いリーチを活かし、離れた位置から打ち込むことでスピードが乗ったパンチを打てる。追い込まれて接近戦での打ち合いになると、俺の長所は消される。

　サイドに逃れようとすると、猛然とパンチを振るってきた。このままだと、第一ラウンドの二の舞だ。

　試合が始まる前からずっと意表をつかれ、先手を打たれている。なぜなんだ。混乱した頭の中を、疑問が飛び交う。

　嵐山は、サンドバッグを打つように、リズムよくパンチを上下に打ち分ける。無我夢中で応戦したが、あいつのこぶしが顔面やボディにめり込んでくる。

右目に硬い衝撃があった。しばらくすると右目で見る世界が赤く染まった。目の上が切れたらしい。まばたきをして視界をクリアにすることに努めるが、次第に目の前が異物で覆われていく。

局面を打開するための策が見つからない。

悄然として、コーナーに戻っていった。

ジェラルドさんが傷の手当てをしてくれる。俺は喘ぎながら訴えた。

「手の内、みんな読まれてる」

ジェラルドさんは、不可解なことを聞いたというように、眉をひそめた。

「だから、何？」

言葉に詰まった。

「当たり前じゃない。相手だってバカじゃないよ。自分だけ打って勝とうなんて、甘いよ。打たれて当たり前。日本チャンピオンとやってるんだから。打たれても、迷わず、やるべきことをやり通すよ」

俺はプロになってから、すべてワンサイドゲームで勝ってきた。まだ、本当の修羅場をくぐり抜けたことがない。嵐山は、いつも命懸けの打ち合いをしている。そして勝ち切っている。俺からダウンを奪ったパンチだって、一歩間違えれば、あいつの方がキャンバスに沈んでいたはずだ。腹の据わり方が違う。

俺は人一倍練習することで、「誰にも負けるはずがない」と自分に言い聞かせてきた。今、わかった。そんなもの、窮地に立った時には何の役にも立ちはしない。強い相手に競り勝つことで初めて、揺るぎない自信が得られるんだ。

改めて師の顔を見つめた。

ジェラルドさんが、両手でグローブをそっと包み込んで言った。

「コーイチ、あなた、負けてないよ。あなたのパンチ、当たってるよ。挑戦者なんだから、思い切って打ち合ってきなさい。アラシヤマを乗り越えるよ」

俺に向かってくる時の嵐山の澄んだ目が心に浮かんだ。俺は、この時初めて、強いものに向かっていく時の、熱い胸の高鳴りと歓びを感じることができた。

「さあ、これからが勝負よ」

修二

第三ラウンドが始まりました。

嵐さんは、頭部をカバーして圧力をかけに行く。前のラウンドでは、白木選手は力に押され、ズルズルと追い込まれていました。

ところが今は、後退しながらも、距離をコントロールし始めています。自ら後ろに大きくステップしてパンチを打ち込んでくる。ロープ際に追い込まれそうになると、パンチを放ちながらサイドにステップして窮地を逃れる。

嵐さんとの間に距離が保てるようになると、パンチに勢いが増しただけでなく、精度も上がってきました。ガードのわずかな隙を狙って打ち込んでくる。

嵐さんも、負けてはいない。パンチを外して懐に飛び込むことができた時は、高速のコンビネーションで攻め立てています。一進一退の攻防が続いているのですが、完璧だった嵐さんのガードが、徐々に崩されている印象を受けました。

このラウンド、どちらが取ったのか？　僕には、ほぼ互角に見えました。終始前に出ていた嵐さんが、パンチの数では勝っていますが、有効打の数なら相手に分がある。

両者の動きを客観的に見ているつもりですが、どうしても応援している選手を贔屓目《ひいきめ》に見てしまいます。もし中立の人が見ていたら、白木選手が優勢に映ったかもしれません。

第四、第五ラウンドも、嵐さんが前に出て、相手が下がりながら迎え撃つ戦いが続きました。ただ、主導権を握っているのは白木選手です。嵐さんが攻め込んでいるのではなく、自在に動きまわる白木選手を必死に追いかけているように見えてきました。

白木選手は長身を生かし、ビルの屋上からライフルで狙撃するように、ガードのほころびをピンポイントで狙い打つ。一発打っては離れ、追撃をかわす。

懐に入られても接近戦に対応できている。半歩足を引いて体の向きを変えることで、パンチを打つ空間を生み出し、巧みにボディを攻めてきます。

こうなれば、上体を固く閉ざし直線的に前に出る嵐さんの戦法は、もはや通用しません。闘牛場の牛のように、剣を突き刺されるために突進しているようなものです。

第五ラウンドのラスト三十秒、白木選手がフェイントで揺さぶってから、左ストレートを打ち込む。嵐さんは顎を引いて、両腕でブロックしようと試みましたが、こぶしは前腕の間をすり抜け、顔面に命中。よろけながら後退し、ロープに支えられる形で踏みとどまりました。

確かな手ごたえを感じたのでしょう。白木選手は、ワンツーの連打を放ちながら追い詰めます。過去の試合において、嵐さんは打たれても、自らクリンチで逃れることはありませんでした。初めて、相手の腰にしがみつく嵐さんを見ました。

自陣に帰って来る嵐さんは、先ほどのパンチで鼻血を流していましたが、それよりも青紫色に腫れ上がっている目が心配です。左目が特にひどく、腫れた瞼で目が塞がりかけています。

「見えるか？」

平木さんが、目の前に一本、二本と指を立てて尋ねました。嵐さんは頷き、口に含んだ水を吐き出してから、挑む目で平木さんを見ました。

「見えてますよ。あいつのパンチ。俺は修二のように器用じゃないから、打たれて体に覚え込ませてるんだ」

どこまでも強気です。

平木さんが腫れた瞼をアイシングしながら言いました。

「これ以上打たれると、ドクターストップになるぞ。もっと上体を揺らして入って行け。相手が……」

「オヤッサン」

嵐さんが師の言葉を遮りました。コーナーマットにもたれかかっていた上体を起こし、平木さんを正視しています。

「悪いけど、ここからは、俺の好きなようにやらせてくれ」

平木さんは、しばらく嵐さんを見つめていました。

「お前の戦いだ。お前らしく戦ってこい」

「うっす」

平木さんは、言葉の裏にある強い意志を感じ取ったのだと思います。戦っている時の嵐さんには、いつも凄みがあるのですが、今日は、凄み以上の何か特別な想いを胸に秘めているように思えてならないのです。

言いたいことがまとまらないまま、「嵐さん」と呼びかけていました。嵐さんは、リングの外に立っている僕の方を振り向いて、目を細めました。

「面白くなってきたぜ。よく見とけ」

マウスピースを口に押し込むと、ひとつ屈伸してからコーナーを出て行きました。

光一

第六ラウンド。

嵐山が向かってくる。第一ラウンドのように、ガードを低く構えている。いきなり左、右、左へと小刻みにステップを切りながら懐に飛び込み、ボディ、顔面へとパンチを放ってきた。

突き放し、ジャブを叩きつけようとすると、体を沈め、全身をバネのようにして飛び上がり、左フックを放ってきた。肩を上げてブロックする。同じパンチは食わない。間髪を入れずに、左右の連打が飛んでくる。

これがあいつの本来の戦い方だ。打たれることを恐れずに、勇敢に攻めてくる。駆け引きも何もない、自分の直感を信じて向かってくる。

無心で打ち合っているうちに、周りの音と景色が消えた。聞こえてくるのは、心臓の鼓動と呼吸音、互いのグローブが擦《こす》れ合う音、それにパンチを被弾した時に体の中から伝わってくる鈍い衝撃音だけだ。

リングの上の嵐山しか視界に入らない。腫れ上がった瞼の奥で静かに俺を見据える瞳。その眼差しが俺の心を高ぶらせる。体が勝手に動く。打つたびに、そしてパンチを受け止めるたびに胸が躍る。リングで戦うことが誇り高く思えてくる。

場内の歓声にかき消され、ゴングが聞こえなかった。慌ててレフリーが止めに入る。

「ナイスファイト」

ジェラルドさんが、肩に掛けていたタオルで、包み込むように迎えてくれた。

「This is Boxing! コーイチ、これがボクシングよ」

椅子に座っている俺に、こぶしを突きつけながら言った。ジェラルドさんも、俺と一緒に戦っているんだ。この人も、現役時代にこんな戦いをしたのだろう。その時の感動を教え子に伝えたくて、一緒に味わいたくて、ボクシングを続けているんだ。

青コーナーの嵐山を見た。俺を見ている。やっと、あいつのことがわかった気がした。

八ラウンドが終了した時だった。ジェラルドさんが耳元でささやいた。

「コーイチ。アラシヤマの左目、もう見えてないよ。塞がってる。左から入って来るフックは見えないはず。次の回、行くよ」

マウスピースを噛みしめて応えた。

(このラウンドで決める)

嵐山は時計回りに動いて、左側面からの攻撃を避けようとしている。ジェラルドさんが言ったように左目は見えていないのだろう。

俺は右フックを打てるタイミングを待った。嵐山のワンツーが顔面を浅く捉えた。あいつは、すかさずジャブを突いてから右ストレートを決めようと飛び込んできた。

俺は半歩、後ろに引きながら、腕を折りたたみ、顎を目がけて右フックを振り抜いた。芯を捉えた時の快い感触がこぶしから伝わってくる。あいつは、前のめりに崩れ落ちた。

快心のパンチだ。立てるはずがない。俺は倒れて動かない嵐山を一瞥してから、右手を掲げて、ニュートラルコーナーに向かった。

「嵐、嵐、目を覚ませ」

赤コーナーから、嵐山の魂を呼び起こそうとする悲痛な叫び声が聞こえてきた。振り向くと、平木さんがロープに手をかけて、あいつを凝視している。

直後に、平木さんの目が見開かれた。

嵐山に目をやった。両手をついて起き上がろうとしている。ふらつきながら、ファイティングポーズを取った。

（嘘だろ）

あいつは薄笑いを浮かべているつもりだろうが、思うように表情を作れていない。レフリーが目を覗き込み、戦えるかどうか尋ねている。嵐山は無視して俺に手招きをしている。

差し出した手が、俺の立っている方向から逸れている。

（あいつ、まともに見えちゃいないんだ）

目が熱くなり、あいつの姿がぼやける。

「ボックス」

レフリーが続行の判断を下した。

嵐山が向かってくる。

俺にはわかる。左ストレートを待っているんだ。

（合わせられるなら、合わせてみろっ）

あいつの真正面に立ち、渾身の力で左ストレートを打ち抜いた。

修二

平木さんが投げたタオルが宙を舞っている。ロープ際で嵐さんが大の字に倒れている。

僕はロープをかいくぐって駆け寄り、膝をつきました。

戦いの跡が生々しく刻み込まれた顔を、硬質な光線が容赦なく照らし出しています。腫れた瞼のわずかな隙間から、黒い瞳がのぞいている。

僕には、今、嵐さんが見ている景色がわかります。早朝のロードワークの後、石神井公園のベンチで虚空を見上げて言いました。

「コテンパンに殴られ、大の字に転がされるんだ。なぜか高い青空が広がっているのが見えるんだ」

どうしようもなく胸が熱く、狂おしくなってきます。ただ、その顔に浮かんでいる穏やかな表情を見ていると、嵐さんは、この瞬間をずっと待っていたように思えるのです。

「起きられるか？」

ドクターの横で様子を窺っていた平木さんが尋ねました。

声に反応して首をもたげようとする嵐さんを、僕と平木さんが背中を支えて起き上がらせました。

嵐さんはうつむき加減にキャンバスに座ったまま、ぼんやりとグローブを眺めています。

その時、白木選手が近づいてきて、嵐さんの斜め前に膝をつきました。

「大丈夫ですか？」

嵐さんは声がした方に振り向き、腫れた目で白木選手を見ようと、目一杯、顎を上げました。

「お前、強いな」

と言ってから、白木選手の胸にパンチを打ち込みました。

光一

嵐山のパンチを胸に受け止めた時、何かを託された気がした。

リングに沈めたことで、この人を乗り越えたという実感はある。だが、それよりも、言葉では学ぶことができないものを、嵐山が体を張って伝えてくれたように感じた。

勝者を告げるアナウンスが場内に鳴り響く。拍手喝采に沸く中、セコンドに付いていた若いトレーナーが俺の左手を掲げてくれた。

チャンピオンベルトを腰に巻いた。横田が、そして嵐山が、このリングで勝ち取ったベルトだ。ずっしりと重い。

ジェラルドさんの姿を探した。青コーナーの下で、椅子に座り込んだまま、こちらを見ている。

（もう動けないんだ）

目が合うと、わずかに目を細めて頷いた。

観客席から下りてきたゴードンさんが寄り添っている。ジェラルドさんは、ゴードンさんの耳元で何かささやいてから、肩を借りて立ち上がった。支えられながらロープをくぐり、俺の傍まで来てくれた。

俺は誇らしげに師を見つめてから頭を下げた。するとジェラルドさんは、ゴードンさんの肩にかけていた腕を振りほどき、俺の顔を指さして言った。

「コーイチ、何、あのフィニッシュ。ほんと危なかったよ。歌舞伎じゃないのよ。大見得切ってからパンチを打つボクサーがどこにいるの。アラシヤマのカウンター、もう少しでもらうところだったよ。いつまでたっても甘ちゃんで困るよ」

いつものジェラルドさんがいた。負けた時には選手に寄り添うが、勝った時には絶対に褒めない。それがジェラルドさんの流儀だ。目に力を込め、奥歯を噛みしめて、もう一度頭を下げた。

「コーイチ、あなた、そのベルト似合わないね。もっと強くなって、世界のベルト、獲りに行くよ」

ゴードンさんが肩を揺らしながら笑いをこらえている。

「お前も大変だな」

剛毛に覆われたゴードンさんの太い腕が肩に乗せられた。俺は腕の重さと温もりを感じながら、食堂で初めてゴードンさんと会話を交わした時のことを思い出していた。

「お前と親父さんを見ているとさ、ボクシングは一対一の戦いじゃないと思えてくるね。チームとチームの戦いなんだって。ボクサーは周りの人に支えられて初めて力を発揮できるんだ」

この時、やっとゴードンさんの言葉を素直に受け入れることができた。ボクシングは自分だけでやるもんじゃない。チームの仲間や、同じ想いを抱いてリングに上がってくる相手選手がいて、初めて自分を乗り越えられる。

俺はどよめいている会場に目をやった。薄明かりの中に無数の人々の姿が浮かぶ。ベルトに手をやり、どこかで観ているかもしれない親父を想った。

修二

赤コーナーに戻り、嵐さんを椅子に座らせました。リングの上では人が入り乱れ、表彰式が進められています。嵐さんはチャンピオンベルトを巻いた白木選手をうつろな目で眺めています。

平木さんが嵐さんの前に膝をついて、グローブを外し、バンデージをハサミで切り取りました。むき出しになった愛弟子の手を取ると、親指で手の甲をなぞりながら、こぶしが痛んでいないか確かめています。

「お前の試合を観ていると、こっちが死にそうになるよ」

平木さんが顔を上げずに話しかけました。嵐さんはしばらく師の柔らかな手の感触を味わっていましたが、「すんません」と言って、頭を下げました。

想定外の素直な言葉が返ってきたからか、平木さんは顔を上げて嵐さんを見つめました。

「自分らしく戦えたら、それでいいんだ。それが平木ジムのボクシングだ」

嵐さんの顔が緩んでいく。手のひらに目を落とし、ゆっくりと握ったり、開いたりしています。試合が決まった時からずっと張り詰めた日々が続いていたはずです。グローブの重さから解放され、圧迫されていた指が自由になったこの瞬間、やり切った、という想いを噛みしめているのだと思います。

控室に引き揚げようとした時でした。

「ヒラキ」

背後からしゃがれた声が聞こえてきたので、振り向くと、白木選手に寄り添われてジェラルドさんが立っていました。

平木さんは立ち上がり、ジェラルドさんと向き合いました。カリスマトレーナーが、かつての教え子を見上げている。僕は息を呑んで、二人の様子を窺っていました。

「いい選手を育てたね。でも、あなた、まだまだね。詰めが甘いよ」

ジェラルドさんが平木さんの顔を指さしながら言いました。

「ボクシングは、勝てばいいってもんじゃない」

平木さんは目を逸らさずに言い放つ。老師はしばらくの間、平木さんの視線を受け止めていましたが、おもむろに口を尖らせ、二度頷きました。

「甘ちゃんが多くて困るよ」

と、言い残して自陣に帰っていく師の背中を、平木さんは黙って見つめています。

僕はこの時、理名さんの言葉を反芻していました。

「お父さんも悪いのよ。決してお母さんのことを想っていないわけじゃなかったのに。ちゃんと自分の気持ちを伝えないから」

僕も想いを言葉でうまく伝えられない人間なので、平木さんのことを、とやかく言えないのですが、老師の後ろ姿を追う切なさそうな顔を見ていると、次第に腹が立ってきました。

(今だろっ。ちゃんと想いを伝えろよ。ジェラルドさんに見いだされ、師と仰ぎ、共に励み、日本チャンピオンにまで上り詰めた人だ。師のボクシングに賭ける想いを、嫌というほど肌で感じてきたはずだ。だからこそ、親友の佐久間さんの一件では、信じていた人に裏切られたように感じたんだ。衝動的に、ジェラルドさんと袂を分かったが、ずっと心の中で葛藤していたはずだ。ジェラルドさんの選手を想う気持ちを、誰よりもわかっているくせに……。恩師のように生きたくて、乗り越えたくて、ボクシングの世界に戻って来たんだろっ)

目の前で繰り広げられた師弟の攻防を、椅子に座ったまま眺めていた嵐さんが、ため息混じりに呟きました。

「どうしようもないな、あの爺さんも、オヤッサンも。まるでガキだな」

平木さんは聞こえなかったふりをして、リングロープを肩で担ぎ、僕たちを促します。

「さ、引き揚げるぞ」

僕は嵐さんを支えながらリングを下りました。

平木さんの背中を追いながら、花道を引き揚げていく。

「ナイスファイト」

「嵐山、サイコー」

通路沿いの観客が声をかけてくれます。戦っている時には罵声を浴びせても、戦い終えた選手に心ない言葉を投げつける人はいません。

「リベンジマッチ、待ってるよ」

「早くリングに戻って来いよ」

激励の声に触発されたのか、嵐さんが前を向いたまま話しかけてきました。

「修二、強い奴を見ると、やりたくなるだろ？」

振り向くと、僕を見て、右の頬を引きつらせて微笑みました。

「次はお前だ」

嵐さんの言葉の真意がわからなかったので、歩きながら横顔を見ました。気配を察したはずですが、まっすぐ前を向いたまま歩き続けています。その眼差しから、言葉を挟むことを許さない強い意志を感じました。

哲

「ふうっ」

吐く息と一緒に、隣に座っているチョーさんの体がしぼんでいきます。わいも、つられて長いため息をつきました。

「ほんまに、こんな試合見せられたら、ため息しか出ませんね」

「間違いなく年間最高試合に選ばれるで。白木はこれで、また強ようなったな」

わいがため息をついたのは、試合の激しさに圧倒されただけやないんです。先を行くライバルたちが、どんどん強くなっていくのを目の前で見せつけられたからです。

一歩一歩、目標に向かって歩いてきたのに、いきなりゴールをはるか遠くに持っていかれた気がします。チャンピオンになるためには、どんだけ練習して、何遍、命懸けの戦いをせなあかんのや。ため息のひとつも出るというもんです。

リングの上で、白木はんが、チャンピオンベルトを巻いて左手を掲げています。強いだけやなしに、すらっと背が高くて、惚れ惚れするような男前です。あつらえたんやないかと思うくらいベルトがよう似合ってます。スポットライトを浴びて輝いてる白木はんを、薄暗い客席から見てると、どうあがいても手の届かない雲の上の人に思えてきます。

今日、こうやってタイトルマッチを観戦してるのは、わいの復帰戦が前座として組まれていたからです。笠原はんに負けてから、じっくり時間をかけて調整してきました。上体を柔らかく使ってパンチをかわし、同時に鋭く踏み込み一撃で倒す。チョーさんに言われたとおり、一段上のボクシングを目指して練習してきたんですが……。

また負けてしまいました。

上体を揺らしてパンチをよけるところまではいくのですが、体勢を立て直してる間に、相手に逃げられてしまいます。効いたパンチは一発もないのですが、手数の差でポイントを取られました。

ろくに打ち合いもせずに負けてしまいました。そこへ持ってきて、『これがボクシングや』っていうような戦いを見せつけられたら、がっくりきてしまいます。

チョーさんが、顔を覗き込みました。

「どうや、勉強になったか？」

「嵐山はんは、わいのあこがれです。なんぼ打たれても、向かって行きました。あの人に、わいのパンチ力があったら勝てたんと違いますか？」

チョーさんが太い眉をひそめました。

「テツ、そりゃ、ちょっと違うで。あんな戦い方してたら、なんぼパンチ力があっても、白木には絶対勝たれへん。勘だけでここまで来たけど、このままやったら頭打ちや。今日の試合で、あいつも、ようわかったはずや」

チョーさんの言葉を噛みしめてる間に、勝利者インタビューが始まりました。さっきまで賑やかだったお客さんが耳を澄ましてます。

「嵐山選手を倒した今、国内に敵なしですね」

「そうですかね」

「いよいよ海外進出ですね」

「そのつもりです」

短い言葉ですけど、声の響きから自信が伝わってきます。

その時でした。

妙に甲高い声が、頭の上を飛び越えていきました。

「何言うてんねん。石田哲がおるやないか。そういうことはテツに勝ってから言わんかい」

（松浦はんや）

わいの名前が、場内に響き渡りました。

白木はんをはじめ、会場にいる皆さんが振り向いて、自分の方を見てると思たら、生きた心地がしません。

松浦はんは励ましてくれてるつもりやろけど、勘弁してください。

「そやそや、テッとやったらんかい」

人の気持ちも知らんと、後援会の皆さんが追い打ちをかけます。

「うるさいぞ、こらっ。白木とやるって、十年早いぜ。顔を洗って出直せ」

「アホンダラ。そっちこそ、首洗ろて待っとらんかい」

振り向くと、前の会社で指南役をしてくれていた竜一さんが身を乗り出しています。

（もうえぇ、やめてください）

泣きたい気持ちになりました。

リングアナウンサーは、引きつった顔で場内が鎮まるのを待っていましたが、どよめきが収まると、インタビューを再開しました。

「では最後に一言、今後に向けて意気込みを聞かせてください」

白木はんがマイクを手に取りました。凛々しい顔で前方を見つめています。再び会場の空気がピンと張り詰めました。

「世界チャンピオンになるのが小さい頃からの夢です。目標に向かって、前に歩を進めていくだけです。後ろは振り向きません」

リングの上から、薄暗い客席にいる人を見分けられないはずですが、わいのことを見てるように思えたんです。

思わず、顔を隠すように下を向きました。

「何してんねん」

「ボクシングだけやない。見てくれも、気持ちでも、わいは白木はんに負けてます」

チョーさんが呆れた顔をして、ため息をつきました。

「しゃあない奴やな。世界チャンピオンを目指してる奴が、一回負けたぐらいで、しょんぼりしてどないするんや」

「二回です」

「アホ、そういうこっちゃない」

「役者が違い過ぎます。会長さんに、世界チャンピオンを目指しますなんて宣言しましたけど、穴があったら入りたいですわ」

顔を上げて、白木はんを目で追いながら呟きました。

「あんた、それ、本気で言うてんのか?」

チョーさんの声に凄みが加わりました。わいを見て、もう一つため息をつきました。

「スポットライトを浴びてる選手を客席から見てたら、自分がちっさいに見えるもんや。今日のあんたの試合、悪うなかったで。着実に強ようなってる」

「ほんまですか?」

「ウソ言うてどないするんや。教えたとおりに、上体の動きでパンチをよけられるようになったやないか。あとは、よけた反動でいかに攻撃に繋げるかや。上体の動きとフットワークの連携やな。

よう辛抱したな。今までのように電車道で攻めてたら、あんたがＫＯで勝ってたやろ。せやけど、その攻め方やったら、白木には通用せえへん。嵐山の二の舞や。

ええか。ボクシングはイメージや。白木の狙いすまして打ち下ろしてくるパンチをすり抜ける。その勢いで飛び込んでワンツー、連打で繋いで右フックをくらわすんや。それがあんたのボクシングの完成形や」

「それは、わかってるんですけど……」

「いや、あんたは、なんもわかってない。今の自分しか見えてないで。これから、どんだけ強ようなるんか、はたで見てて恐ろしゅうなるくらいや。もっと先の自分を見んかい」

確かに今日の相手やったら、強引に攻めてたら倒せました。今は改良中やから負けても仕方ないんやと、自分でもわかってるんです。

せやけど、目一杯、頑張ってんのに、先を行っている人にどんどん離されていく。それを目の前で見せつけられたら、頑張ってるだけに、どうしようもない気持ちになるんです。

「人と比べることない。一戦一戦、強ようなっていったらええんや。あんた、子供の頃、泥亀って言われてたんやろ。気が付いたら、いつの間にかウサギを追い抜いてるで」

リングの裾に目をやると、嵐山はんが、笠原はんに付き添われて花道を引き揚げていきます。嵐山はんは、負けても颯爽と前を向いて歩いています。

（あかん。下向いたら、終わりや）

光一

試合の翌日、目が覚めた時には昼過ぎになっていた。体中が痛む。痛みとともに、昨夜の熱戦が脳裏に甦ってくる。布団の中でしばらく勝利の余韻に浸っていたが、ジムに挨拶に行くことを思い出し、観念して起き上がった。

重い体を引きずって閑散とした住宅街を歩いて行く。見上げると真夏の陽の光が目を射る。湿気が気だるさを誘う。

ジムに着くと、会長が俺の顔を見るなり声をかけてきた。

「ジェラルドさんが、病院に運ばれた」

弛緩していた体が引き締まる。

「試合の後、奥さんに付き添われてタクシーに乗り込んだが、疲れていたのだろう、すぐに居眠りを始めたらしい。家に着いて、起こそうとしたが反応がないので、そのまま病院に連れて行ったということだ。今朝、奥さんが知らせてくれた」

「それで、大丈夫なんですか？」

「意識は戻ったようだ」

（試合で無理をさせたから……）

黙り込んでいると、会長が言った。

「お前が気にすることはない。あの人も覚悟の上でやっていることだ。それにしても、昨日のジェラルドさんの気合いの入り方は、尋常じゃなかったな」

気迫のこもった眼差しと、頬を張られた感触が甦ってくる。

「まあ、試合で疲れただけだろう。ゆっくり休めば、すぐに元気になるさ」

会長の目が泳いでいる。

「今日の夕方、見舞いに行けるか？　ジェラルドさんがお前に会いたがっている」

嫌な予感がした。俺は覚悟を決めて頷いた。

ジェラルドさんは駒込にある総合病院に入院している。数年来、そこで入退院を繰り返しているらしいが、これまでは本人の意向で、選手に病気のことは知らされていなかった。

言われたとおり、五時に病院に出向いた。目の前にそびえ立つ厳めしい建物を見上げると、逃れられない現実を突きつけられている気がして足がすくむ。

受付で待っていると、会長が廊下の奥から現れ、手招きしている。消毒薬の刺激臭が漂う通路をたどり、ジェラルドさんの名札が掛かっている個室に案内された。

俺はリングに上がる時のように、深呼吸をして部屋に入ったが、思わず息を呑んだ。

親父が立っていた。

「なんでここにいるんだよ」

訳がわからず、責めるような口調で問いかけた。

「私が、あなたのパパさんと話したかったから来てもらったの」

血の気がなく、真っ白な顔をしたジェラルドさんがベッドに横たわっている。骨と皮だけの腕に、点滴のチューブが繋がれている。一晩で、人はこんなに変わるものかと疑いたくなるほど、体から生気が失われていた。

目の前の光景に圧倒され、取り返しのつかないことをしてしまったと、自分を責める気持ちが湧き上がってくる。目を逸らしたかったが、そうすることを許さない自分がいる。俺は対戦相手と向き合う時のように、ジェラルドさんの瞳の奥を覗き込んだ。

そんな俺の様子を窺っていた会長が切り出した。

「光一、お前がうちのジムに移籍する時、ジェラルドさんと交わした約束がある。自分が教えられなくなったら、お前を親父さんに返してくれと言われていた。残念だが、どうやらその時が来たようだ」

会長は、ひとつため息をついてから続けた。

「そこで提案だが、親父さんに、うちのジムに来てもらって、お前の面倒を見てもらおうと思っているんだが」

急な展開で頭がついていかない。俺だけ蚊帳の外に置かれ、話が進められていると思うと次第に苛ついてきた。行き場のない憤りをぶつけるように親父を睨んだ。

「あくまでも、お前次第だ」

俺の視線を静かに受け止め、まっとうな言葉で押し返してくる。

返す言葉が見つからない。奥歯を噛みしめた。

「コーイチ」

ジェラルドさんが呼んだ。俺と目を合わせてから、天井を眺めている。何を思い浮かべているのだろうか、次第に口元と目尻の筋肉が緩んでいく。

「初めてあなたを見た時……、震えたよ。この子は、神様が最後に、私に授けてくれた宝物だと思ったね。どうしても、この手で育てたかった」

そう言ってから、弱々しく息を吐いた。

「残念ね。時間が足りなかった。約束を果たせなかったね」

言葉が出てこない。黙ってジェラルドさんの青い瞳を見つめていた。

「あなたぐらい基本ができていて、合理的なボクシングをする選手はいないね。パパさんがきちんと教えてくれてたから。私、名伯楽なんて呼ばれてても、特別なことを教えてないね。私は、ちょっとスパイスを利かせて、あなたの中にあるものを引き出しただけ」

何を言おうとしているのか、よくわからない。俺は眉をひそめてジェラルドさんの言葉を待った。

「家を出て、私と一緒にやってきてわかったはず。青い鳥の話じゃないけど、あなたにとっていちばんのコーチはパパさんね。どんな時にも、あなたの心の中にいる。そんな人に、私、かなわないね」

俺が親父とうまくやっていけるか心配してくれているんだ。親父と組んでやれというのが三人の総意だとわかったが、そう簡単に割り切れるものじゃない。そもそも、この状況で先のことなど考えられるはずがない。

「コーイチ」

ジェラルドさんが、再び俺の名を呼んだ。この呼びかけを、何千回、何万回聞いただろうか。声の響きだけで、何を言いたいのか察しがつく。が、今の声は、これまで聞いたことのない響きを湛えていた。

「見てるからね」

別れの言葉だ。

想いが胸につかえて言葉にならない。ただ、恩師を見つめることしかできなかった。

しばらくすると、席を外していた奥さんが戻ってきたので別れを告げた。病室を出ると、皆と別れ、寮まで歩いて帰ることにした。

一人になりたかった。

大通りを避けて、住宅街の中を抜けていく。暗くなり始めた家並みを夕陽が照らし、長い影を路面に落としている。歩いているうちに、自分が置かれている状況を整理できるようになってきた。

ジェラルドさんは、俺にとって何だったんだろう？

あの人が、まさに命を賭けて、嵐山という大きな障害を乗り越えさせてくれた。世界チャンピオンに繋がる橋を架けてくれた。

だが、ジェラルドさんはそれ以上の存在だった。俺は小さい頃からボクシング一筋に生きてきた。強くなることが心の支えであった反面、周囲になじめない自分に自信が持てなかった。本当に自分はボクシングをやりたいのか、それさえも確信が持てなかった。

悩んでいる時に、ジェラルドさんが俺の前に現れた。あの人は、選手に嫌われようが、何があろうが、信じるところを貫いてきた。生涯をかけて、ボクシングに打ち込んできた姿は美しいと思った。あの人を見ていると、これまでの自分の生き方が肯定されているように思えた。自分らしく生きればいいんだと、あの人が教えてくれた気がする。

ジェラルドさんがいなくなっても、今までどおり、勝ち進んで行けるだろうか？

おそらく嵐山との試合も、あの人がいなかったら、力を発揮できないまま負けていただろう。ただ、俺は、昔の自分とは違う。嵐山との激戦を通じて成長した。ジェラルドさん流に言うならば、ジェラルドさんが俺のもとに現れたのも、今、去ろうとしているのも、神様の仕業かもしれない。ここからは自力で道を切り開いて行けということなのだろう。とにかく、ジェラルドさんはもう、俺の傍にいない。

この先、親父とやっていけるだろうか？

俺も親父も世界挑戦の経験はない。世界チャンピオンを何人も育てたジェラルドさんの教えを受けた後で、親父を信じ切れるだろうか。おまけに、家を出てから、親父とは他人行儀な話し方しかできない。ぎこちない関係のままで、やっていけるだろうか。

気が付くと、いつの間にか巣鴨駅前の商店街に来ていた。店の人の掛け声や、買い物客の笑い声が俺の心を穏やかにしてくれる。

『鳥安』の前まで来て、焼き鳥の匂いを嗅ぐとゴードンさんの顔が浮かんできた。店の親父に、ゴードンさんの好きな砂肝とレバーを包んでもらった。

寮に帰り、頃合いを見計らって食堂に行くと、ゴードンさんが食事をしていた。

「どうだった？」

席に着くなり尋ねてきた。ジェラルドさんの容体を伝えた後、親父が後を引き継ぐように、会長が便宜を図ってくれていることを話した。さらには、親父とやって行けるかどうか不安に思っていることなど、帰り道に抱いた想いを包み隠さず話した。病院では考えがまとまらず何も言えなかったので、誰かに話を聞いてもらいたかった。

「お前は幸せ者だよな」

ゴードンさんは俺を見つめながら、ぼそっと言った。笑顔を作っているものの、目はどこか寂しそうだった。

その姿を見て、はっと気付いた。ゴードンさんも、このジムの現役ボクサーだ。過去の二試合、上り坂の選手に敗北を喫している。その上、若手が優先されているのか、しばらく試合を組んでもらっていない。いくら相談役の兄貴分とはいえ、相手の気持ちも考えず、勝手なことをぶちまけた自分が腹立たしい。焼き鳥を見つめながら、奥歯を噛みしめた。

俺の表情の変化を、ポカンと口を開けて眺めていたゴードンさんが、目尻を下げて噴き出した。

「お前、ほんと、面白いな」

「どういう意味ですか」

「お前が移籍して来た時のこと、覚えてるか。一人で飯食ってるし、みんなの輪に入ろうとしない。自分勝手で、イケ好かない奴が入って来たと思ったよ。でも、いつも一生懸命なんだよな、お前。なんかさ、痛々しくてほっとけないんだよなぁ」

褒められているのか、貶《けな》されているのか、よくわからない。

「まあ、みんなが世話を焼いてくれるっていうのも、実力のうちかもな」

そう言ってから、やっとレバーの串を手に取った。

「一本だけ頂いとくよ。減量しなきゃな。試合、ようやく決まったからさ。今度は、生き残りをかけての戦いだ。そろそろ俺も、ボクシングに決着をつけないとな」

がっちりとした顎で、味わいながら噛みしめている。食べ終わると、立ち上がり、両手をテーブルについて体を乗り出してきた。

「光一、ジェラルドさんはボクシングに関して、一切、妥協しない。そのジェラルドさんが親父さんを高く買っている。そして、親父さんにお前を託した。それ以上に何を望むんだ」

俺を射すくめる。

腹を括れ、と言っているんだ。

俺は慌てて立ち上がり、部屋を出て行くゴードンさんの背中に声をかけた。

「試合、頑張ってください」

「おう」

ゴードンさんは、振り向かず、片手を上げて応えてくれた。


試合から一週間が過ぎ、新しい体制で練習を再開した。親父が、夕方から門田ジムに顔を出し、教えてくれることになった。

古巣の斉藤ジムの会長にしてみれば、俺だけじゃなく親父まで引き抜かれた格好になっているが、会長同士で話し合って、うまく折り合いをつけているようだ。斉藤ジムも名門ジムとパートナーシップを結び、選手の交流や興行面でいろいろと恩恵を受けているらしい。

「よろしくお願いします」

親父に他人行儀な挨拶を交わす。

「おう」

俺を見つめる親父は昔のままだ。

当分の間、今までどおりのメニューで練習することになった。久しぶりに、親父にミットで受けてもらう。

「ジャブ、ジャブ、ワンツー」

「ワンツー、ボディ、ボディ、フック、ストレート」

腹の底から吐き出す親父の声が室内に反響する。掛け声に合わせてミットにパンチを打ち込む。ジェラルドさんのミットさばきは軽妙で、パンパンといい音がする。親父は、俺のパンチをがっちり体で受け止め、押し返してくる。

打つごとに息が合ってくる。これが俺の間合いだ。遠い日の記憶が甦ってくる。幼い頃は、親父がしゃがんでミットを構えてくれた。今は、俺がパンチを打ち下ろしている。

練習が終わった時にはすっかり打ち解けていた。ロッカーの椅子に座ってバンデージを外していると、親父が近寄ってきた。

「たくましくなったな」

「まあな」

「次は東洋タイトルを獲りに行くぞ。今のお前なら、いきなり挑戦しても大丈夫だろうが、その前に一、二戦、海外の選手とやった方がいいだろう。会長に相談して試合を組んでもらおう」

ジェラルドさんがいたら……、という思いは頭から締め出している。親父とやっていくと、腹を括った。

修二

「俺、ボクシングをやめようと思ってる」

嵐さんがジムにひょっこり現れ、このように切り出したのは試合から数日たった日の夕暮れ時でした。この時、僕は準備体操を終え、シャドーボクシングを始めたところでしたが、事務所にいた平木さんに呼ばれました。

平木さんと並んでソファに座り、嵐さんと向き合いました。僕の背後で理名さんが、事務作業の手を休め、こちらを見ています。

嵐さんは目の腫れと顔の傷を隠すために、野球帽を目深に被り、サングラスをかけています。そのため、切れて赤黒く腫れ上がった唇が余計に目を引きます。

「佐久間の親父の所で働こうと思ってる。この前の試合でボクシングにケリがついたしな」

　平木さんは眉根を寄せて、嵐さんの言葉を受け止めています。

「四つ葉園で腰を据えて働くのはいいことだ。だが、ボクシングは仕事をやりながらでも続けられるだろ」

「殴り合いはもういいよ。この顔、見てくれよ。男前が台無しだぜ」

　僕が言葉を挟もうとしたのですが、その前に理名さんが反応しました。

「なに嵐君らしくないこと言ってるのかな。子供の頃から、殴られることなんか、なんとも思っていなかったくせに。美幸さんと赤ちゃんのためなんでしょ。いいところあるね」

「はあ?」

「僕もそう思います。白木戦の前から、これで最後にしようと決めてリングに上がったんですよね」

「お前ら、二人揃って、なにバカなこと言ってんだよ。俺は白木とやって降参した。思い残すことは何もない。負けたら、いつまでも未練たらしくやんねえんだよ」

「ほんと、素直じゃないんだから」

「るっせーな。女が口出しすんな」

キッと睨んでそっぽを向く理名さんを、嵐さんが横目で窺っています。

「まあ、ガキも生まれたし、ちっとは親父らしくしなきゃ、とは思ってるけどな」

幼なじみの言い争いは、いつも、いじめっ子の嵐さんの方が、さりげなく折れて収束するようです。

二年間、嵐さんを間近に見てきました。だからこそ、僕には、嵐さんがなぜボクシングをやめるのか、確信をもって言えるのです。

（幼い頃から天涯孤独だった嵐さんにとって、ボクシングは心の空白を埋める手段だった。ひとたびリングに上がれば、セオリーを無視した破滅的な戦い方をする。あんな戦いを続けていれば、いずれ壊されてしまうと、自分自身がいちばんよくわかっているはずだ。

産科病院で佐久間さんが、「幸せになってほしい」と祈るように呟いたけれど、両親のいない嵐さんと美幸さんの夢は、普通の温かい家庭を持つことなんだ。赤ん坊を抱いた時、嵐さんは心の奥底でずっと求めていたものが、今、自分の手の中にあると気付いたんだ）

腕を組んで、虚空を見つめていた平木さんが口を開きました。

「いずれにせよ、十分考えたことだろうからな。お前の意思は尊重する。とはいえ、これから飛躍するという時に、なんとも、もったいない気がするがなぁ」

持って行き場のない想いを吐き出すと、嵐さんがそれを吹き飛ばすように切り返しました。

「これからは、修二の時代だよ。国内で白木を倒せる可能性があるのは、こいつぐらいしかいないいっしょ」

「嵐さんがかなわなかった相手に、僕が勝てるわけないですよ」

「お前、それ、本気で言ってないよな」

　嵐さんの言葉に、凄みが加わりました。

「半年前ならそうかもしれないが、今じゃ、スパーリングでも、俺と互角に張り合えるじゃないか。お前の吸収力はすごいよ。あと半年もすれば、間違いなく白木を超えられるんじゃないか」

　嵐さんの言葉に頷きながら、平木さんが口を挟みました。

「白木と言えば、協会から聞いた話だが、日本タイトルを返上したそうだ。一気に世界を目指す気だな」

　黙っている僕に、嵐さんが体を乗り出して詰め寄ります。

「俺の仇を取ってくれなんて、これっぽっちも思わないが、修二が白木と戦うところを見てみたい。お前があいつに対してどんなボクシングをするのか、俺だけじゃなしに、ボクシングファンはみんな楽しみにしていると思うぜ。

やれよ……。お前も、日本タイトルなんて、ちっぽけなこと言ってないで、世界を目指せよ。世界の舞台で、あいつと戦えよ」

三人の視線が僕に集まる。

世界という言葉に戸惑い、答えに窮していると、平木さんが助け舟を出してくれました。

「まあ、修二も先のことは自分で考えるだろう。嵐、またボクシングをやりたくなったら、いつでも戻って来いよ。お前はここのヒーローだからな」

「うっす」

嵐さんは平木さんに頭を下げてから立ち上がると、僕を見て言いました。

「白木を超えろよ。見てるからな」

ジムを出ていく嵐さんを三人で見送りました。ここに来てから、ずっと追ってきた背中が遠ざかっていく。後ろを振り向くことなく、夕暮れの街に消えていく姿を心に焼き付けました。

練習を終え、駅前の定食屋で食事をしてからアパートに帰りました。明かりもつけずにベッドに横たわる。カーテン越しに街明かりが忍び込み、部屋の中を青白く浮かび上がらせています。

今日も四回戦の選手二人を相手に、六ラウンドのスパーリングをこなしてきました。食事の時に飲んだビールが、人と殴り合った後の殺伐とした気分を、鈍い陶酔感に変えていく。天井をぼんやりと眺めながら、ジムでの会話を思い起こしました。

これまで、日本タイトル獲得を目標にしてきましたが、もとを正せば、嵐さんを超えたいという想いから発したことです。嵐さんがボクシングをやめるということは、目標が消えてなくなることを意味します。リングの上に、一人ポツンと置き去りにされたような気持ちになるのですが、自分でも不思議なくらい、心は乱されていませんでした。

今、僕の心を占めているのは白木選手です。彼の戦う姿が、脳裏に焼き付いて離れません。鍛え抜かれた肉体から繰り出されるキレのあるパンチ。付け入る隙のないディフェンス。ピンチに遭遇した時の精神力と対応能力。嵐さんと試合をしている時も、まるで自分が戦っているように白木選手を分析し、攻略法を考えていました。彼と戦っている自分を思い浮かべると、高ぶる気持ちを抑えきれなくなります。

その一方で、嵐さんが目標であり到達点であったはずなのに、目の前に、より強い相手が現れると、無節操に惹かれていく自分が怖くなってきます。

急な坂を自転車で下っている時のように、強い相手と戦いたい想いが、自分の意思とは裏腹にどんどん加速されていく。すでに、ブレーキをかけても制御できない領域に入ってしまったのか。最高速度に達して、何かにぶつかり砕け散ってしまうまで、もう静止することができないのだろうか。

心を落ち着けることができないまま、練習の疲れと酔いで、いつの間にか眠りに落ちていました。

目が覚めた時には、早朝の柔らかな光が部屋を満たしていました。ベッドから抜け出し、冷たい水を飲み、トレーニングウェアに着替えて家を出ました。起き抜けの重い体を引きずって走り始める。人気のない街並みを駆け抜けていくうちに、次第に体も軽くなり、気分も乗ってきました。

公園まで来て、池の周りの遊歩道に入った時でした。

「修二君」

振り向くと、右手の小径から理名さんが駆け寄ってきました。白いTシャツに濃紺のスリムなジャージに身を包んでいます。僕の前で立ち止まると、「おはよう」と言って、笑みをこぼしました。

「どうしたの？」

極力、驚きと、ときめく気持ちを抑えて尋ねました。

「嵐君がいなくなったから、サボるんじゃないかと思って見に来たけど、さすが平木ジムのエース、心構えが違うわね」

（そんな立派なものじゃない）

思わず目を逸らしました。

「今日だけ、一緒に走ってもいいかな？」

僕は黙って頷き、再び走り始めました。理名さんが追いついてきて、並んで走る。彼女の呼吸を感じ取れるようになると、次第に足並みが揃ってきます。散歩している人とすれ違う時は、彼女のペースを変えないように、僕が前に出てやり過ごす。大切な人を守っている感覚が、ささやかな歓びを誘います。

二周してから、カキツバタが群生している三宝寺池の前のベンチに腰を下ろしました。水辺を埋め尽くしている緑色の尖った葉の上に、青紫色の蝶が羽を休めているような姿の花が点在しています。

理名さんが自販機でスポーツドリンクを買ってきてくれました。彼女は一口飲んでから背筋を伸ばし、前方の花を見つめています。

（僕がしゃべりだすのを待っているんだ）

目標にしていた嵐さんがいなくなったので、心配して来てくれたのに違いありません。自分の気持ちを素直に伝えることに、何のこだわりもありませんでした。

「白木選手と戦いたいんだ。目の前に現れた強い選手と戦いたい気持ちを抑えられない。嵐さんが白木選手と繰り広げたような戦いを、僕もやってみたい。でも、その一方で、ボクシングにのめり込んでいく自分が怖くなる。体を壊されるだけじゃなく、昔の平木さんのように、周りが見えなくなって、大切な人のことを犠牲にしてしまうんじゃないかって」

理名さんは顔を上げ、すっかり明るくなった空を眺めていましたが、かすかに頷くと、ゆっくりと振り向きました。

「あのね、私は修二君や両親を理解しているつもり。修二君はお父さんとは違うよ。こうやって、私に心を開いてくれているもの。私もお母さんとは違う。私は、君を、ちゃんと見てるよ」

彼女の透き通った声が、僕の心に染み入ってきました。

「それにね。若い頃のお父さんや、ボクシングをやってる人の多くは、チャンピオンになることが目標だよね。そういう人って、時として目標に縛られて、自分や周りが見えなくなる。でも、修二君は違う気がするの。いつも、理想とする人の背中を追っている。それって、なりたい自分に近づこうとしているってことじゃないかな。そういう人は、自分を見失わないと思うな」

「だといいけどな」

そう返してから、黙って前方を見ていました。何を見るというのではなく、視界に入るものすべてが、ありのままの姿で心のスクリーンに映し出されていました。

「さ、帰ろうかな」

立ち上がった理名さんが、両手を腰に当てて僕の顔を覗き込みます。

「君の強みは、そういうウジウジしたところなんだからね」

「なんだよ、それ」

「お父さんに言ってたじゃない。自分の強みはバランス感覚だって。君はどんな時も、自分の立ち位置を三百六十度、見渡して考えられる人だよ。白木君の攻略法も、その辺にあるかもしれないね。ボクシング一筋、完璧なボクシングをするサラブレッドにはない柔軟性と懐の深さが君にはある気がするな。……見てみたい。白木君と戦うところを」

「やれってこと？」

「だって、君、まだ何もやってないよ。嵐君を超えたわけでもないし。悩むところじゃないと思うな。白木君と戦ってから考えればいいんじゃないかな。卒業まで、まだ一年以上あることだし」

それだけ言い残すと、「じゃあ」と手を振って駆けていきました。

彼女の後ろ姿を眺めているうちに、自分の中に新たな考えが芽生えてきました。これまでは、自分の将来を見通した時、平木さんのようにボクシングにのめり込んで家族を犠牲にしてしまうか、嵐さんのように平穏な家庭を得るためにボクシングをあっさり捨ててしまうか、両極端のケースばかりが思い浮かび、心を重くしていました。

理名さんと話したことで、彼女となら、一本の道を一緒に歩めるのではないかと思えてきたのです。いや、僕みたいに強くない人間は、自分を理解してくれる人が傍にいることで、初めて、ボクシングのような過酷な道を歩めるのではないか。

青い空と緑が目の前に広がっています。あるがままの自分を、肯定的に受け止めてみようと思ったのです。

その日の夕方、練習を始める前に、平木さんに意思を伝えました。

「白木選手を追いかけたいと思います」

対面のソファに座っている平木さんが問い返しました。

「つまり、日本チャンピオンの上を目指すということか？」

「はい。彼と戦うための道筋を教えてもらえませんか」

腕を組んで、じっと僕を見つめています。

「白木は世界を目指す足掛かりとして、まず間違いなく東洋太平洋のタイトルを獲りにいく。勝ち続けている間は、お前を含め、格下の選手には目もくれないだろう。白木と戦うには、あいつが東洋チャンピオンになった暁に、挑戦者として名乗りを上げるのが現実的な道筋だろうな」

「白木選手に勝てますか？」

「今のお前じゃ、分が悪い」

予想していた答えなので、冷静に受け止めました。

「時間が必要だ。白木もまだまだ強くなるだろうが、キャリアの短いお前の方が、はるかに伸びしろが大きい。私も、嵐と同じ意見だ。お前次第だが、いずれ白木を超えられると思っている」

平木さんが身を乗り出してきました。

「まずは、日本チャンピオンを目指せ。タイトルを獲れば、白木の背中が見えてくる」

僕は今、日本ランク二位につけています。平木さんによると、近いうちに、空位になっている日本王座を賭けて、一位の選手と戦うように協会から指示があるとのことです。

「白木には、お前が視野に入っていない。草むらから獲物を狙うライオンみたいに、お前には追う者の強みがある。目の前の一戦一戦に集中するのはもちろんだが、今から、対白木戦の準備を始められるからな」

言っていることはわかるのですが、平木さんの言葉に違和感を覚えました。目標とする人の中に、自分が存在していない。それでいいのだろうか？

ボクシングの試合は、見ず知らずの人間同士が、リングの上で殴り合う。それでも、戦った後には、同じ道を志す者同士の心の繋がりが生まれるのも確かです。

しかし、この人と決めて、半年、一年をかけて挑む相手には、それだけでは不十分です。今から僕の存在を知っておいてほしい。白木選手の背中を追っている僕が、一歩一歩近づいていく足音を感じ取ってほしい。僕が嵐さんを意識し、嵐さんが僕を受け止めてくれたように。

（ボクシングに注いできた時間、努力、想いのすべてを、白木選手との一戦に結実させる。それが、これからの僕の目標となり、生きている証になる）

光一

門田ジムの練習場は、路地に面した壁が透明なガラスで覆われている。夕暮れ時になると、プロの選手が次々にスパーリングを行うので、ガラスの向こう側に人だかりができる。練習中は観客に注意を払うことはないが、人に見られていると思うと士気が上がるし、悪い気はしない。

練習を再開して数日後のことだった。

「光一、スパーの準備をしろ。次、入るぞ」

親父が声をかけてきた。ヘッドギアをつけ、グローブのひもを結んでもらう。軽く体を動かしながら順番を待っていると、ゴードンさんが俺の肩を叩いた。

「見ろ。あいつ、平木ジムの笠原だろ。ずっとお前を見てるぜ」

目をやると、夕闇を背景に、人の群れがガラス越しに浮かび上がる。彼らの視線はリングの上で戦っている選手を追っているが、一人だけ俺を見ている。

（笠原だ）

新人王決定戦で、石田を逆転ＫＯした瞬間が脳裏をよぎる。

あいつは目を逸らさずに頭を下げた。

話をしたこともないし、試合をやる予定もない。

（何のつもりだ）

あいつの目が、何かを訴えかけてくる。

（見たいなら、見せてやる）

雑念を断ち切りリングロープをくぐった。

今日の相手は格下の四回戦ボーイだ。気持ちに余裕があるためか、笠原の視線が気にかかる。知らず知らずのうちに、路上のあいつに目が行ってしまう。

「光一、集中しろ」

親父が怒鳴る。次第に苛ついてきた俺は、目の前の相手に容赦なくパンチを叩きつけた。

スパーリングが終わり、グローブをはずしてもらうと、ヘッドギアを自分でもぎ取り外へ出た。あいつが近づいてくる。俺の前まで来ると、再び頭を下げてから言った。

「平木ジムの笠原修二です」

「それで、俺に何か用か？」

「あなたと戦いたいと思っています。いずれ、あなたに挑戦するつもりです」

訳がわからない。

「だから何しに来た。わざわざ、それを言いに来たのか？」

「はい」

「嵐山の仇でも討つつもりか？」

「いえ、強いあなたと戦って勝ちたい。それだけです」

「悪いけど、あんたとやるつもりはない」

「わかっています。時が来たら、必ずあなたの前に立ちます。僕があなたを目標にしていることを知っておいてほしかったんです」

二重瞼の、前髪を垂らしたお坊ちゃんが、ボクシングをやっていること自体、信じられない。そんな奴が、一人で俺に会いに来て、勝手なことをほざいている。嵐山は猿芝居が得意だが、こいつは真面目に言っているだけに余計に気味が悪い。

まっすぐ俺を見ている。澄んだ目が瞳の奥を射抜く。俺がリングの上で相手を見る目だ。

（こいつは、本気だ。いずれ俺の前に立ちはだかる）

ジェラルドさんが、俺を初めて見た時に「震えた」と言った。俺は、今、ジェラルドさんの言う、震える、という感覚がわかった気がする。目の前に立ち、俺と戦うことを求めているおとなしそうな男に、震えている。

（こいつも、神様が遣わしたのだろうか）

はやる気持ちを抑えて、笠原の顔を心に焼き付けた。

「憶えとくよ」

俺は、そっと差し出された手を、バンデージを巻いた手で受け止めた。

修二

　九月に日本王座決定戦が予定されていたので、夏休みに入っても田舎には帰らず練習に明け暮れました。

　あの時、白木選手が握りしめてくれた手のひらの感触を、今も忘れることができません。バンデージを巻いた彼の手は、湿って熱を帯びていました。袖なしの白いＴシャツから覗く二の腕の筋肉が緊張したかと思うと、じんわりと、こぶしに力が加わってきました。切れ長の目で見つめながら、「憶えとくよ」と言ってくれた瞬間、僕の想いが伝わったと確信しました。

　決定戦の相手は、以前戦った石田選手に似たファイタータイプの選手でした。彼のような並外れた破壊力がなかったので、比較的、くみしやすい相手でした。ただ、そんなことは戦った後に言えるのであって、試合中は一瞬たりとも気が抜けません。相手の動きを把握するまで、果敢に攻めなかったこともあり、判定までもつれ込みました。

　十ラウンドを戦い終え、コーナーに戻り、目を閉じて結果を待ちました。リングアナウンサーが登場すると場内が静まり返ります。

「勝者、日本フェザー級、新チャンピオン、笠原修二」

リングの脇で待機していた平木さんが飛び込んできて、僕の右手を高く掲げました。リングサイドの席に目をやると、理名さんが笑顔で手を振ってくれました。

チャンピオンベルトを両手で受け取ると、今までやってきたことが形になったように感じます。その一方で、分厚くて重いベルトで胴を締めつけられ、観客の熱い視線を受け止めると、もうボクシングの世界から逃がれられない、行き着く所まで行くしかない。そんな思いが、ある種の使命感を伴って胸に迫ってきたのです。

数日後、平木さんが内輪だけの祝いということで、自宅に招いてくれました。

石神井公園の駅前で嵐さんと落ち合いました。久しぶりに会う嵐さんは、顔の輪郭が丸みを帯び、体つきも、ひと回り大きくなっていました。過酷な練習と減量から解放されたためだけでなく、穏やかな家庭生活が、嵐さんを福々しく見せているのだと思います。

平木さんと理名さんが玄関で迎えてくれました。今回は花束を自然な形で理名さんに手渡すために、意図的に彼女の正面に立ちました。初夏の石神井公園で見たカキツバタの青紫色が、彼女の面影と共に印象に残っていたので、同じ色のキキョウの花を選びました。

できる限りさりげなく手渡したかったのですが、そうはさせてくれませんでした。

「はい、よくできましたぁ。やればできるじゃないか」

嵐さんが待ち構えていたように茶化しました。どう切り返そうかと言葉を選んでいると、平木さんが苦笑いしながら引き取りました。

「嵐、久しぶりだな。どうだ、仕事頑張ってるか？」

「ああ。佐久間の親父は専門学校に通えって言うし、夜は子守りだし、ジムに顔を出すヒマがなくってよ」

「忙しいからって、授業中に寝たらダメだよ」

理名さんなりの、精一杯の励ましの言葉のようです。

「ちっ、寝るわけないだろ」

「そうかな。中学生の頃は、授業中いつも寝てたじゃない。試験の前にノート貸してあげたのに、勉強もしないでヘンな落書きして返してくるんだから」

「なに大昔の話を持ち出してんだよ」

平木さんには、子供の頃から変わらない二人の言い争いが、たまらなく心地よいものに感じられるのでしょう。

「まあ、嵐もやるべきことは、やるだろう。ボクシングをやめて選んだ道だものな」

「まあな」

リビングに通され、ソファに腰を下ろしました。以前招かれた時は、テーブルに所狭しと御馳走が並べられていたのですが、今回は何も置かれていませんでした。理名さんが淹れてくれたコーヒーが行き渡ると、平木さんが口火を切りました。

「食事の前に作戦会議をやりたいんだ。修二はめでたく日本チャンピオンの座に就いた。だが、白木を倒さない限り、真の日本一とは言えない。まだ先のことかもしれないが、修二は次のターゲットとして、白木に照準を合わせている」

「おっ、いいねぇ」

嵐さんが肩を小突いてきました。

「白木は強い。まだ若いが、完成されたボクサーだ。付け入る隙が見当たらない。あいつに勝つために、知恵を出し合って攻略法を見つけたい。実は、このミーティングを提案したのは理名なんだ。いろいろと考えてくれている。まずは理名の考えを聞いてから作戦を練ろう」

テーブルを隔てて向き合っている理名さんが、姿勢を正して僕と目を合わせました。

「率直に言って、修二君は、試合経験はもとより、リーチの長さなど体格面に加え、パンチ力、スピード、ディフェンスなど技術面でも白木君に劣っている。これから地力をつけ、差が縮まるにしても、短期間で追いつき追い越すのは難しいかもしれない」

「お前、ぼろくそ言われてるぜ」

嵐さんが、肩を揺らしながら僕の顔を覗き込みます。

「事実だから、仕方ないですよ」

軽くいなして、理名さんに先を促しました。

「修二君の過去の戦いを見てみると、石田哲選手との一戦を除いて、すべて判定勝ち。接戦になりながらも、食らいついていって、最後に相手を抜き去っている。これが修二君の勝ちパターン。強みは、ピンチに陥っても冷静に状況を分析し、攻撃の糸口を見つけ出せること。つまり、ボクシングＩＱが高い。ここが嵐君と違うところ」

「何言ってんだよ。天才肌の俺のボクシングが、お前なんかに、わかってたまるか」

「二人ともケンカはよそでやれ。理名、余計なことを言わずに続けろ」

平木さんの一言で、場の空気が引き締まりました。

ごめんなさいと言ってから、理名さんが続けます。

「今までの戦い方が通用したのは、相手が格下か同レベルだったからだと思うの。果たして白木君に通用するかしら。攻撃の糸口を見つけられないまま、試合が終わってしまう可能性が高い。だから、戦う前に、彼を徹底的に分析し、攻略法を見つける必要がある。

モハメド・アリのように学習能力が高いボクサーは、一度負けた相手と再戦すると、必ず勝っている。それは、前の試合を徹底的に分析して、戦う前に攻略法がちゃんと出来上がっているから」

「理屈はわかるけど、修二は、白木とやってないんだぜ」

理名さんは嵐さんを見ながら頷きました。

「だから、嵐君が彼と戦った時のデータを分析してみたの」

「いくら分析したって、それは俺が戦った時のデータだろ。相手が違えば、あいつの攻め方も変わってくるだろ」

「嵐君の言葉の裏を返せば、相手が同じで、同じ攻め方をすれば、同じ反応をする可能性が高いってことだよね。特に、白木君のように、幼い頃からボクシングをやってきた完成度の高いボクサーは、場当たり的な攻撃はしない。自分の戦い方に忠実なボクシングをする。すなわち、再現性が高い」

「いいけどさ。さっきから言ってるだろ。修二は、白木と戦ってないって」

「修二君の体格は、嵐君と、とてもよく似ている。それに、ここに来た時から、君の一挙手一投足をなぞりながらボクシングを覚えた。修二君は、嵐君のスパーを観た後、シャドーで君の動きを再現できる人なんだよ。つまり彼には、やろうと思えば嵐、白木戦を再現できる能力があるってこと」

説明は筋が通っているのですが、頭で考えただけの理論で、現実の戦いに結びつけるのは難しいと感じました。

嵐さんも、腕を組んで黙り込んでいます。が、おもむろに顔を上げると、自分に問いかけるように呟きました。

「そんなこと、できっこないが、たとえできたとしても、俺は白木に負けたんだぜ。負けた試合を再現してどうすんだよ」

理名さんは嵐さんの反論を予想していたのか、間髪を入れずに切り返しました。

「あの試合、嵐君が一方的に負けていたわけじゃないよね。一進一退の攻防が続いていた。試合全体を再現する必要はないのよ。基本的な考え方はこう。嵐君が優勢なところはそのまま再現するように試みる。分が悪いところは、優勢になるように軌道修正して上書きする」

「映画を作っているんじゃないんだからな。できるわけないだろっ」

「私は幼い頃からボクシングを見てきた。修二君のことも見てきた。そのうえで言ってるの。できないことは言わないよ」

理名さんが挑むような目で嵐さんを見ています。

「ここからが、大事なところ。分析結果を具体的に説明するね」

脇に置いてあったファイルを取り出し、机の上に置きました。検討結果はすっかり頭に入っているらしく、資料に目をやることなく話し始めました。

「ビデオを観て分析した結果、九ラウンドを通して嵐君が放ったパンチの数は五百六十七発。一方、白木君は五百三十五発。そこで、試合展開と照らし合わせながら、パンチの種類とコンビネーションのパターンを分析してみたの」

たぶん平木さんは、事前に彼女の説明を聞いていたのだと思います。腕を組んで、静かに成り行きを見守っています。

「一ラウンドから五ラウンドまでは、嵐君がいつものスタイルと違う攻め方をしていたから、白木君も様子を窺いながら、頭で考えてパンチを選んでいた。彼の攻撃の多くはジャブの単発とワンツーなんだけど、他のパンチの組み合わせに関しては、特段の規則性が認められない。

ところが六ラウンドから九ラウンドまでは、お互い無心に打ち合っていた。試合を通して、白木君の攻撃パターンは三十六通りあるんだけど、後半の打ち合いの時は、九種類だけ。きわめて限られた攻撃パターンが繰り返されている。

この時、嵐君は波状攻撃を加えていて、白木君がそれを迎え撃つ形だった。白木君の攻撃パターンは、嵐君の攻め方に呼応している。お互いが無心で打ち合っている時、ランダムに打っているように見えても、分析してみると、同じパターンの攻防が繰り返されていることがわかる。

つまり、お互いがハイになった状態で、修二君が嵐君と同じ攻め方をすれば、高い確率で白木君の反撃を予測できる」

物理を専攻している理名さんにしてみれば、データを分析し、一定の規則性を見いだすのは、僕や嵐さんが思っているほど難しいことではないのかもしれません。

「修二、お前はどう思うんだ。なんか言えよ」

手に負えなくなったのか、肘で突っつきながら僕に振りました。

「平木さんは、以前、僕には嵐さんのボクシングはできないと言っていませんでしたか」

「本能に身を委ねて戦う嵐のボクシングは、お前にはできない。だが、嵐の動きを自分の戦術として取り込み、意図的にやるなら、それはまさに修二のボクシングだと思うが」

嵐さんが身を乗り出しました。

「ということは、オヤッサンは理名の言ってる作戦が使えると思ってるのか？」

「戦術のひとつとして使えると思う。嵐の攻撃パターンを模すことで、思惑どおりに白木のパンチを誘い出せれば、試合を優位に進められるだろう。どこまでやるかは分析結果を見ながら検討する必要があるが、少なくとも、理名が特定した九つの攻防のパターンについては、しっかり頭に入れて、繰り返し練習しておくべきだな」

平木さんの説明で、理名さんの提案した攻略法が現実味を帯びてきました。納得できずに口元を歪めている嵐さんを見て、平木さんが補足しました。

「修二は、これまでも打たせて打つボクシングを目指してきた。つまり、多彩なパンチやフェイントを駆使して相手のパンチを誘い出し、狙いすましたカウンターで迎え撃つ。理名の提案は、その延長線上にあると思う。白木の体に沁みついた攻撃パターンを意図的に誘い出し、狙い打つ」

「本当にそんなことができるかわからないが、試してみる価値はありそうだな」

嵐さんも半信半疑ながら納得したようです。

平木さんが、さらに付け加えます。

「ただ、二人の間に明らかな実力差があると、白木を無意識での打ち合いに誘い込めない。つまり、この戦術を成立させるためには、修二が本来の戦い方で、白木とタメを張れるだけの地力をつけることが前提になる」

僕が頷くと、嵐さんが眉をしかめました。

「そこが、気に入らないんだよなぁ」

腹の底に溜まっていた不満を、ぶちまけるように唸りました。

「なんで理名もオヤッサンも、修二は白木に劣っていると決めつけるんだ。修二、お前もだ。そういう思い込みがある限り、あいつに絶対勝てないぞ」

僕を睨んでから、理名さんに矛先を向けました。

「理名、お前、修二を見てると言ったが、何も見えてないぜ」

「どういうこと？」

「お前、間違ってるぞ。修二は、格下と戦って勝ってきたわけじゃないぜ。ボクシングを始めて間もない修二が、自分より経験のある格上の選手を食って、ここまできた。ケンカもしたことのない坊ちゃんが、日本チャンピオンにのし上がるって、そういうことだろ。

いつもギリギリで勝っているから、派手なノックアウトで勝つ白木に比べ、周りの評価は低い。でもそれは、お前が言ったように、修二の戦い方なんだよ。本人は目一杯戦っているつもりだろうが、いつも最後で抜き去る余力を残している。こいつは、まだまだ自分の力を出し切っていないぜ。

俺は、白木とやったし、修二と毎日のようにスパーリングをしてきた。だから、わかるんだ。白木は強い。だが、俺がもっと練習して強くなれば、勝てると思えるんだ。

修二は違う。戦っていると不安になるんだ。どこが凄いというわけではないが、攻めれば攻めるほど、じわじわと手足をからめとられ、体ごと飲み込まれていくように感じるんだ。こいつは、とてつもない力を秘めているんじゃないかと、相手に思わせる何かがあるんだ」

言い終えた嵐さんは、高まった気持ちを抑えるように、テーブルに置かれたコーヒーカップをじっと見つめています。乱れた息を整えると、意を決したように再び話し始めました。

「俺は、修二がボクシングを始めた時から相手をしている。日々強くなっていくのを、肌で感じてきたんだ。きのう当たったパンチが、きょうは当たらない。俺のパンチをかわして、遠慮がちに打ち込んでくる。

戦っているうちに、心が唸り声を上げるんだ。世界チャンピオンになるのは俺じゃない、こいつなんだって……」

依然、嵐さんはコーヒーカップを見つめたままです。僕らは、身動き一つできませんでした。

「白木と戦う直前に、娘が生まれただろ。初めて娘を抱いた時、これで、やっとボクシングをやめられると思ったんだ。お前らが言ったとおりだ。

だがそれは、単なるきっかけに過ぎない。俺がボクシングをやめたイチバンの理由は、修二を見て、自分の限界を感じたからなんだ」

今、何が話されているのか、にわかに理解できませんでした。この二年間、僕も嵐さんを肌で感じてきました。スパーリングはもとより、朝のロードワーク、白木選手との激戦、産科で赤ちゃんを抱いた瞬間など、些細なことも見逃さないようにしてきました。でも、どこにも今聞いた言葉を裏付けるものが見当たりません。

誰しも、きっと嵐さんでさえ、戦っている時に弱気になることがあると思います。しかし、どんな時も嵐さんは、それを微塵も感じさせませんでした。どんな状況に陥っても、圧倒的な気迫で盛り返してくる。白木選手に倒される最後の瞬間まで、勇敢に、誇り高く、相手にぶつかっていきました。

(嵐さんが言っていることを、鵜呑みにできるはずがない。きっと、僕を励ますための、得意のハッタリだ。でも、もし本心で言っているとしたら……。僕は、今までこの人の何を見てきたのだろう)

嵐さんの視線を感じます。

やがて低く抑えた声が聞こえてきました。

「修二、お前、いい加減、自分を信じろよ」

嵐さんの声が、僕の心の中の何かと共鳴し、波紋のように広がっていきます。今思えば、ずっとその言葉を僕に伝えてくれていた気がします。

迷っていると、必ず背中を押してくれました。プロのリングに立つ時、理名さんに想いを伝える時。そして、白木選手と戦えと言ってくれたのも嵐さんでした。

絶対に人に付け入る隙を見せない嵐さんが、僕のために、自分の弱みを晒してくれました。

（真似なければいけないのは、嵐さんの動きだけじゃない。自分を信じ、奮い立たせ、相手に向かっていく姿勢だ）

気が付くと、嵐さんが僕の顔をおどけた表情で覗き込んでいます。カップに手を伸ばし、残っていたコーヒーを喉に流し込みました。

「まっ、その頼りないところが、お前の、お前らしいところだけどな。俺がいなくても、理名が尻を叩いているみたいだし」

「なんか引っ掛かるけど、嵐君の言ってること……わかるよ」

持論を展開していた時の勢いが消えてしまった理名さんを、嵐さんが横目で見ています。

「わるい、わるい。話がそれちまった。さっきの話だけど、俺の動きをコピーするだけなら修二にとっては簡単だろうが、白木のダミーになる奴がいないと、実際に試せないだろ」

ソファに体を預けて、様子を窺っていた平木さんが応じました。

「そこなんだよ。うちのジムに、修二と張り合えるような長身のサウスポーはいない。かといって、よその選手に、白木の攻撃パターンをなぞらせるわけにもいかないしなぁ」

その言葉に理名さんが反応しました。

「いるよ」

彼女の確信に満ちた声に、三人の視線が引き寄せられました。

「白木君と同じような体格で、しかもサウスポー。ジェラルドさんが本気で世界チャンピオンにしようとしたボクサー。無敗のまま、リングを去った日本チャンピオン」

平木さんが眉をひそめる。同時に、嵐さんの目が見開かれました。

「そうだ、いたいた。昔、俺が懲りずにケンカした時、佐久間の親父に、ジムに連れてこられたんだ。初めてオヤッサンとリングで向かい合った。ケンカで負けたことのない俺が、一発もパンチを当てることができなかった。やけっぱちでぶつかっていったら、腹のど真ん中に、思い切り左ストレートをぶち込みやがった。うずくまりながら見上げたオヤッサンのドヤ顔、今でも忘れてないぜ」

「だいぶ手加減したつもりだが」

「ちっ。まあ、現役時代に比べると、だいぶポンコツになってるけど、まだ使えるだろ」

「バカ言え。二、三ラウンドのスパーなら、まだまだ、お前らには負けないぞ」

「何言ってんだよ。じじいに負けるわけないだろっ」

　理名さんが二人を睨んで、「決まりだね」と言ってファイルを閉じました。

　首尾よく話がまとまったので、僕は理名さんの指示に従って、食事をテーブルの上に並べ始めました。あとの二人は、昔のことを思い出しては、ひとしきり言い争っていました。

　帰り道、酔っ払った嵐さんが、人通りが少なくなった住宅街を足早に歩いて行きます。僕は遅れないように後ろから付いて行く。

　石神井公園にさしかかった所で、嵐さんが急に立ち止まり、振り向きました。何を思いついたのか、いきなり肩を組んできて、お酒の匂いのする息を耳元に吹きかけます。

「お前、もう、理名とやったのか？」

「えっ」

　腕を振りほどこうとしましたが、そうはさせてくれません。

「そうか、まだか。いいなあ、いろいろやることがあって」

「何も言ってないじゃないですか」

　僕の言うことなんか耳に入らないようです。

「一つだけ忠告しておいてやる」

嵐さんの目に、力がこもります。

僕はかしこまって、耳を傾けました。

「オヤッサンとスパーやってる間はやめとけ。殺されるからな」

と言ってから、一人で噴き出しています。

「それが、久しぶりに会った先輩が、別れ際に言う言葉なんですか」

「大事なことだろ。順番、間違えるなよ。白木を倒すのが先だからな」

「間違えるも何も……」

僕の言葉を遮ると、

「いつまでも待たせると、理名がかわいそうだぜ」

と言い残して、池に沿った小径に消えていきました。

嵐さんが去った後も、胸の動悸が収まりませんでした。耳元でささやかれた言葉を聞いたことで、僕の中の理名さんが、今までと異なる色合いをもって迫ってきました。

光一

「おい耕介、顎を引け。下がるな」

「辰也、ボディも攻めろ」

「ラスト三十秒、おらっ、二人とも頑張れ」

　ゴードンさんの野太い声が練習場に響き渡る。リングの上では、プロテストに受かって間もない選手二人がスパーリングをしている。両腕でロープを掴み、若者に発破をかけるゴードンさんの背中を見ているとホッとする。

　二か月前、真夏の後楽園ホール。ゴードンさんは生き残りをかけた試合に臨み、敗れた。相手は、アマチュアで輝かしい成績を残した後、プロに転向。今春、新人王に輝いたばかりの十九歳の若者。相手陣営としては、期待の星が着実に実績を積み重ねていけるように、慎重に対戦相手を選びたいところだ。力の衰えた元日本チャンピオンは、申し分のない噛ませ犬だった。

　関係者の間では、あからさまなマッチアップに顔をしかめる者もいた。門田会長もこの対戦には二の足を踏んでいたが、ゴードンさん自身が押し切った。彼にしてみれば、この試合に勝つことで、再び日本ランカーに返り咲ける千載一遇のチャンス。退路を断ち、この一戦に臨んだ。

　俺はゴードンさんの戦いを間近で見届けるために、セコンドの一員に加えてもらった。花道に立ったゴードンさんは、しばらくリングを眺めていたが、振り向くと、セコンド陣に向かって言った。

「どんなことがあっても、タオルを投げないでくれ」

絶対に最後まで戦うと、自分自身に言い聞かせたのだろう。

戦いは、スピードと勢いに勝る相手がゴードンさんを切り刻んだ。最終ラウンド、相手はKOで試合を決めようと猛攻撃を仕掛けてきた。ロープにもたれかかりながら、打たれ続ける。目をそむけたくなるが、ゴードンさんの戦いを、目に焼き付けることが自分の使命だと思った。

戦い終えたゴードンさんがコーナーに帰って来る。急いで椅子を差し出した。ボトルの水で口をすすぐ。吐き出した水が赤く染まっている。

「コーイチ」

背を丸めたゴードンさんが俺の名を呼んだ。傍らに立っている俺を見上げる。両目の周りは紫色に腫れ上がり、唇が切れていた。

「どうだ。おれ、最後まで立っていたぜ」

五十八戦、四十一勝、十五敗、二分け。ボクサー人生で、一度もリングに沈まなかった。それが、ゴードンさんの誇りだ。

試合に負けても、観客は勇敢に戦った選手に温かい。励ましの声を体に浴びながら、選手として、二度と戻ってくることのない花道を引き揚げていった。

さすがに試合後の数日は、声をかけづらい空気をまとっていた。負けた事実よりも、二十年近く続けたボクサー生活に終止符を打つことがこたえたのだろう。ぽっかりと空いた心の隙間を埋めるのは容易でないはずだ。

　引退を正式に発表したゴードンさんは、会長の勧めでトレーナーとして残ることになった。豊富な経験、持ち前の洞察力、人間性。あの人ぐらいトレーナーに向いている人はいない。

　練習生やプロになりたての選手を中心に教えているが、親父のサポートとして俺の練習も見てくれている。親父に言いにくいことも、兄貴分のゴードンさんには話せるので助かっている。

　ある日、食堂で一緒になった時、思い切って尋ねてみた。

「俺は世界チャンピオンになるという目標があるからこそ、苦しい練習や試合の時の恐怖に耐えられます。ゴードンさんも日本チャンピオンに返り咲くことを目標に頑張ってきましたよね。でも、ここ数戦の動きを見ていたら、その可能性はゼロに近かったと思います。自分でわかっていたはずです。なのに、なぜ、あんな命懸けの戦い方ができるんですか」

　ゴードンさんは、きょとんとした顔で俺を見つめていたが、苦笑いを浮かべて言った。

「身も蓋もない言い方だな。お前、友達いないだろ」

　俺は黙って頭を下げた。

「お前は幸せ者なんだぜ。いつまでも、世界チャンピオンを目指してボクシングをやれるんだもんな。普通はさ、チャンピオンになろうと思ってボクシングを始めたとしても、自分より強い奴とスパーリングをやったり、いくつか試合をこなしているうちに、自分がどれだけものか、わかっちまうんだ。うちのジムには有望な選手が多いが、それでも、チャンピオンになれると思ってやっている奴は、ほんの一握りだぜ」

ゴードンさんは目の前にあるコップに、自分でビールを継ぎ足した。かすかな音をたてながら消えていく白い泡を眺めている。

「みんな、わかってんだよ。わかっていても、やめられないんだよ。なんたって、リングの上じゃあ、自分が主役だからな。やめちまったら、盛り上がりのない日常に埋もれてしまう。生きているのか、死んでいるのかわからない日が続く。そう思うと、ぞっとするんだよ。たぶん、弱くて臆病な人間だからこそ、ボクシングに引き付けられるんじゃないか。明るく燃え盛っている火に飛び込んでいく虫みたいに」

自分もボクシングをやっている人間だ。よくわかる。ボクシングを取り上げられたらと思うと、寒々とした気持ちになる。

「お前みたいに白星街道一直線の奴は別だけど、ほとんどのボクサーは、先のことなんか考えないんだよ。目の前の一戦がすべてだ。試合が決まるだろ。いくら弱かろうが、負けが込んでいようが関係ない。リングの上じゃあ、いつも五分と五分。どっちが勝つか、やってみなけりゃわからないからな。

俺は、戦っている時に、諦めたことはない。この前の試合だって、メッタ打ちにされていたが、最後の最後まで、一発逆転の右フックをぶち込んでやろうと狙っていたんだぜ」

熱のこもった言葉の中に、ボクシングをやる人間が必ず持っている意地のようなものを感じた。

「じゃあ、なんで、ボクシングをやめたんですか」

目を見開いたかと思うと、眉を八の字にして、泣き出しそうな顔を作った。

「きびしいねえ、光一君は。ほんと、きびしいよ」

何を考えているのだろう。正面の壁に掛かっている写真を眺めている。俺も振り向いて、写真を見た。世界チャンピオンのベルトを巻いた選手の傍らで、ジェラルドさんが肩に白いタオルをかけて微笑んでいる。

「心の声が聞こえてきたのかな」

静かだが、確信に満ちた声だった。

何人の若者がこの写真を見ながら、夢を描き、励み、そして消えていったのだろう。俺にはゴードンさんが、そんな男たちの想いを背負ってここにいる気がした。

その時、幼い時からずっと抱えていた疑問が頭をよぎった。親父はなぜ、俺にボクシングを教えようとしたんだろうか。なぜ、自分のボクシング経験について語らなかったのだろうか。

（いや、何があったか、知りたいとは思わない）

夢破れても、ゴードンさんはボクシングを愛し、若者を育てている。親父も同じような想いで俺に向き合ってきたのだろう。

(俺には、いつ、どんな心の声が聞こえてくるのだろう)

写真の中のジェラルドさんを見ながら、そう思った。


夏が終わり、いよいよ俺の海外進出が始まった。相手は、前年に東洋の王座から陥落した韓国人選手。敵地、ソウルに乗り込んで戦うことになった。

試合の前日に、笠原が後楽園ホールで日本タイトル防衛戦に臨んでいた。あいつの試合が終わった頃合いを見計らって、ホテルから、笠原戦を観戦していた若手トレーナーに電話をかけた。判定で笠原の勝利、盛り上がりの少ない凡戦だったと知らせてくれた。

大事な試合の前日に、わざわざ電話をかけて笠原の試合結果を尋ねている。その上、勝ったと聞かされると、ほっとする。凡戦と言ったトレーナーに、どこに目をつけているんだと、心の中で腹を立てている。

(どうかしている)

握手を交わして以来、あいつのことを思うと胸がざわつく。

今まで経験したことのない感覚だった。ジムの同僚や対戦相手と向き合うと、ボクサーとしてのライバル意識が前に立ち、自分の中に踏み込まれないように壁を作る。ところが笠原は、そんな壁をものともせず、俺の心の中まで入り込んで来た。澄んだ目で瞳の奥を覗き込んでくる。あいつの瞳の中に、俺がいる。

リングの上で、笠原と対峙している自分を思い浮かべた。

（あいつを倒すのは俺だ）

それまでは、負けてもらいたくない。

あいつと戦うまで、俺も負けるわけにはいかない。いつもとは異なる胸の高鳴りを覚えながら、握手を交わした手のひらを見つめた。

翌日の試合、四ラウンドで相手をリングに沈めた。アウェイでの戦いとなると、対戦相手だけでなく、観客の罵声、あからさまなホームタウンデシジョン、すべてが敵だ。ＫＯで片をつけることしか考えていなかった。

十二月には、ムエタイ出身の東洋ランク一位のボクサーと戦った。五ラウンドでＫＯ勝ちすることで、東洋タイトルの挑戦権を得た。

俺の後を追うように、二週間後、笠原が初めて海外の選手と試合を行った。相手はフィリピン国籍のサウスポー。俺を意識して対戦相手を選んだのだろう。結果は判定勝ち。あいつが近づいてくる足音が聞こえる。

翌年三月、後楽園ホール。俺は東洋タイトルを賭けて韓国人のチャンピオンに挑戦した。タフなファイターで手こずったが、最終ラウンドに左ストレートで仕留めた。親父に、東洋太平洋フェザー級チャンピオンのベルトを腰に巻いてもらった。

同じ日、同じ場所で笠原も試合を行った。セミファイナルで日本タイトルの防衛戦。相手はまたしてもサウスポー。結果は判定勝ち。笠原が、もうそこまで来ている。

試合後、俺はリングの上で勝利者インタビューを受けた。

「東洋タイトル奪取、おめでとうございます。いよいよ、世界タイトル挑戦ですね」

「まあ」

「同じ階級の笠原選手も、今日、日本タイトルを防衛しましたね。世界挑戦も楽しみですが、ファンは、無敗のチャンピオン同士の戦いを期待していると思うのですが」

客席を眺めた。笠原は、会場のどこかで観ているのだろう。

「目指すのは世界です。しかし、彼が挑戦して来たら、いつでも受けて立つつもりです」

笠原に向けた、俺からのメッセージだ。

傍らに立っていたゴードンさんが、顔を近づけてきた。

「いたぜ、笠原」

顎で客席を示す。あいつの応援団の中に、白いパーカーを着た笠原を見つけた。

目が合った。

あいつは、小さく頷いた。

翌日、ジェラルドさんにタイトル獲得の報告に行くことにした。駒込にある病院に入院していたが、今は隣接されている緩和ケア病棟に移っていた。もう回復の見込みはないらしい。

駅前の花屋で赤いバラの花束を買った。ダンディなジェラルドさんによく似合うはずだ。奥さんに案内されて部屋に入って行った。大きな窓のある明るい部屋だった。レースのカーテンの向こうが、黄昏色に染まっている。

ジェラルドさんは、ベッドの背を起こして英字新聞を読んでいた。淡いベージュのガウンを羽織っている。痩せ衰えた姿を見ても、動揺しないように覚悟していたが、思っていたより元気そうに見えた。

「コーイチ、おめでとう」

俺の顔を見るなり顔をほころばせた。

奥さんがお茶とケーキを出してくれた。ジェラルドさんは、一口だけケーキに手をつけた。

「外を散歩したいね。コーイチ、連れてってくれる？」

奥さんが、俺を見て頷いた。二人でジェラルドさんを車椅子に移した。

エレベーターで一階に下り、裏口から庭に出る。夕暮れ時で、人の姿はまばらだった。木に挟まれた小径をしばらく進むと、りっぱな栃の木が見えてきた。言われたとおり、老木の陰にあったベンチの横に車椅子を止めた。腰を下ろすと、前方に神社が見える。

「ここなら大丈夫、ママに見つからないね」

辺りを見回してから、ガウンのポケットから煙草と携帯用の灰皿を取り出した。ライターで煙草に火をつけると、うまそうに吸い始める。

「ゴードンが差し入れてくれたの。あなたのパパさんは堅物だから、怖くて頼めないね」

肩を揺らしながら笑っている。

「次はいよいよ世界タイトルね。あなたがチャンピオンになるまで、天国に行けないよ」

世界王者になった姿を見届けてもらいたいのだが、思い切って、自分の気持ちを打ち明けることにした。

「その前に、どうしてもやりたい相手がいるんだ」

ジェラルドさんが、けげんな顔をした。

「最短距離で世界チャンピオンになりたいと言ってたのに、どうしたの。誰とやりたいの」

「平木ジムの、笠原修二」

「ヒラキ……」

ジェラルドさんにとっては、選手自体よりも、平木ジムの選手であることが引っ掛かるらしい。

笠原が一人でジムに来て、俺と戦いたいと言い放ったこと。自分の中で、あいつの存在が次第に大きくなっていることを告げた。

「あのおとなしそうなボーイね」

目を細めて宙を見つめている。

「いいんじゃない。あの子には、あなたを寄り道させるほどの、何かがあるのね」

口元を緩めながら、吸い殻を灰皿の中に押し込んだ。

すっかり陽が落ち、辺りには夕闇が迫っていた。

「不思議な因縁ね」

ジェラルドさんは神社の本殿を眺めながら呟いた。

「そろそろ引き返しましょうか」

「コーイチ、一つ話しておきたいことがあるの」

話し出す前に、もう一本、煙草に火をつけた。一息吸うと、せき込み始めた。俺は背中をさすりながら、そっとタバコを取り上げた。

息が整うと、俺を見つめた。

「憶えてる？　コーイチが以前病院に来てくれた時、私、言ったよね。あなたを初めて見た時に、震えたって」

「憶えています」

「震えたのは、あなたという逸材を見つけたからなんだけど、もう一つ、理由があるの。……ヒラキよ」

ポケットの中の吸い殻入れを握りしめている。

「ヒラキが私の教え子だったことは知ってるよね。ヒラキは私が育てた選手の中でも、図抜けた才能を持っていたの。長身の体から、しなるように打ち下ろす左ストレートは誰よりも速く、美しかった。私は惚れ込み、世界チャンピオンにしてあげると言って口説いたの。望みどおり、ヒラキは私の選手になった。ところが、私のやり方を非難し、ボクシングをやめて出て行った。いろいろあって奥さんとも別れたみたいね。私が、あの子の人生を滅茶苦茶にしてしまったの。

チャンピオンにする約束を守れなかったことを、今も心の中でわびている。私が至らなかったね。でもね、同時に、他の選手が望んでも得られない非凡な才能を持っていながら、簡単にボクシングを捨てていったことが腹立たしくてならないの。悔しくてならない。あれからずっと、やるせない想いが二人の間に燻《くすぶ》ってる。……ヒラキと私が背負った十字架ね」

ため息をついてから、大きく息を吸い込んだ。

「あれから二十年余りたって、私の前に、あなたが現れた。リングを舞う姿を見た時、目を疑ったよ。ヒラキだ、ヒラキが帰って来たと思った。

気が付くと、体が震えていたの。あなたの左ストレートを見て、神様が、もう一度、私にチャンスを与えてくれたんだと思ったね。何があっても、あなたを、私の手で世界チャンピオンにしたかった」

俺の顔を切なそうな目で見ている。

「神様は意地悪ね。また私からあなたを奪った。でも、今度は、パパさんとゴードンがいるね。私に代わって夢を叶えてくれるはず」

俺が頷くと、しわだらけの顔にかすかな微笑が浮かんだ。

俺は立ち上がり、車椅子を押し始めた。車輪が、地面を噛む音だけが聞こえてくる。今にも崩れそうな背中を見ながら、若き日のジェラルドさんと平木さんが、共に励んでいる姿を想像してみた。長い年月を経たのちに、こうやって過ぎた昔を悔やんでいるのも、二人でチャンピオンを目指した日々が、この上なく輝いていたからなのだろう。

ジェラルドさんが前を向いたまま呟いた。

「あなたの前に、あの子が現れた。きっと何か意味があるはずよ。それが何か、自分の目で確かめることね」

空を見上げると、夕闇の中に、笠原の澄んだ目が浮かんできた。

四月に入り、平木ジムから正式に申し入れがあった。関係各所と調整した結果、六月に笠原と戦うことが決まった。人気のカードなので、後楽園ホールより収容人数が多い両国国技館で行われる。

あいつは日本タイトルを返上し、俺の保持する東洋タイトルを奪いに来る。ジムの前で宣戦布告してから、ほぼ一年が過ぎている。その間、着々と実力を養い、俺と戦う用意ができたのだろう。

試合に向けて、チームで戦略を練ることになった。練習の後に、親父とゴードンさんが寮のリビングに集まってくれた。

ソファに座り、笠原の直近の二試合をビデオで分析することになった。腕を組み、黙って観ていた親父が口を開いた。

「際立ったスピードやパンチ力はないように見えるが、巧みにパンチをかわしているな。特に後半は、ほとんどパンチをもらっていない。打ち込んでいる時も、後ろ足に体重を残している。体の力を抜いて、無理をしてない。負けないボクシングだな」

「自分の型で攻めるというより、相手に柔軟に合わせている印象がありますね」

ゴードンさんが応じた。

「タコみたいな奴だな。相手のパンチを吸収し、じわじわとからめとっていく。気が付いたら身動きが取れなくなっているってとこだな」

「相手がタコなら、作戦としては、鋭い刃物でスパッと切り裂くんでしょうね。光一のボクシングに慣れて、からめとりにくる前に、一気に叩いてしまう。つまり、最初から猛ダッシュをかける。光一のスピードとパワーがあれば、有無を言わさず、強引に攻め切れるんじゃないですか」

親父が頷く。

「それも手だな。しかし、それは光一の戦い方ではないな。果たして、自分のスタイルを捨てて戦うことが得策だろうか？　鋭いジャブを突いて相手を崩す。鉄壁の防御。そして多彩なコンビネーションからの左ストレート。つけ込む隙を与えない王道のボクシング。それが、光一のボクシングのはずだ。

光一、自分のボクシングであいつを倒せると思うか？　お前は、受けて立つチャンピオンだ。どっしりと構えて横綱相撲をすればいいんじゃないか」

親父が目で圧力をかけてくる。

「自分のボクシングをすれば勝てると思う。ただ、今まであいつと戦った選手、誰も自分のボクシングをさせてもらっていない。打ち込んでいるつもりでも、打たされているように見える」

けげんな顔をしている親父を見て、ゴードンさんが口を挟んだ。

「光一、親父さんに石田戦を観てもらえ。唯一、あいつがＫＯ勝ちした試合だ」

新人王決定戦の映像がスクリーンに映し出された。

俺は、あの時、初めて笠原の試合を観戦した。あいつは石田の強打を浴びて、虫の息だった。しかし、追い詰められても冷静に状況を分析して、活路を見いだした。相手のフィニッシュブローを誘い出し、カウンターを合わせた。見事な逆転劇だった。今から思えば、あの日から、笠原を特別な存在として意識していたのかもしれない。

笠原が石田を一撃で倒したパンチを見て、親父が唸った。

「なんだ、今のパンチ。まるで別人だな」

「おとなしい人間が追い詰められたら牙をむく。笠原はこの試合で化けましたね。一撃で倒せるカウンターパンチャーになった。石田は右フックで試合を決めにいったが、あいつはそれを待っていた。光一が言ったように、石田は打たされたんだ。カウンターの餌食になるために」

「なるほど、窮地に陥っても、試合を支配しているってことか」

「あれから一年以上たっている。あいつはさらに成長していると思います。相手に自分のボクシングをさせないで、リスクを冒さずに勝っている。その一方で、追い詰められれば、捨て身で攻める勇気も兼ね備えている。

それに、あいつには平木さんがついています。過去二戦、サウスポーとやってるし、光一のことを研究し尽くしているはずです。こちらも、新たな策を考える必要があるんじゃないですか」

ゴードンさんが珍しく熱くなっている。

親父は腕を組んだまま、目を瞑り、動かない。

考えがまとまったのか、俺を見据えた。

「光一、さっき自分のボクシングをすれば勝てると言ったな」

「ああ」

「なら、相手が何をしてこようが、どんなことがあっても、自分のボクシングを貫き通す。それが、唯一の戦略じゃないのか。お前が自分のボクシングをやり通せるか、それとも呑み込まれるか。もしお前のボクシングが相手に通用しないのなら、まだ修行が足りないということじゃないのか。違うか？」

親父はいつも正論を吐く。それだけに抗いようのない力がある。確かにそうかもしれない。相手がどう出てくるかわからない。確かなものは、自分自身だ。

あいつと握手した時のうれしそうな顔を思い出した。勝ち負け以前に、戦う姿勢が大事な気がする。

腹は決まった。

「笠原はチャンピオンになることより、俺と戦うこと自体が目的のような気がする。あいつとは、真っ向から勝負をしてみたい」

俺と親父、双方を眺めていたゴードンさんの顔が緩んだ。

「それでいいのかもしれないな。ただ、これだけは覚えておけ。笠原が窮地に追い込まれた時、あいつが待っているのは、お前が渾身の力で打つ左ストレートだ。完全に息の根を止めるまで気を抜くな」

「わかっています」

以前、ジェラルドさんにも言われたことだ。

ミーティングが終わり、窓際に立った。暗闇の中に、住宅から漏れる黄色い明かりが点在している。ガラス窓に、背景と自分の姿が重なる。

背後から、ゴードンさんの声が聞こえてきた。

「お前、変わったな」

俺の中で、何かが動き始めている。

第六章　敗けられない奴（一九九一年六月）

修二

今、両国国技館のリングに続く花道を歩いています。僕の前には平木さん、後方には嵐さんと理名さんが控えています。

戦う相手は、白木光一選手。一年かけて準備し、彼との戦いに漕ぎつけました。この一戦にすべてを賭けます。先のことは考えていません。

薄暗い通路の先に、黄金色の光が降り注いでいるリングが見える。目を細めながら眺めていると、ずいぶん遠くへ来たものだと思えてきます。田舎にいた頃は、二階の勉強部屋から遠くに霞む山々を眺めながら、自分もいつか広い世界で羽ばたきたいと夢見ていました。

都会に出てきてボクシングと出会いました。その出会いが偶然なのか、必然なのかよくわかりません。とにかくこの三年間、大学に通いながら、ボクシングに明け暮れました。

朝のロードワーク、授業、夕方の練習と、アパート、大学、ジムを行き来するだけの単調な日々の繰り返し。一千万人を超える大都会に住んでいながら、心を開くことができる人は、僕の傍にいるこの三人しかいません。

どこに住んでいても、一人の人間ができることに変わりはないという思いがあります。

ただ、あの頃の自分とは違います。嵐さんを目指し、白木選手と戦うという目的があったことで、単調な日々が輝いていました。毎日、小さなブロックを積み上げていくような充実感がありました。練習が終わった後、シャワーを浴びて、壁に据え付けられた大鏡の前に立つ。日毎に引き締まっていく体が僕を勇気づけてくれました。

そして、一千万人の中の三人だからこそ、かけがえのない人たちだと思えるのです。彼らがいたからこそ、この場にたどり着けました。

平木さんに頼み、嵐さんと理名さんをセコンドに加えてもらいました。セコンドには、戦っている選手のケアや戦術を授ける役割がありますが、もっと重要なことは、一緒に戦ってくれていると思えることです。僕にとって、最高の布陣で臨みたかったのです。

この日を迎えるにあたり、やるべきことはやったという自負があります。平木さんにスパーリングパートナーになってもらい、対白木戦のシミュレーションを行いました。平木さんは現役を離れて久しいですが、日頃鍛えているだけあって、パンチのキレは健在でした。

スタミナに関しては、さすがに翳りが見えたので、平木さんとのスパーは三分間のラウンドを通して行うものではなく、一つ一つの攻防のパターンを確認しながら断続的に行う形式をとりました。大変だったと思いますが、僕が納得するまで付き合ってくれました。

嵐さんも、時間を見つけて練習に付き合ってくれました。白木選手と実際にこぶしを交えた人の言葉には説得力があり、多くの気付きがありました。

練習後には、理名さんと共にビデオで白木選手の試合を分析し、攻撃のパターンや、彼のリズムを頭に叩き込みました。

会場が満杯に膨れ上がっています。この試合に先立って、メディアが面白おかしく書き立てた結果です。

〝ボクシング界の若きヒーローに挑む大学生ボクサー〟

〝KOマスター対試合巧者の差し馬〟

〝二十二歳の対決、世界挑戦への生き残りを賭けた戦い〟

極め付きは、名トレーナーと無敗のままリングを去った天才ボクサーの物語から始まる門田ジムと平木ジムの因縁について。〝横田・嵐山戦、白木・嵐山戦に続く最終決戦〟と銘打って煽り立てました。

いつも試合をしている後楽園ホールは、狭くて濃密な空気が漂っていますが、ここは天井が高く開放的です。客席には目の肥えた常連客だけでなく、若い女性も多く、華やいで見えます。

コーナーポストの傍《そば》までたどり着き、滑り止めのパウダーを純白のリングシューズで踏みしめる。松脂の粒々を凝視することで意識を自分に向けました。

意を決し、リングに続く階段を上る。平木さんがロープを肩で持ち上げ、戦いの場へと導いてくれます。

境界線の向こうに、会場から四角く切り取られたリングが広がっています。一切の妥協を拒絶し、冷厳と雌雄が決せられる世界。戦いの中で、身に纏っている余計なものが剥ぎ取られ、まだ見たことのない自分が見えてくる。そんな領域に、今、足を踏み入れようとしています。

体重は五十七・一キロ、フェザー級のリミットいっぱい。濃紺のガウンの下で、鍛え抜いた体が躍動する時を待っています。

リングに立ち、天を仰ぐ。眩しい光が目を射る。ガウンを脱ぐと、ライトブルーのトランクスが輝きを放つ。嵐さんが白木戦の時に身につけたトランクスです。ベルトに白い糸で、『嵐』と縫い込まれていたのですが、『凪』という文字に置き換わっています。

（凪のように形に囚われず、自在にリングを舞う）

理名さんが、そんな思いを込めて仕立て直してくれました。彼女の言葉を、白木選手に挑む心構えとして心に刻んでいます。固定観念に囚われない柔軟な発想と、それを果敢に実行する勇気を持つことと理解しています。

軽くシャドーをしながら気持ちを落ち着けていると、館内を包んでいたざわめきを押しのけるように、リングアナウンサーの声が響き渡りました。

「赤コーナーからボクシング界のニューヒーロー、東洋太平洋フェザー級チャンピオン、白木光一選手の入場です」

黒いガウンのフードを目深にかぶった白木選手が、軽く体を揺らしながら入場してきます。予想していたとおり、セコンド陣の中にジェラルドさんの姿はありません。

彼がリングに上がると、ひときわ大きな歓声が巻き起こりました。軽快にリングを舞いながら四方に挨拶しています。コーナーに戻り、ガウンを脱ぐと、絞り込まれた肉体が現れました。

機能美。あらゆる無駄を排し、戦うために創り上げられた体からは、そんな印象を受けました。

絹のようにしなやかな生地でできた純白のトランクス。真紅の糸で縫い取られたShirakiという文字が、左の大腿部に品よく納まっています。

一瞬、目が合いましたが、どちらからともなく視線を逸らしました。

（あの人も僕のことを意識している）

レフリーの説明を聞くために、リング中央で対峙しました。

涼しい目で見下ろし、瞳の奥を覗き込んでくる。何を考えているのか判読できない感情を伴わない目でした。僕も、極力、感情を表さないように努めていましたが、相手にどう映っていたか、自信がありません。息の乱れに気付かれないように意識しながら呼吸を繰り返しました。

（熱く、眩しい光の中で、陶酔感に浸る）

かつて嵐さんに、リングに立った時の心境を、こう話したことがあります。

「やる前に陶酔してどうすんだ。それって女の裸を見ただけでいっちゃうようなもんだろ」

あえて反論はしませんでした。が、僕の想いは、山に魅せられた人の心境に似ていると思います。険しい山道を登り、やっとの思いで頂にたどり着く。そこに立つだけで、この上ない歓びに浸る。そして、高揚感に包まれながら戦う。

もし僕のトレーナーが、あのジェラルドさんなら、顔を指さして「あなた甘ちゃんね」と吐き捨てるでしょう。

でも、何度リングに立っても、こう感じるのだから仕方ありません。これが自分なんだと受け止めています。

保育器の中で、生死の境をさまよっていた七百五十グラムの未熟児が、ここまで来られた。優秀な父と兄に比べ、何者でもなかった自分だからこそ、限りある生の中で、一瞬の輝きを放ちたいと願っていました。

（やっとたどり着いた。目標としてきた人が、僕の目の前に立っている）

僕はこの瞬間のために生きてきた、とさえ思えるのです。

光一

リングに上がり、いつもどおり四方の客席に向かって頭を下げた。

自陣に戻ると、コーナーマットに向き合い、両側のロープを握りしめた。目を閉じ、雑念の一切を心の中から排除しようと努める。

（相手が誰だろうが関係ない。あいつも俺の前に立ちはだかる障害の一つに過ぎない。やるべきことをやる）

自分に言い聞かせようとした。が、そうすること自体、あいつを意識していると認めた。自分の気持ちに抗い、強がっても何の役にも立ちはしない。嵐山との打ち合いの中で学んだことだ。

レフリーに呼ばれ、リング中央で笠原と向き合う。

これまで、試合前にいろんな奴と対峙してきたが、例外なく、相手の体からヒリヒリするような緊張感が伝わってきた。

こいつには、それがない。顎を引き、上目遣いで俺を見ている。まつ毛が長い。俺を見つめながら、ふっと小さく息を吐き、一瞬、微笑んだ気がした。照明のせいか、目が潤んでいるように見える。

（これが、今から命懸けの殴り合いをしようとする人間の目なのか）

俺の場合、どんなに場数を踏んでいても、リングに上がるまでは怖い。当たり前だ。殴り殺されるかもしれない。……負けるかもしれない。

練習と減量を通して、不安を押し殺していく。しかし、その不安は消えてなくなるわけじゃない。体の中に溜め込まれていく。控室で出番を待っている時、恐怖と不安が最高潮に達する。

花道に立ちリングに向かう時、次第に気持ちが高まってくる。リングに立った時には、ライオンに追い詰められたヌーのように、恐怖が殺気を帯びた闘争心に転化していく。だから命を賭して戦える。

（自分がやってきたボクシングと、こいつのボクシングは、いったい同じものなのか）

笠原の瞳の奥を覗き込んだ。いつもやっているように試合前の流儀としてではなく、こいつの心の中を覗いてみたかった。そして、こいつの心に映っている俺を見てみたかった。

以前、笠原が石田と戦っている姿を見ながら思った。俺は幼い頃からボクシング一筋に生きてきた。ボクシングへのこだわりから、大学も辞めた。親父のもとを離れ、一人で生きてきた。その俺が、ボクシングを始めて日の浅い、親のスネをかじっている大学生に負けるようなことがあったら、俺の生きてきた人生が全否定される。絶対に負けるわけにはいかない、と。

今は、そう思わない。

何かは知らないが、こいつも乗り越えるべきものを乗り越えてきたはずだ。そうでなければ、ここまでたどり着けるわけがない。

「あなたの前に、あの子が現れた。きっと何か意味があるはずよ。それが何か、自分の目で確かめることね」

夕闇の中でジェラルドさんが呟いた言葉が甦ってきた。

俺は、今からそれを確かめにいく。真っ向からぶつかり、なぜこいつが俺の心を揺さぶるのか、戦いの中から見つけ出してみせる。

こいつの目が潰れ、俺の顔が見えなくなるまで叩きのめしてやる。そうしなければ先に進めない気がする。

顔を上げると、親父が俺を見ていた。

「光一、自分を信じろ。自分のボクシングをやれ」

今まで、試合に臨んでコーナーにいる親父を頼ったことはないが、この時は、親父がいてくれてありがたいと思った。

セコンドには親父の他に、ゴードンさんと若手のトレーナーがついている。信頼できる布陣だ。

ジェラルドさんは、車椅子で入場してから、奥さんと会長に挟まれて最前列の席で見守ってくれている。セコンドについた時の、心の中を覗き込む鋭い眼光ではなく、遠くを見るような目で俺を見ている。俺はいつものように、奥歯を噛みしめ、しっかりと頷いた。

ゴードンさんが俺の肩に手を乗せた。

「肩の力を抜きな」

微笑みながらマウスピースをくわえさせてくれる。

目を細め、笠原を見据えた。

（どんな手でくるつもりか。どう出てこようが、受けて立つ。お前の戦い方に乗ってやっても、俺が、試合を支配する）

哲

「笠原はんの体、わいとやった時より、見違えるように引き締まってますね。相変わらず女の人みたいに、キメの細かい肌してるし、柔らかそうな体ですけど」

「一人前のボクサーの体になったな。せやけど、白木の体は凄みが違うで。えらい絞り込んできよった。カミソリでそいだようや。あいつも今日の試合、入れ込んでるみたいやな」

隣に座っているチョーさんの目が、子供みたいに輝いています。

「どないしたんですか、さっきからそわそわして。いちばん入れ込んでるのはチョーさんと違いますか」

「当たり前や、久しぶりの大一番や。うちのジムの選手が試合してる時は、ハラハラして生きた心地がせえへんけど、今日はじっくり観させてもらうで」

会長さんのおかげで、こうやって会場で観戦させてもらっています。ライバル二人の戦いをしっかり研究してくるようにと、リングサイドの席を用意してくれました。

「どんな展開になるか楽しみやで。笠原に、ちっとは頑張ってもらわんと、わざわざ大阪から観にきた甲斐がないしな」

（どうやろ？）

チョーさんの言葉に首をかしげました。笠原はんの怖さは、骨身に沁みてます。

「わいは、ひょっとしたら、笠原はんが勝つんやないかと思てます。あの人の強さは、戦った人でないと、わからんところがあります。打ち合ってたら、頭の中がかき乱されるんです。いろいろ考え出したら、もうあの人のペースにはまってました」

リングを食い入るように見ていたチョーさんが振り向きました。

「そうやったな。せやけど、今のあんたに、それが通用するやろか」

言葉に詰まりました。重たいグローブで、胸をドンと叩かれた気がしました。チョーさんのひと言で、自分と、目の前の戦いとの距離が一気に縮まりました。

「あんたは、もう昔のあんたやないで」

　笠原はんに負けたのは、一年半前のことです。半年後の再起戦で、また負けて落ち込んでいるところに、白木・嵐山戦を見せつけられたんです。あの時は、リングで輝いている二人を見て、ほんま、みじめな気持ちになりました。

　あれから、チョーさんに言われたように、人のことは考えずに、自分のボクシングの完成だけを目指してやってきました。

　負けなしで五つ、勝ち星を重ねています。なんとか、自分が頭に描いているボクシングができるようになってきました。来月には、横田選手と空位になった日本王座をかけて戦います。

「テツ、横田に勝ったら、いよいよこの二人に挑戦するで。よう見とくんやで」

　タイプの違う二人ですが、間違いなく才能がある人たちです。自分のボクシングが通用するかわかりませんが、やってみて負けたら、またやり直したらええんや、そう割り切れるようになりました。

　世界チャンピオンになるのが夢ですけど、なれんかってもええんです。もちろん、そんなこと、チョーさんや応援してくれている人には口が裂けても言えませんけど。

「そんな心構えで、チャンピオンになれるわけないやろ」と言う人がいると思いますけど、わいは、これでいいんです。

リングの上の二人と違って、すでに二回負けています。負けを通じて自分のボクシングについて考えるようになりました。

練習するのが、掛け値なしに楽しいんです。試合をしている時も、頭に浮かぶのは、目の前の人に負けたくないという思いだけです。ボクシングが好きだからやる。目の前の人に負けたくないから頑張る。それだけです。

結果は、後からついて来るもんです。しっかりやることやって、もし、自分に運があったら、ゴールにたどり着けるかもしれへん。それくらいに思てます。

わいのこと、応援してくれてる人がたくさんいます。ありがたいことです。けど、わいの人生や。やりたいように、やらせてもらうつもりです。

リングの上の二人に目をやりました。もう手の届かない人とは思っていません。目の前にいる、負けたくない人たちです。ここで、どんな試合を見せられても、ビビったりしません。しっかり受け止められると思います。

二人がマウスピースをくわえ、コーナーマットを背に視線を合わせています。いよいよです。

「テツ……」

振り向くと、チョーさんが両側のひじ掛けを握りしめ、リングを見つめています。

「なんや知らんけど、ずっと二人を見てたら、どっちが勝つか、わからんようになってきた」

珍しくチョーさんの目が泳いでいます。

「チョーさん、自分でいつも言うてるやないですか。ボクシングは、やってみなけりゃわからん。結果がわかってたら、誰も痛い思いして戦わへんて」

ゴングが試合開始を告げました。息を呑み込み、二人で身を乗り出しました。

光一

肩に添えられていた平木さんの手が、笠原の背中を押した。勢いよくコーナーから飛び出してくる。その背後からセコンドが声をかけた。

「修二、ドンドン行け」

「修二君、落ち着いて」

あいつの顔が近づいてくる。

俺は目を細め、ゆっくりと歩み寄る。左こぶしを差し出してきたので、右のグローブを軽く握りしめ、そっと触れた。

体中の筋肉が引き締まる。

笠原は一歩下がり、ファイティングポーズを取った。小刻みにステップを切りながら、距離を測っている。俺の射程の外にポジションを取るつもりだ。

俺はあいつの瞳に焦点を合わせるとともに、体全体を視野に入れる。目の動き、息遣い、筋肉の緊張を観察し、相手の攻撃を予測する。

ジャブ、ワンツーと打ってきた。リーチが俺より短いうえ、踏み込みが甘い。上体をそらせば造作なくよけられる。

パンチの切れ目を見計らって、ジャブを返した。俺が踏み込んだ分だけ、バックステップで下がる。フェンシングの試合のように、二人が対となって前後に動く。

笠原は嵐山の二の舞にならないように、ガードを高く維持し、慎重に距離を保とうとしている。試合が動かないまま時が過ぎる。

俺は突破口を開くために、鋭く切り込んでジャブを打った。後方に下がろうとする笠原の左眼窩を捉えた。頭がのけぞる。数歩後退した後、両腕で顔面を固く閉ざし、追撃に備えている。

やや浅かったが、手ごたえはあった。笠原はさらに半歩、距離をとった。何もなかったように表情を変えず、小刻みにパンチを打ってくる。

(その距離からだと、いつまでたっても当てられないぞ)

攻撃の糸口を探ろうとしているのだろう。フェイントを交え、多彩なパンチを繰り出してくるが、思い切って飛び込んでくる気配はない。

果敢に攻めてこない相手に対し、厳しいパンチを当てるのは難しい。このラウンドは深追いをせず、確実にポイントを取ることにした。ガードを固め、慎重にジャブを突く。単発だが有効打をいくつか当てることができた。

第二ラウンドに入っても、笠原の攻撃に変化がない。

あいつがパンチを打とうとするところを察知し、顔面やボディへパンチを打ち込む。距離を取ってのジャブの刺し合いなら、長身でスピードのある俺にかなうはずがない。

（どうした？　怖くて入って来られないか）

嵐山は、俺のパンチをもらっても勇敢に飛び込んできた。互角に打ち合い、その結果、目を潰されて戦闘不能になった。もし、あいつの目が最後まで見えていたら、勝負はどうなっていたかわからない。

（お前は、あの試合を踏まえてここに立っているはずだ。さあ、どうする？）

修二

第二ラウンドが終わりコーナーに戻りました。

「序盤のうちに、あいつのボクシングに慣れろ。じっくりと相手を見ていけ。必ず突破口が見つかる」

平木さんの言葉が、ここまでの経過を物語っています。二ラウンドが終わっても、攻撃の糸口が見つかりません。

過去の試合なら、相手の技量や特徴が頭に入り、残りのラウンドのゲームプランを組み立てることができたのですが……。

白木選手のパンチのスピードは平木さんと大きく変わりませんが、現役のチャンピオンだけあって、とにかく踏み込みが鋭い。当たらないと思っていたジャブが、顔面まで伸びてきたのには驚きました。

以前、嵐さんが戦っている最中に、

「あいつのジャブは、目に鉄の棒を突っ込まれたようだ」と洩らしていましたが、実際にもらってみて納得しました。薄いグローブに包まれた硬いこぶしが、一直線に飛んでくる。鋭い踏み込みで得られるエネルギーが、無駄なく足、体幹、腕へと伝わり、こぶしに集約される。パンチの威力は想像を超えるものでした。

堅牢な城から放たれる矢のようにジャブが飛んでくる。よけるのに精一杯で、本丸に迫ることができません。懐が深いうえ、反応が速い。フェイントをかけても乗ってこない。ヘタに打ち込めば逆襲される。パンチらしいパンチを当てることができないまま、ここまで来ました。

理名さんがマウスピースを丁寧にゆすいでくれています。彼女が以前、作戦会議の冒頭で話していた言葉が頭をよぎりました。

「修二君は、試合経験はもとより、リーチの長さなど体格面に加え、技術面でも白木君に劣っている。攻撃の糸口を見つけられないまま試合が終わってしまう可能性が高い」

こぶしをきつく握りしめました。

このままでは、練習の成果を出せないまま試合が終わってしまう。どうやったら白木選手と互角の打ち合いに持ち込めるのだろう。

理名さんが僕を見ています。瞳に宿した強い意思の光が、カキツバタの花を見ながら励ましてくれた言葉を呼び起こしました。

「君はどんな時も、自分の立ち位置を、三百六十度、見渡して考えられる人だよ。白木君の攻略法もその辺にあるかもしれないね。ボクシング一筋、完璧なボクシングをするサラブレッドにはない柔軟性と懐の深さが、君にはある気がするな」

僕は目を閉じ、心の中をサーチライトで照らすように、攻略の手がかりを探りました。

すると、作戦会議の席で平木さんが言った言葉が、記憶の底から浮かび上がってきました。

「白木は自分の実力が上だと信じている。だから、お前の動きをよく見て、じっくりと攻めてくるはずだ。そうさせないために、平常心を奪うことだ。嵐はこの前の試合、自分なりの手段で相手を動揺させ、前半優位に進めた。嵐の真似はできないだろうが、お前なりの方法を考えてみたらどうだ」

その言葉を、嵐さんが頷きながら引き取りました。

「白木はかわいそうなくらいまっすぐで、誇り高い奴だ。そこがあいつのいいところなんだろうが、ボクサーとしての最大の欠点だな。俺は、そこを突いたぜ」

自分はここまで、白木選手の技術的な面だけに捉われていたことに思い至りました。ボクサーは機械じゃない。どんな選手も、極限状態の中で、自分を支えてくれる何らかの想いを抱き、リングに立っている。

(何が、リングの上のあの人を支えているのだろう)

僕は嵐さんのように、直感で人の心を見抜くことはできません。それでも、ずっと白木選手を追ってきた自分には、彼の気持ちがわかる気がしたのです。

もちろん、世界チャンピオンになるという強い想いがあるはずですが、それだけじゃない。

彼が東洋タイトルを手にした時のインタビューで、

「笠原選手が挑戦して来たら、いつでも受けて立つつもりです」と言いながら、客席にいる僕と目を合わせました。あの人の想いが遠く離れた客席まで伝わってきました。

今日、リングに上がった時のぎこちなく目を逸らした様子。リング中央で向かい合った時のまっすぐな眼差し。そして、戦っている時の訴えかけるような目が、頭の中で重なり合いました。

（あの人は、ジムの前で握手した時から、ずっと僕を意識してきたんだ。特別な想いを抱いてこのリングに上がっている。今までに経験したことのない何かを期待している。それは、僕の想いと変わりがない。いや、僕以上に、この戦いに賭けている気がする）

　そう理解した時、手の届かない存在と思っていた白木選手が、僕の目線の高さまで下りてきました。

（いくら完璧なボクシングをするあの人だって、僕と同じ二十二歳の若者だ。堅牢な城なんかじゃない。僕と同じように、自信がなく、何かにすがらないとリングに立てない、生身の人間なんだ）

　手前勝手な思い込みかもしれない、という考えは強制的に排除しました。一年間、彼と向き合ってきて、今、リングの上であの人を肌で感じている。

「自分を信じろ」と言ってくれた嵐さんの言葉が後押ししてくれます。

（僕は、自分の直感を信じる）

　腹が据わると、体中に生気が満ちてきました。

　直感が一つの戦略へと結実していく。

　改めて前方の白木選手を見ました。

（外から攻め落とせないのなら、中から崩していく）

光一

試合は第三ラウンドに入った。

あいつが出てこようとするところを、顔面やボディへのジャブで出鼻をくじく。たとえ打ってきても、鉄壁のガードでシャットアウトしている。

俺と対戦した相手は、何をやっても攻め込めないと悟ると、決死の覚悟で飛び込んできた。目を見ていると、その瞬間の心の動きが手に取るようにわかる。絶望的に飛び込んでくる相手を待ち構えて、左ストレートで仕留めてきた。

ところが、目の前の笠原からは感情の起伏が感じ取れない。特にこのラウンドは、俺と交信することを拒絶しているかのようだ。淡々と、当たりもしないパンチを打ち続けている。

どんな試合でも、攻める者と攻められる者、立場は違っても戦っている者同士は繋がっている。一人で戦っているわけじゃない。だからこそ、周りから孤立したリングの上で戦える。戦った後で抱き合える。

(お前の目に、俺は映っているのか)

一向に、焦りや怖れを表に出さないあいつと向き合っていると、次第に苛ついてきた。

（挑戦者だろっ。リスクを負って攻め込まないと、ベルトを奪えないぞ。俺と戦いたかったんだろ。かかってこいよ）

動きがないまま、第三ラウンドが終わった。コーナーに戻る前に、グローブを差し出してきたが、睨みつけ、背を向けた。

親父が俺の前にしゃがんでワセリンを塗り直してくれる。

「あの野郎、やる気あんのか」

口に含んだ水とともに、怒りを吐き出した。

「落ち着け。これまでのラウンド、すべてお前が取っている。相手に惑わされるな。目の前のラウンドを、一つ一つ、丁寧に戦っていけばいいんだ」

俺は対角線上にいる笠原から目を離さず、頷いた。

ゴードンさんがロープ越しに話しかけてくる。

「あいつは、あんな顔をしてるけど、したたかだぜ。変化を見逃すな」

（わかってる）

俺の戦闘能力、リズム、クセなどを頭にインプットしているのだろうが、俺も注意深くあいつを観察している。笠原のボクシングの肝はステップワークだ。嵐山のフットワークも群を抜いていたが、攻めることだけを考え、前後への直線的な動きに終始していた。

笠原は、攻撃の後にパンチをもらわないように動いている。第一ラウンドこそ俺との距離を調整するために前後に動いていたが、次第に左右へ動くようになった。しかも、攻撃をかわした後に、俺がパンチを打てない角度に回り込み、自分だけが攻撃できる位置取りをしようと試みている。

しかし、そんなことは大した問題じゃない。あいつの考えていることが読めない。暗闇の中に一人、虚空に向かってパンチを打ち続けている気になる。戦いを優位に進めていながら、不安になる。

（お前は、何をしようとしているんだ）

第四ラウンドに入った。笠原の攻めは変わらない。俺が前に出ても、サイドにステップしてから、一定の間合いを保つ。乗ってこない。

（このラウンドも失うと、もう挽回できなくなるぞ）

二分が過ぎた。

笠原のパンチを前腕でブロックしながら、ふと、疑問が浮かんだ。

（まさか……）

あいつがワンツーを打つモーションに入った直後に、俺は両腕をぶらりと垂らし、ガードを解いた。棒立ちになり、体を晒している俺の顔面を目がけ、ジャブ、そして右ストレートが走る。だが、右手が伸び切っても、グローブの先端は、鼻先から一センチほどの所で留まっている。

（ふざけるなっ）

俺はあいつを睨みつけ、目の前のグローブを叩き落とした。

会場からヤジが飛ぶ。

「おい、笠原、やる気あんのか」

「何やってんだ、白木が怖いのか」

「挑戦者だろ、攻めろよ」

「嵐山みたいにぶつかっていけよ」

「見損なったぜ、つまんねえ」

打ち合いを期待している観客が、しびれを切らして騒ぎ立てる。

笠原が、構えたグローブの間から俺を見ている。四方から罵声を浴びても顔色一つ変えない。

ジムに会いに来た時のあいつの顔が浮かぶ。

「強いあなたと戦って勝ちたいだけです。いつか、あなたの前に立ちます」

あの言葉に触発されて、俺のボクシングに新たな意味合いが加わった。あれから、ここにたどり着くまで、あいつと一緒に走ってきたつもりだ。

腹の底から怒りが込み上げてきた。

笠原に向けた観客の罵声が、頭の中で唸りを上げる。

(うるさいっ、黙ってろ。あいつを罵るのは俺だけだ)

苛立ちが、観客に向かった。そして、ここまで相手を叩き潰せずにいる自分が腹立たしかった。

親父だ。

「光一、落ち着け」

(わかってる)

俺は、怒りをコントロールできないほど愚かじゃない。

大きく息を吸い込んでから、笠原を見据えた。

(お前が誘っているのはわかっている。お前が来ないのなら、望みどおり、俺の方から行ってやる)

赤く腫れ始めている左目に照準を合わせた。息を止め、深く切り込んだ。

笠原の目が光る。

ジャブを突いた。相手は顎を引きながら頭部をずらし、額で受け止めた。

間髪を入れずに左ストレートをあいつの顎を目がけて放った。

標的が下方に消えた。同時に、右わき腹に衝撃を感じ取った。こぶしが弾力のある肉の中にめり込んでくる。俺は反射的に体を丸め、両脇を固く閉ざす。

あいつが右側面に、ふっと現れた。俺は体をねじり、左フックで反撃しようとしたが、先ほどのパンチの影響で体に力が入らない。打撃を受けてから一呼吸おいて、鈍い痛みがレバーから体全身に拡がっていく。目が眩み、苦しくて息ができない。

攻撃をあきらめ、両腕で頭部と腹部をカバーしながら上体を折り曲げた。

表情のない顔が俺を見下ろしている。

アッパーでガードをこじ開けてから、連打を浴びせかけてきた。俺は目の前にある胴にしがみついた。体中が鉛を詰められたみたいに重い。手を離せば、地の底に沈み込んでいくように感じる。夢中で息を吸い込み、体を軽くするように努めた。

レフリーが割って入る。

「ボックス」の声がかかると、笠原が容赦なく攻め込んでくる。

「光一、ラスト十秒、打ち返せ」

ゴードンさんが叫んでいる。足が動かない。喘ぎながら、夢中で応戦した。

反撃に耐えながら、心の中で叫んだ。

（俺は相手の手の内にはまったのか？　ちがう。俺が、あいつを打ち合いに引きずり出したんだ）

無心でパンチを打ち返した。

（試合は、ここからだ）

ラウンド終了のゴングが鳴ると、親父がリングに飛び込んできた。

「大丈夫か?」

俺は黙って頷いた。パンチを受けた所が鈍く疼《うず》いているが、口には出さない。終盤に打ち込まれたが、致命的なパンチはもらっていない。

「どうした? お前らしくないぞ」

親父と目が合ったが、返事をしなかった。

「まあいい。お前には、お前の考えがあるのだろう。慌てることはない。パンチ力、スピード、ディフェンス、お前が負けているものは何もない」

親父が言うように、ボクシングに必要なすべての要素で俺が勝っている。なのに、なぜ俺が打たれているんだ。笠原がこれからどう攻めてくるのか、想像できなかった。というよりも、あいつが何を考えて戦っているのか、わからない。

リング脇に立っているゴードンさんの視線を感じ、振り向いた。

「光一、お前、誰と戦っているんだ。あいつが見えているか? 余計なことを考えるな。目の前の相手をよく見て、打つ、守る、打つ。やることは、それだけだ」

白いタオルを肩にかけたゴードンさんが、しゃがれた声で言った。客席のジェラルドさんと目を合わせた。唇がかすかに動く。何を言っているのか読み取れないが、嵐山と戦っている時に、頬を張られたことを思い出した。

「目を覚ましなさい。なにビビってるの。相手も手は二本。刃物なんか持っちゃいないよっ」

奥歯を噛みしめ、自分の頬を殴った。

笠原に目をやった。

（甘ったるい感傷は捨てる。俺はプロのボクサーだ。プロらしく、獲物を仕留める）

修二

「修二君、ナイスボディ」

第四ラウンドが終了しコーナーに戻ると、理名さんが目を輝かせてマウスピースをはずしてくれました。

「理名、お前が言うと、なんかヤラシイんだよ」

彼女は顔をしかめ、嵐さんを睨みつけました。嵐さんが、おどけた顔でボトルの水を口に含ませてくれます。

先ほどまでの張り詰めていた空気が嘘のようです。

「白木も本気出してくるぞ。ここからが勝負だ」

目の前で膝をついている平木さんが、トランクスのベルトを引っ張り、深呼吸をさせてくれます。ベルトに縫い込まれた『風』という文字が、生き物のように伸びたり縮んだりしています。

「白木君のわずかなガードの隙間をこじ開けたね」

反撃のきっかけになったボディ攻撃は、ビデオ分析の成果です。練習が終わった後に、ジムで白木選手の東洋タイトル戦を観ていた時でした。試合後半に彼が左ストレートを放った瞬間、理名さんがビデオを静止しました。

「白木君のディフェンスには隙がないけど、唯一、穴があるとすれば彼の右ボディ。普段は左ストレートを打った後も、右脇腹を右肘できちんとガードしている。でも、力んで打った時に、脇が甘くなる。そこをピンポイントで狙い打てば、チャンスが生まれるかも」

どうやって、力んだ左ストレートを打たせるかが問題でした。まともに入っていけないのなら、徹底的にじらす。苛立って攻めてきたところに、ボディカウンターを合わす。結果的に作戦はうまくいきました。

ただ、あの人は冷静さを失っていたわけではありません。僕が誘っていると、わかっていながら、あえて打ち込んできました。しかも飛び込んでくる時、目でその意思を伝えようとしました。カウンターをもらうことさえ覚悟していた気がします。

白木選手を介抱している親父さんの背中が見えます。小さい頃から親子でボクシングを志し、父親の想いに応えることができる丈夫な体で生まれたあの人を羨ましく思います。

（あの人はどんなことがあっても、親父さんと培ってきた自分のボクシングを曲げない。身を危険に晒しても、誇り高き、王道のボクシングを貫こうとしている）

僕には、ボクシングを通じて道を説いてくれる父親はいません。というより、生まれた時から人の期待を背負えるような体も、天賦の才能も持ち合わせていませんでした。

その分、自分が思うように生きてきました。自分の意志で選んだ道です。

（失うものは何もない）

哲

「白木はんが痺れ切らして、突っ込んでいったところを狙われましたね」

ラウンド終了のゴングが鳴っても、場内の興奮は収まりません。チョーさんは口を半開きにして、リングの上を大股で歩いているラウンドガールを見上げています。

「三ラウンドまでは、白木は慎重に攻めてた。付け入る隙のない完璧なボクシングやった。わからんのは、あいつがなんで突っ込んでいったかや。笠原が誘っているのは、わかってたはずや」

「わい、白木はんの気持ち、わかる気がします。ヤジに耐えられんかったんやないですか。

お客さんは、笠原はんをヤジってましたけど、戦ってる二人にとったら同じことです。リングの上の選手にとって、お客さんにつまらん試合と思われることぐらい、つらいことはないです。これまで鮮やかなＫＯで勝ってきた白木はんなら、なおさらです」

「ところが、笠原はお客さんにヤジられようが、白木に睨まれようが、おかまいなしや。不思議な奴やで。結果的に、あいつはお客さんのヤジを味方につけたことになるな」

ラウンドガールがリングを下りると、チョーさんは腕を組んで、宙を睨んでます。

「しかし笠原は左ストレートを外して、ようボディカウンターを打てたな。あいつ、白木のボクシングをとことん研究して、何遍も練習してきてるで。相手の動きとリズムを体に覚え込ませてる。そうでないと、あんな難しいパンチをドンピシャで打たれへん。まあ、白木なら、二度と同じパンチはもらわんだろうけど」

「笠原はんは、ここからどう攻めると思いますか」

「アウトボクシングをしてもポイントを取れんのは、序盤の戦いで明らかや。かといって、接近戦で真正面から打ち合っても笠原に勝ち目はないやろしなぁ」

経験豊富なチョーさんにも、答えが見つからんようです。

「あんたが笠原やったら、どう攻める？」

リング上の二人を交互に見ながら、考えを巡らせました。

「……皆目わかりません。アウトボクシングでポイントを取れんし、打ち合っても分が悪いのはわかります。けど、チョーさん。その笠原はんが、さっきまで、白木はんを目の前でメッタ打ちにしてたやないですか。あの人のことやから、とんでもないこと、やらかすんやないですか」

「そうかもしれん。ただ、白木は小手先のボクシングでは倒れへんで。若いのに筋金入りや。笠原も刺し違える覚悟でいかんと、やられてしまうで」

チョーさんがポケットを探ってガムを取り出し、一枚差し出してくれました。

「ここからやな。テツ、はるばる観に来てよかったな」

光一

第五ラウンドに入った。

笠原が両のグローブをこめかみの横に置き、まっすぐ向かってくる。上目遣いで俺を見据える目が、前のラウンドとは違う。一気に試合を決める気だ。

ワンツー、ワンツー、ワンツーフックとテンポよく連打を浴びせかけてきた。

（待ってたぞ）

俺は慎重に打撃をブロックしながら、前のラウンドに被ったダメージの回復に努める。

笠原のラッシュに、会場が沸き立つ。

（真っ向から打ち合って俺に勝てると思うな）

ジャブを笠原の左目に突き刺す。のけ反り、二、三歩後退したが、すぐに体勢を立て直すと、前へ前へと歩を進めながらパンチを繰り出してきた。持ち味であるサイドステップを使わず、頭を振りながら直線的に向かってくる。いくら顔面にパンチを打ち込んでも、ひるまない。

何度も返り討ちにしているうちに、とうとうジャブをかいくぐり、あいつの顔が眼前にまで迫ってきた。重たい左右のフックが俺の頭を揺らす。あいつの顔が揺らいで見える。俺より体がひと回り小さいだけあって、打撃がコンパクトで回転が速い。懐に入り込むと、速射砲のように連打を放ってきた。

パンチを受け止めているうちに違和感を覚えた。なぜかタイミングがずれる。

ボクサーは、それぞれ独自のリズムを持っている。ステップワーク、上体の揺らし方、パンチの間合いなど、動きのすべてが選手固有のリズムで統率されている。たとえ攻め方を意図的に変えたとしても、基本的なリズムは変わらないはずだが……。

（このラウンド、明らかにリズムが異なる。これも笠原の技巧の一つなのか）

まずは、このリズムを体に覚え込ませることだ。俺は相手の攻撃の間隙をついてパンチを打つ。タン、タタンと打ってきたら、タタタンと打ち返す。相手のリズムに自分のリズムをうまく乗せることができれば、全体として自分のリズムで戦いを進められる。試合を支配できるはずだ。

試合は第八ラウンドまで進んだ。パンチを打ち込み、打ち込まれる。あいつの吐息と、俺の吐息が重なり合う。視線が絡み合う。周りの音が消え、真空の空間をパンチが交差する。心臓の鼓動と、こぶしが風を切る音だけが聞こえてくる。体が自分の意思を離れ、勝手に動きだす。

肉と肉がぶつかり合うことで、二人の魂が溶け合っていくように感じる。心が高揚してきて、このままずっと打ち合っていたいと思う。

あいつが青紫色に腫れ上がったまぶたの奥から、俺を見上げている。鼻と頬骨の辺りが赤く膨れ、唇は切れている。原形を留めていない顔の真ん中で、目だけが光を失っていない。その目を見て、やっとわかった。

（嵐山だ）

嵐山と同じ目をしている。打っても、打っても、恍惚とした目で向かってくる。あいつと激しく打ち合った時の記憶が甦ってきた。あの時の嵐山と、目の前の笠原の動きが寸分のずれもなく重なった。

（なぜだ。何をやっているんだ。お前の戦い方じゃないだろっ）

再び笠原の顔が迫ってきた。頭部の防御を犠牲にして、執拗にボディを攻めてくる。俺は無防備な顔面にパンチを打ち込む。

（嵐山の猿真似で勝てるわけないだろ。お前の目には、あいつがリングに沈む姿が焼き付いているはずだ）

持ち前の計算されたボクシングを捨てて、対極にある無謀なボクシングで挑んでくる。ボクサーは誰かの見よう見まねでボクシングを始めたとしても、自分の性格、体型、運動能力から、自分に合った戦い方を見つける。実戦を重ねることで独自のボクシングスタイルが完成する。

（修羅場で信じられるものは、自分の戦い方じゃないのか。時間をかけて創り上げてきた自分のボクシングスタイルだからこそ、命を賭けられるんじゃないのか）

笠原の顔が目の前にある。両腕で突き放した。

（人のボクシングをするということは、自分のボクシングが信じられないということだろ。それに、そんなもので勝って何の意味があるんだ）

懲りずに向かってくる。

俺の右フックがこめかみを捉えた。鈍い音とともに、あいつの膝が折れる。アッパーでかちあげ、コーナーに追い詰める。ガードの隙間を目がけて、パンチを打ちつけた。ロープに身を預けながらも、抵抗をやめない。

（お前、死んじまうぞ）

あいつはようやく回り込んで窮地を脱した。

肩で大きく息をしている。

潰れかけている左目をかばおうとして、時計回りに、そろそろと動き出した。足元が心もとない。ライオンの執拗な攻撃に遭い、目を潤ませ、足を引きずるヌーの姿が浮かんできた。

（俺が、この打ち合いに幕を引く）

修二

（もう、長くはもたない）

嵐さんの構え方、間合い、コンビネーションを模倣していると、魂まで乗り移ったように勇ましくなってくるのですが、体が悲鳴を上げています。

嵐さんの間合いは、僕より一歩以上相手に近いため、常に白木選手の射程内に入っています。きっと嵐さんは、自分を奮い立たせるために、あえて危険な領域に身を置いていたのだと思います。この位置だと、速いジャブをかわし切ることは不可能です。動きを止めれば狙い撃ちされる。被弾するのを覚悟で懐に飛び込み、パンチの源を絶つしか生き延びる道はありません。

距離が近いと、余計に長身の相手を見上げる格好になります。顎を引いて、うつむき加減に向かっていくので、どうしても目の辺りに被弾してしまいます。時々、焦点がぼやけるようになりました。左目はまぶたが腫れて視界を遮り始めています。

自分では、白木選手と互角に打ち合っているつもりですが、ダメージは僕の方に一方的に蓄積されているようです。目だけでなく、顔全体がぼってりと腫れて熱を帯び、鼻血が喉に張り付きます。

一方、あの人の顔はきれいなままです。見た目の差が明らかなように、体内に蓄積されたダメージにも差があるに違いありません。執拗にボディ攻撃を続けているのですが、未だ目立った効果が表れていません。

パンチを受け続け、頭が朦朧としています。腕や足の感覚が次第に麻痺していく一方で、グローブの重さを負担に感じるようになりました。

(もうすぐ目が潰れる。それに、生命線であるフットワークが使えなくなったらおしまいだ。早く硬直状態を脱して、試合を動かさなくては)

試合中には数えきれないパンチを打ちますが、後から振り返ってみると、必ず試合の行方を決定づけた一打に思い至ります。判定で決着がついた試合でも、ここが分岐点だったと思える一発があります。

それは、いつ訪れるかわかりません。辛抱強く戦い続けているうちに、体がその時を教えてくれます。

（でも、もう悠長に待っていられない。力が残っているうちに、その一打を、自ら引き寄せなければ……）

ロープの伸縮力を利用して白木選手の猛攻から脱すると、肩で大きく息をしました。

（今しかない）

摺り足で、そろそろと、時計回りに動き始めました。

嵐さんが最初にダウンを喫したのは、時計回りに動きながらジャブを突き、右ストレートを決めようと飛び込んでいった瞬間でした。白木選手は半歩下がりながら、腕を折りたたみ、右フックを振り抜きました。そのパンチが決定的な一打となり、試合は急展開していきました。一連の動きをビデオで研究し、平木さんと繰り返し練習してきたので体が覚えています。

僕はあの時の嵐さんの動きのままに、鋭く踏み込んでジャブを突いてから右ストレートを打ちました。白木選手は予想どおりに後ろに下がって右フックを振り抜く。僕は顎を引き、頭部をずらしながらパンチを頬で受け止める。見えているパンチの威力は限定的です。

ジャブで応戦しながら、リングをひと回りし、息を整える。もう一度、先ほどと全く同じようにジャブを放ち、右ストレートを打ちにいきました。

白木選手は先ほどの成功体験の記憶を頼りに、再び半歩引き、確信に満ちたショートフックを打ってきました。僕は右ストレートを打つモーションだけに留め、間髪を入れずに左フックを振り抜く。相手よりも一瞬早く、僕のパンチがテンプルを射抜きました。

白木選手には、僕の左フックは見えなかったはずです。無防備な体勢でパンチを受け、前のめりに倒れ込みました。

光一

「光一」

「光一、立てるぞ」

セコンドの声がキャンバスを這い、俺の鼓膜を揺らした。

何が起こったのか、状況を把握できない。四つん這いになり、ゆっくり頭を上げていく。

笠原の白いリングシューズが視界に入った。そのまま視線を上げていくと、俺を見下ろしているあいつと目が合った。血が騒ぎ、飛んでいた意識が一気に戻ってくる。

注意深くバランスを取りながら立ち上がった。

いきなり相手に挑みかかろうとする俺をレフリーが押し留める。俺はファイティングポーズを取ったまま、笠原を見据えた。

(お前は左フックを打つための伏線として、延々と嵐山のボクシングを続けてきたのか。ボロボロになるまで耐え、この一発を打つタイミングを計っていたのか。大事な試合に、

どうしてそんな綱渡りのボクシングができるんだ）

俺は改めて、目の前の男のつま先から頭部までを食い入るように見た。顔中を切り刻まれ、息をするたびに上半身が揺れている。

（嵐山の真似をすることも、ズタズタにされることも、俺に右フックを打たせることも、すべて計算ずくなのか。どうして、そんな成功確率の低い無謀な計画を信じ、やり通すことができるんだ）

あいつの鍛え抜かれた腹筋の上に、白い文字が浮かび上がる。

（風……。世界タイトル挑戦を目前にして、お前が風のように現れ、好き勝手に吹き荒れている。お前はいったい何者なんだ。何をしに俺の前に現れたんだ）

周りの歓声は耳に入らない。あいつの吐く息だけが聞こえてくる。

「ボックス」

レフリーが試合再開を告げた。

あいつが突進してくる。

跳ね返すために、無我夢中でパンチを打つ。懐に入り込んで来たので、強引にクリンチに持ち込み、動きを止める。振りほどこうとして、俺の腕の下でもがいている。あいつの荒い吐息が耳にかかる。汗で濡れた体から熱が伝わってくる。

ひたむきに攻めてくる笠原を見ていると、俺が幼い頃、親父の構えるミットに無心で向かって行った姿とダブってくる。黄色いグローブをつけた小さいこぶしが風を切り、ミットを揺らす。パンパンという音とともに、衝撃が腕から伝わってくる。

「いいぞ光一。ほらっ、ワンツー、ワンツー」

親父の声が弾む。その声に向かって夢中でパンチを打つ。それだけで歓びを感じることができた。

親父と共に自分のボクシングの土台を作り、ジェラルドさんと共に発展させてきた。世界チャンピオンへと繋がる一本道を、脇目も振らず歩んできた。これまで自分のボクシングを疑ったことなどなかった。

ところが、笠原と戦っていると、自分の戦い方が小さく見えてくる。ボクシングは俺の手の中にあるものと思っていたが、あいつの戦い方を見ていると、ボクシングというものが広大な海原に思えてくる。

俺は小舟の中にいて、荒波にもまれている。ちっぽけな舟にしがみつき、海に呑み込まれないようにあがいている。

何にしがみついてきたのだろう。勝負に勝つこと。自分のボクシングスタイルを貫くこと。チャンピオンらしく、立派に振る舞うことか。それとも、自分のひ弱さを覆い隠すために、ボクシングという鎧をまとっていただけなのだろうか。

(お前は、ボクシングという大海原を見せるために、俺の前に現れたのか)

レフリーが飛び込んできて二人を分けた。

笠原が息つく暇もなく向かってくる。潰れた顔が笑っているようにも見える。

（楽しいか？　自分自身から解放され、勝ちたいという想いさえも超越して、目の前の戦いに没頭する。お前には、そういうことができるのか）

この時、ゴードンさんが食堂で問いかけた言葉が頭をよぎった。

「お前、ボクシングが好きか？」

ずっと心の底にわだかまっていた問いだ。俺は、素直に好きだと答えられなかった。俺にとってボクシングは、そんな簡単なものじゃない。いろんな想いが詰まっていて、心を重くしている。その問いを投げかけられると、背中に重い荷を背負い、長い道のりを独りトボトボ歩いている自分の姿が浮かんでくる。

お前がジムに来て、俺を見つめた時、なぜかわからなかったが胸が騒いだ。今思えば、この男は、俺と一緒に同じ道を歩んでくれるかもしれない、そう感じたからだろう。

（お前を羨ましく思う。お前のように、自由自在に大海原を吹き抜けることができたら……）

笠原がロープを背にして立っている。

もう一度、腫れた瞼の奥を覗き込んだ。

熱いものが込み上げてくる。

（だが、俺は曲げない。俺のボクシングを貫く。今までボクシングに賭けてきた想いのすべてを、お前にぶつける。圧倒的な意志の力で、叩きのめしてやる）

左のこぶしを握りしめた。

（お前も、左ストレートを待っているのか。嵐山と同じように、地獄に葬ってやる）

表情が読み取れなくなった笠原の顔面に、ジャブ、そして渾身の力で左ストレートを放った。

あいつの姿が消えた。

次の瞬間、漆黒のグローブが、胸元からせり上がって来た。

それが、最後に見た景色だった。

目の前が黒く塗りつぶされた。

哲

白木はんがリングに崩れ落ちた時、チョーさんが椅子から飛び上がりました。

「ありゃ、まずいで。妙な倒れ方したで」

天を仰いだまま動かない白木はんを凝視しています。眉間にしわを寄せて仁王立ちしている姿は、セコンドとしてリング脇に立っているチョーさんそのままです。

赤コーナーのセコンド陣は、レフリーがカウントを取り始めた直後にタオルを投げ、白木はんのもとに駆け寄りました。

「ドクター、ドクターを呼べ」

チーフセコンドの悲痛な声が、会場に響き渡りました。

歓声を上げていたお客さんも、息を呑んで見守っています。

笠原はんはフィニッシュブローを振り抜いた後、キャンバスに横たわる白木はんを眺めながら、呆然と立ち尽くしています。

「大丈夫ですかね？」

「わからん。ボクシングは、ほんま、一瞬先は闇やな」

チョーさんが力なく腰を落としました。

これが、わいらのいる世界です。

「勝った笠原はんもボロボロですね。よう最後の力を振り絞りましたね」

「白木のスピードが、笠原のカウンターの威力を加勢することになったな」

白木はんの顔に、光が天井から降り注いでいます。目を閉じた顔は、戦いの後とは思えないほど穏やかで、透き通っています。返り血を浴びて赤く染まった純白のトランクスだけが、戦いの激しさを物語っています。

「顔はきれいなままやけど、白木もボディやテンプルにパンチをもらい続けてたからな。

見た目以上に、消耗してたはずや」

笠原はんの右ショートアッパーが白木はんの左ストレートより、ほんの一瞬早く着弾したのは、その辺が影響したのかもしれません。

「わいの時みたいに、白木はんは打たされたんですかね」

「そうかもしれん。けど、わいには、カウンターが返ってくるとわかってて、左ストレートを打ちにいったように見えたな。チャンピオンの意地とちゃうか。あいつは、いつでも真っ向勝負や。自分のボクシングを最後まで貫いたんや」

ドクターの指示で、白木はんはそっと担架に乗せられました。頭部を固定され、セコンド陣に見守られながら退場して行きます。

「こんなこと、誰も想像してませんでしたよね。せやけど、なんでかわからんのですけど、こうなることが初めから決まっていたように思えてくるんです。チョーさん、そんな気持ちになったことありませんか」

「わかるで。劇的な終わり方した時ほど、そんな気持ちになるもんや。こうなるしか、なりようがなかったんやと思えてくる。不思議なもんやで」

チョーさんは白木はんが引き揚げていく花道を眺めながら、ため息をつきました。

「また、リングに戻ってきてほしい選手やな」

リングの上ではチャンピオンベルトを巻いた笠原はんが、片手を挙げて声援に応えています。ただ、わいには、笠原はんの顔がどうしても勝者の顔に見えんかったんです。

修二

（終わった……）

僕はリング中央で茫然と佇んでいました。

目を閉じたまま動かない白木選手が、眼前に横たわっています。ドクターがペンライトで彼の瞳を覗き込み、セコンド陣は頭部を動かさないように注意しながらグローブを外し、靴紐を緩めています。

熱を帯びた光線を頭上から浴びていると、尖った神経がドロリと溶けだし、感覚が麻痺していきます。リングの上で繰り広げられたことが、夢物語みたいにウソっぽく感じられるだけでなく、今まで歩いてきた自分の人生までもが、作り物の舞台の上で演じられているように思えてきました。

（あこがれ、目標としてきた人を、この手でリングに葬った）

勝利の歓びや達成感よりも、喪失感が僕の心を包んでいました。

白木選手を目指し夢中で歩いてきた道、今まで確かにあった道が、目の前からふっと消えてしまった。荒野にポツンと一人、置き去りにされた気になりました。

顔を上げ客席を見渡すと、無数の視線が目に飛び込んできて押し潰されそうになります。裸同然の姿を晒している自分が、滑稽にさえ思えてくるのです。

頭が混乱したまま突っ立っていると、誰かの手がそっと肩に添えられました。

「やりきったな」

振り向くと、平木さんが傍らに立っていました。自陣に導き、慣れた手つきでグローブを外してくれます。何も言わず、しっかりと僕の腕をつかまえていてくれました。

表彰状を受け取りながら花道に目をやると、白木選手が担架で運ばれていきます。親父さんや関係者に囲まれて、扉の向こうに消えていきました。

「白木から受け継いだベルトだ。重いぜ」

嵐さんが背中を叩いてから、チャンピオンベルトを腰に巻いてくれました。

最前列で観ていたジェラルドさんは、奥さんと会長さんの助けを借り、車椅子に移ろうとしています。教え子を追って控室に向かうのでしょうか。

平木さんはジェラルドさんの姿を目で追っています。車椅子に腰を下ろした師と目が合うと、深く頭を下げました。ジェラルドさんは何かを呟いてから、目を閉じて二度頷きました。

表彰式が終わると、リングアナウンサーがマイクを差し出してきました。何をしゃべったかよく覚えていませんが、最後に、世界挑戦に向けての意気込みを聞かれました。

「この試合に賭けてきたので、先のことは考えていません」

正直に答えたつもりです。

そう答えながら、果たして僕は、再びリングに立てるのだろうか、という思いが脳裏をかすめました。

激戦の後なので、混乱しているだけだと思う反面、心の底で、ボクシングをやめるきっかけを、ずっと探し続けていたようにも思えてくるのです。

僕がボクシングを始めた頃、嵐さんが朝のロードワークの後で呟きました。

「どうしたってかなわない奴って、世の中にいると思うよ。なんか俺、そいつに出会うことを待っている気がするんだ」

破竹の勢いで勝ち進んでいた時の嵐さんでさえ、前に突き進もうとする気持ちと背中合わせで、激流の中にいる自分を、誰かに引き揚げてもらいたいという思いがあったのでしょう。

僕は理名さんを求め、うしろを振り向きました。子供が母親に泣きつく時のような、情けない顔をしていたのかもしれません。彼女は、しばらく僕の顔を見つめていましたが、両手を腰にあてて言いました。

「もう、しょうがないなぁ。ほら、チャンピオンらしく、前を向かないと」

僕は正面を向き、視線を上げて会場を見渡しました。

この先、どんな未来が待っているのか、全くわかりません。でも、この人がそばにいてくれたら、前に進める気がしたのです。

光一

音のない世界で映画を観ているように、俺は、客席からぼんやりと試合を眺めている。リングの上で、白いトランクスを身につけた長身の男と、ライトブルーのトランクスをまとった童顔の男が激しく打ち合っている。

戦いに見入っているうちに、自分と長身の男が重なった。童顔の男の顔が目の前に迫ってくる。唇が切れ、両目が腫れ上がっている。その目に射すくめられると身動きが取れなくなる。

夢を見ているのだろうかと疑い始めた瞬間、漆黒のグローブが胸元からせり上がってきた。奥歯を噛みしめる。衝撃を受け止め、目の前が真っ暗になった。

恐る恐る目を開けると、早朝の淡い光が目を射る。動悸がおさまるまで、白い天井をじっと見つめていた。深い霧が晴れていくように、意識がゆっくりと戻ってくる。同時に、鈍い痛みが全身から伝わってきた。

瞳だけを動かして周りの様子を窺う。自分が病室のベッドに横たわり、幾つもの管《くだ》で繋がれていることを認めた。

（俺はまだ生きている）

体に意識を向けた。両手両足の指先を一つずつ動かそうと試みる。意志が末端にまで伝わる。目を閉じて息を吸い込んだ。かすかなアルコールの刺激臭が感じ取れる。窓の外からは、小鳥のさえずりが聞こえてきた。

記憶をたぐり寄せようと試みる。断片的な映像が脈絡もなく脳裏をよぎっていく。浮かんでは消えていく映像を繋ぎ合わせていくと、一つの言葉に行き着いた。

（負けたんだ）

カーテン越しに差し込む陽光を浴びながら、認識された現実を体全体で受け止めた。まだ感情をつかさどる器官が麻痺しているのだろうか、不思議と悔しさは湧いてこなかった。

今、ここに居る自分に目を向けた。

（俺はどうなるのだろう）

体は元どおりになるのか。もう、ボクシングはできないのだろうか。これから先、自分がどのようになっていくのか見当もつかない。先行きへの不安がひたひたと押し寄せてくる。

何も考えないように努めながら、天井の一点を見つめていた。麻酔のせいか、再び眠気が襲ってきた。次第に意識が遠のいていく。

まどろみの中、あいつの姿が浮かんできた。ジムの前で俺を待っている。白いTシャツに洗いざらしのジーンズ、無造作に垂らした前髪。近づくと、俺を見上げた。長いまつ毛の奥で瞳が輝いている。

「あなたと戦いたいと思っています。いずれ、あなたに挑戦するつもりです」

幾度となく思い浮かべ、俺を勇気づけてくれた言葉だ。

体の中からじわじわと湧いてくる喜びを感じながら、深い眠りに落ちていった。

どれだけ時間がたったのだろう。再び目が覚めた時、親父の顔が目の前にあった。窓の外は夕焼けで赤く染まっている。

「目が覚めたか。どうだ、大丈夫か」

俺は小さく頷いた。

どことなく、いつもの親父らしくない。目に落ち着きがなく、笑顔が強張っている。隣で頬を緩ませている母親の表情と対照的だ。

親父によると、試合会場から直接、お茶の水にある大学病院に運び込まれたらしい。頭蓋骨の内側に出血が認められたため、緊急手術を行ったとのこと。試合から五日が経過していた。

診察に来た医者に、「峠は過ぎた。予断は許さないが元どおりの体になるだろう」と告げられた。

親父はボクシングについて触れようとしない。

「親父、どうなんだよ。もう、ボクシングはできないのか？」

俺がこう尋ねることを、びくびくしながらも、覚悟を決めて待ち構えているのだろう。どう説明しようかと、頭の中で反芻しているに違いない。目が合うと、目を逸《そ》らせまいと強い視線で挑んでくる。

尋ねるまでもない。親父を見ていて、俺の考えに間違いがないと確信した。

脳障害や網膜剥離で引退を余儀なくされたボクサーは珍しくない。門田ジムにも、頭部にダメージを受けて引退したトレーナーがいる。その人から、日本では後遺症がなくとも、開頭手術を受けた選手は二度とリングに上がれないと聞かされていた。

（俺はもう、リングで戦えない）

ゴードンさんが引退する時に語ってくれた言葉が胸に迫ってくる。

「やめちまったら、盛り上がりのない日常に埋もれてしまう。生きているのか、死んでいるのかわからない日々が続く。そう思うと、ぞっとするんだよ。たぶん、弱くて臆病な人間だからこそ、ボクシングにしがみついているんじゃないか」

あの時も、俺からボクシングを取り上げられたらと思うと、寒々とした気持ちになった。

それが今、避けることのできない現実として、喉元に突きつけられている。

小さい頃からボクシングしかやってこなかった俺だから、白星街道を突っ走ってきた俺だから、ボクシングを取り上げられてしまう時の衝撃は、他の人の比ではないはずだ。ボクシング一筋に生きてきた人間が、まともに生きていけるのか。俺の前には、今までどおり一本の道がある。だが、行き着く先には何もない。心に穴のあいた人間が、目的もなく歩き続けることができるのだろうか。

親父に今の気持ちを爆発させれば、全身で受け止めてくれるだろう。そうすることで、俺も親父も、楽になるのかもしれない。ただ、今の自分には、親父に向かっていく勇気も、熱量のある言葉を受け止めるだけの気力もなかった。

頭が脈打つ。体がだるい。俺は心にフタをして重い瞼を閉じた。

面会が許可されてから数日後に、ジェラルドさんが胸に大きな花束を抱えて病室に現れた。ゴードンさんが車椅子を押している。

「今日は、わたしがお見舞いに来たよ。これで貸し借りなしね」

前より一層窪んだ眼で俺を見つめ、片側の頬を上げてダンディに微笑んだ。

ゴードンさんはジェラルドさんから花束を受け取り、俺に手渡してくれた。いろんな色や形の花がぎっしりと詰め込まれている高価な花束だ。

「それ、ゴードンが買ってきたの。センスないね。詰め込めばいいってもんじゃないよ。

この人、試合の応援とお見舞いの区別がつかないの。光一には、すっきりとした花束が似合うのに」

本気で怒っている。

「いいんですよ。光一はどんな花だって似合うんだから」

ゴードンさんが、口を尖らせて言った。

「そんなことだからダメなの。あなたが教える選手、みんな大雑把になってくよ」

ジェラルドさんがゴードンさんを指さして言った。

（親父が、笑った）

「元気そうでよかった。どっちが早く退院できるか競争ね」

ジェラルドさんの痩せ衰えた姿を見ながら、どんな表情を作ったらよいかわからないまま頷いた。

すると、今度は俺の方を指さして、眉をひそめた。

「わたし、あなたを叱りに来たね。なに、あの試合。どうやったら、あの子に負けることができるの？　教えてほしいね、ほんと」

「すみません」

親父が深々と頭を下げた。

「パパさんのせいじゃないね。コーイチ、ガンコね。思い込んだら、誰が言っても聞かない。いつまでたってもワガママな甘ちゃんで困るよ」

「すみません」

今度は俺が頭を下げた。

フン、と息を吐いてから続けた。

「でも、あなた、いつも、やらかした後に何かを掴んで成長してきた。今度も私が教えられないことを、あの子から学んだね。寄り道した甲斐があったようね」

あいつの顔が浮かんできた。肩で息をしながら俺を見つめている。負けることが何よりも怖かった俺が、あの時、こいつになら負けてもいいと思った。負けてもいいから、渾身の、最高の左ストレートをあいつに打ち込みたかった。

「すみません、約束を果たせませんでした」

「わたしの方だよ。世界チャンピオンにしてあげると約束したのは。……力が及ばなかった」

枯れた体がしぼんでいく。

ゴードンさんの手がそっと師の肩に乗せられた。

ジェラルドさんは再び顔を上げて、目に力を込めた。

「きっとあなたのことだから、これからどうやって生きて行こうなんて、ウジウジ考えてるね。私の教え子、みんなが世界チャンピオンになったわけじゃないよ。チャンピオンと二度も引き分けたのに、結局タイトルを獲れなかった運のない子もいるし、あなたと同じように、もう少しのところまできて、頭や目にダメージを受けて引退した子たちもいる。みんなたくましく生きてるよ。わたし、あなたのこと、心配してないよ」

ジェラルドさんが青い瞳で俺を見つめる。

「あなた、これまで何をやってきた？」

「だから俺は、ボクシングしかやってないって」

「違うね」

右手の人差し指を立てて、口元で揺らしている。大事なことを言う時の、ジェラルドさんの癖だ。俺は身構えた。

「あなたがやってきたことはね……。できないことを、できるまで、何回も何回も繰り返し諦めないでやること。困難にぶち当たった時、悩みながら工夫して乗り越えること。岐路に立った時、自分で決めて前に進むこと。怖くても勇気を出して向かっていくこと。どんな時も、誇り高く、まっすぐ行動すること」

息が上がっている。

「そうやって、誰よりも輝いてきたんじゃないの？　世の中で成功するために必要なことは何だと思う？　今言ったことでしょ。あなたはボクシングをやることで、全部手に入れてるよ。一つのことに一流になれる人はね、目標を見つけてやる気になれば、何をやっても一流になれるのよ。違う？」

俺は奥歯を噛みしめながら頷いた。

親父の肩が震えている。

「それに、あなた、世界チャンピオンになることよりも、あの子と戦うことを選んだじゃない。なぜ？　身の程知らずな挑戦をしてくる、あの子の勇気に惹かれたんじゃないの」

あいつの声が耳元で響く。

「強いあなたと戦って勝ちたい。それだけです」

「コーイチ」

もう一度、ジェラルドさんが俺の名を呼んでくれた。

「ボクシングを卒業して、自由に羽ばたきなさい。神様は、それをあなたに言いたかったんだよ」

遠くの空の、夕陽の赤がにじんで見えた。

修二

試合の翌日、トイレに行きたくなり、夜明け前に目が覚めました。ベッドから起き上がろうとすると、体中の関節が油の切れた機械のように軋《きし》む。試合中は痛みなど感じている暇はないのですが、今になって、打たれ続けた目や鼻がズキズキと疼いています。

尿が濁った赤色に染まっている。デビュー戦で初めて血尿を見た時は、内臓が傷つけられたのかと動揺しましたが、それも何度か経験するうちに慣れました。打撃を受けた筋肉細胞が痛んで血尿になるようです。

赤黒い尿を見ていると、昨夜の激戦が思い出され、担架で運ばれて行った白木選手の姿が迫ってきました。試合後に平木さんから聞いたところによると、意識が戻らないまま病院に緊急搬送されたということです。

僕は、自分の身に最悪の事態が起こるリスクを呑み込んだうえでリングに立ちます。だから、致命的なダメージを負わされたとしても、相手を憎むことはないと思います。己の未熟さを呪うだけです。それは僕だけでなく、試合に臨むすべてのボクサーが共有している基本的な心構えだと信じています。

ただ、試合に臨む時は、怖い。恐怖を克服する術は、人それぞれだと思いますが、とにかく、リングに上がるまでは、自分の気持ちを盛り上げていくことに精一杯で、相手が試合の結果どうなるかなど、心の片隅にも浮かんできません。

それが今、対戦相手を再起不能、いや命さえ奪ってしまうかもしれない状況に追い込んでしまった。

そんな事態には、全く無防備でした。僕を受け入れ、握手をしてくれたあの人の未来を、他でもない、この僕が奪ってしまうかもしれないと考えると、空恐ろしい気持ちになるのです。

リングに上がり続けるためには、自分の身の危険に対し覚悟するだけでなく、人を傷つけることで積み重なっていく心の痛みを背負っていかなければならないと思い至りました。

（白木選手と戦うという目標がなくなった今、果たして、そのような犠牲を払ってまでリングに上がる意味があるのだろうか）

「ボクシングをやる目的をなくしたものは、リングに立ってはならない」という、平木さんの言葉が胸に迫ってきました。

今の僕には、白木選手に代わる誰かが現れるとは、どうしても思えません。いえ、思いたくないのです。嵐さん、そして白木選手に向かって歩んできた道のり、それが僕にとってのボクシングだったと、そう思いたいのです。

試合直後に、もう僕はリングに立てないかもしれないという想いがよぎりました。極度の緊張から解放されたことによる、一時的な気持ちの揺らぎだと思っていましたが、冷静になった今、その想いが静かに心の中に定着していくのを感じていました。

試合直後は消耗していて食欲もなかったのですが、ひと眠りすると、空腹を感じるだけの活力が戻ってきました。テーブルの上にあったアンパンにかじりつき、牛乳で喉に流し込むと、リングドクターに処方してもらった痛み止めを飲んで再びベッドにもぐり込みました。

　無意識の中に、玄関のチャイムの音が入り込んできました。枕元の時計を見ると、もう昼前です。のそのそと起き出しドアを開けると、胸に大きなトートバッグを抱えた理名さんが立っていました。

「おはよ」

「どうしたの？」

　彼女は僕の問いには答えず、顔を覗き込んできます。

「昼間見ると、君のその顔、コワすぎる」

「だから、何しに来たの？」

「会長の命令で、生きているかどうか様子を見に来たの。ろくなもの食べてないだろうから差し入れしてやれって。ほんとは一緒に来たかったみたいなんだけど、遠慮したのかな。君、案外、信用されてるかも」

　背伸びしながら、肩越しに部屋の様子を窺っています。

　もちろん、理名さんが僕の部屋に訪ねてきたのは初めてです。いつも簡潔な言葉で核心を突く彼女が、長々と説明したのは緊張しているためか、それとも、いまひとつ信用できない男の部屋に入る前に、しっかりと予防線を張っているのでしょうか。

まっすぐ見つめられるとドキリとします。

「お邪魔するね。お昼ご飯作るから、修二君は寝てて」

僕を押しのけて部屋に入ると、買ってきた食材を流し台に置き、エプロンをつけ、シンクに溜まった食器を手際よく洗い始めました。

僕は言われるままベッドに横になり、理名さんの後ろ姿をぼんやりと眺めていました。彼女はパソコンに向かう時のように後ろに髪を束ね、真っ白なブラウスに、体にフィットしたジーンズを身につけています。背中に下着の線が浮き出ています。

手持ち無沙汰にしていると、酔っ払った嵐さんの声が、悪魔のささやきのように聞こえてきました。

——お前、もう、理名とやったのか？

——大事なことだろ。順番間違えるなよ。白木を倒すのが先だからな。

——いつまでも待たせると、理名がかわいそうだぜ。

血尿が出ているうえ、体を動かすことさえままならないのに、良からぬことを考えている自分に呆れました。生存の危機に晒されたことで生殖本能が覚醒したのか、それとも試合が終わって心の余裕ができたためなのか。いや、男ならこの状況下に置かれれば必然的に妄想するものだと自分を納得させました。

気を紛らわすために部屋をざっと片付けていると、なじみのある香りが部屋中に漂い始めました。たっぷりのニンニクと、ショウガや玉ねぎの入ったコンソメ味のスープ。いつも試合前の計量の際に、魔法瓶に入れて持参していました。

計量をパスした後、ゆっくりと時間をかけて飲むと、乾ききった体にじんわりと沁み込み、生気が張ってきます。新人戦の頃は平木さんが作って持たせてくれたのですが、いつからか理名さんが用意してくれるようになりました。

こたつテーブルに向かい合って座り、スープをすする。

「おいしい？」

黙って頷きました。

何となく目を合わせづらかったので、ずっと下を向いてスープを味わっていました。今まで白木選手に勝った歓びを実感できなかったのですが、こうやって大事な人とご飯を食べることが、何よりの褒美に思えたのです。

（嵐さんが病院で、赤ん坊を抱いた時もこんな気持ちだったのだろうか？）

あの時、心から、嵐さんに幸せになってほしいと願っていましたが、その一方で、「僕は、ああはならない」という思いが心の片隅にあったのも事実です。

いつの頃からか、自分をどこか高い所に置きたい願望を抱いていました。ボクシングを始めたこと自体、平凡な生き方に背を向けて生きようとする姿勢の表れです。嵐さんの姿を見て、羨ましく思いながらも、「僕は日和《ひよ》らない。孤高の一本道を走っていくんだ」という想いを強くしました。

白木選手とタイトルを賭けてリングの上で対峙したことは、幼い頃から求め続けてきた、限りある人生の中で輝く瞬間を持つこと、それに違いありません。

しかし、ボクシングを通じて得たものは、それだけではないと気付きました。白木選手との戦いを終え、好きな人と向かい合ってご飯を食べていると、温かなものが心の中に満ちてきます。張り詰めた日々を通り過ぎたことで、初めて、平穏な日常の中に、かけがえのない大切なものがあると肌で感じ取りました。

サラダと具だくさんのスパゲティを食べ終えると、理名さんがコーヒーを淹れてくれました。

一口飲んでから顔を上げ、理名さんを見つめました。

「なに？」

初めて平木ジムを訪れた時も、彼女は同じ言葉を発しました。あの時は、ぶっきらぼうな声をかけたあと、パソコンの作業に戻ったのですが、今は、目を覗き込み、僕の言葉を待ってくれています。

「ボクシングをやめようと思うんだ」

迷いはありませんでした。

彼女は表情を変えず、僕を見つめていましたが、ふっと、表情を緩めて言いました。

「そんな気がしてた」

理由を尋ねてくるだろうと身構えていたのですが、意表を突く質問が返ってきました。

「君が試合をしている時、私がどんな気持ちで観ているかなんて考えたことないでしょ」

「えっ」

間の抜けた声を聞いて、案の定と思ったのでしょう。わざとらしくため息をつきました。

「大丈夫。負けろ、とは思ってないから」と言ってから、窓の外を眺めています。

（マズい……）

僕は口を半開きにしたまま、その場を取り繕うために急いで思いを巡らせました。白木選手と戦いたいと告げた時、「見てみたい。白木君と戦うところを」と言って、背中を押してくれたのは理名さんです。緻密なデータ分析を行って攻略法を提案してくれたのも彼女ですから、勝利を願っていてくれたに違いありません。

また、本人は自覚してなくても、平木さんを支え切れずに離れていったお母さんに反発する気持ちから、意地になって僕を支えてくれたとも考えられます。

いや、ひょっとすると、母親がわが子を想うように、リングに上がったら勝敗などはどうでもよく、無事に戦いの場から戻ってくることだけを祈ってくれていたのかもしれません。

そんなこと、面と向かって言えるわけがないし、うまく言える自信もありません。彼女なら、僕が考えそうなことくらい、僕よりも正確に理解しているだろうと自分勝手に解釈し、あえて言葉にせず話題を変えました。

「あのさ、なぜやめようと思っているか、聞かないの？」

「君は白木君と戦うことを目標にボクシングをやってきた。そして、彼と戦った。ゆえに、これ以上やる意味はない。以上」

即答でした。やはり、さっきの質問にきちんと答えなかったので、怒っているのでしょうか。そして、さらに続けました。

「君の考え方は、いつも、最もシンプルな三段論法。一応、筋は通っているけど、単純」

（怒っている。間違いない）

少なくとも、「理名さんの協力があったからこそ勝てた」とか、「いつも、僕のことを気にかけてくれてありがとう」など、感謝の気持ちを伝えるべきだったと後悔しましたが、すでにタイミングを逸していると判断して、黙って耐えました。

まだ、言い足りないようです。

「羨ましいよ、その単純さが。白木君も、君の、その度を越した単純明快さに負けたのかもしれないね。感じたことを、何の疑いも持たず、実行に移すところに」

「それ、褒めてくれてるんだよね？」

「いいえ。呆れてるだけ」

観念して、目を閉じ、意識を集中しました。考えがまとまると、姿勢を正し、自分の言葉で想いを伝えました。

「理名さんが、どんな気持ちで試合を観ているかは、わからない。でも、僕の気持ちはわかる。理名さんがいてくれたから、戦えた。それに、戦いが終わった時、思ったんだ。これから、どんな未来が待っていようと、君がいてくれたら前に進めるって」

彼女の心をたぐり寄せようと、瞳に力を込めました。

「理名さんが、同じように、僕のことを思ってくれているとしたら、うれしい」

理名さんはしばらく僕を見つめていました。強張っていた表情が次第に和らいでいくのを見てほっとした反面、無理やり言わされたようで、ちょっと癪でした。

「修二君を初めて見た時、すぐ、しっぽ巻いて逃げ出すと思ったんだけど。ここまでよく頑張ったと思うよ。ボクシング、卒業してもいいんじゃないのかな。だって君は、白木君と違って、世界に君臨するチャンピオンなんて似合わないもの」

「ひとこと、多くない？」

「昨日だって、チャンピオンベルトを巻いてもらっても、ちっともうれしそうじゃないんだから」

言われてみると、ボクシングを始めた時から一度も、チャンピオンベルトを巻いて、右手を突き上げる自分の姿を思い描いたことがありませんでした。目標としていた嵐さんや白木選手の雄姿は、いつも心の中にあったのですが。

「ボクシングはとても魅力的なんだけど、これから自分が目指すべきものは他にある気がするんだ」

「何かやりたいことあるの？」

「やりたいと思っていたことはある。ちゃんとまとまったら、平木さんと理名さんに話すつもり」

彼女はコーヒーを飲み終えると、カップをテーブルに置いてから、わざとらしく眉根を寄せました。

「嵐君も君も、これから稼げるって時にやめちゃうんだから。どうも、うちのジムの選手は、商売っ気がなくて困るんだよね。やりくりしてる私の身にもなってほしいもんだ」

「ゴメン」

「ま、会長が会長だからね。仕方ないか」

彼女は立ち上がると玄関に向かい、靴を履いてから振り返りました。

「その顔で外に出づらいだろうから、簡単に食べられるものを冷蔵庫に入れといたから」

部屋を出て行こうとする彼女の背に、慌てて声をかけました。

「また、来てくれる？」

一瞬、瞳の中に戸惑いの色が浮かんだようにも見えたのですが、凛とした顔になり僕を睨むと、「甘えるなっ」と言い放って、外階段を軽やかに下りて行きました。

一週間が過ぎ、ゼミの帰りにジムに顔を出しました。平木さんに僕の意向を告げるつもりです。理名さんにも聞いてほしかったので、電話で知らせておきました。

彼女に電話した時、白木選手の容体について教えてくれました。手術は成功し順調に回復しているが、もうリングには上がれないだろうとのことでした。平木さんに会う前に、気持ちを整理するために、事前に教えてくれたのだと思います。

事務所のソファに座り、二人と向き合うと、単刀直入に意思を伝えました。

「ボクシングをやめようと思います」

「理名から話は聞いている。やめてどうするつもりだ」

平木さんはいつものように腕を組み、耳を傾けています。

「卒業したら、フリーのライターになろうと思います。僕は地方から都会に出てきたのですが、ずっと大学とジム通いです。世の中のことや、人が何を考えて生きているのか、何もわかっていません」

「その代わり、他では学べないことを、ボクシングを通じて学んだはずだが」

「ボクシングは、自分の内側に向かって突き詰めていくものです。今度は、外に目を向けたいと思っています。いろんな人に出会って、生の声を聞いてみたいと思います」

「修二君らしい考えだけど、生活安定性、ゼロだよね」

「どうも楽な道ではなさそうだな」

二人の言葉に頷きながらも、めげずに続けました。

「まずは卒論に、ボクシングのことを書いてみようと思います。僕が戦ったボクサーを取材して、自分自身の経験とともにまとめてみるつもりです。彼らがなぜボクシングを始め、何のために戦ってきたか。そして、何を感じているかを知りたい。そうすることで、自分にとって、ボクシングが何だったのかが見えてくると思うんです」

「君の場合、持てるものは、ボクシングと書くことだけだからね」

理名さんなりの表現で、僕の考えを支持してくれていると感じました。

「お前が自分で決めたことだ。反対するつもりはない」

予想していた言葉でした。頭を下げると、平木さんは僕を見つめながら続けました。

「だが、嵐がやめた時のように、いつでも戻って来い、とは言わないぞ。嵐は一つ敗けたことで、一応の区切りがついていた。また、白木のように、はっきりと引導を渡されたら次に進みやすい。

お前のように、無敗でボクシングの世界を去った人間は、未練が残る。事あるごとに、『ボクシングを続けていれば……』と思ってしまう。ややもすると、貴重な経験が、新たな道を切り開くうえでの妨げになってしまう。お前が考えているほど簡単ではないぞ」

無敗でリングを去った平木さんの体からにじみ出た言葉だと思います。

「逃げ道を絶て。もうボクシングは絶対にやらないと、自分に誓うところから始めるんだな」

「そのつもりです」

この瞬間、振り返る道はもうない、おぼろげに見える新しい道に足を踏み入れたんだと感じました。

ロッカーの荷物をまとめ、自転車にまたがりました。

二人に見送られながら、三年間世話になった平木ボクシングジムに、そして、ボクシングに別れを告げたのです。

第七章　羽ばたく時（一九九六年　二十六歳）

光一

　俺と修二がリングを去ってから五年になる。哲は地道にボクシングを続け、とうとう世界タイトルマッチまで漕ぎつけた。大晦日の大阪府立体育会館。コートの襟を立て、難波の駅から会場に向かって歩いている。時計を見ると、すでに八時を回っていた。俺は歩みを速め、人込みをすり抜けていった。

　ひと月前、修二が俺の都合も聞かずに、チケットを送りつけてきた。俺が哲の晴れ舞台を見逃すわけはないと思っているのだろう。ありがたく受け取ったが、相変わらず図々しい奴だ。

　修二には貸しがある。病院でリハビリをしている最中に、あいつが現れた。ボクシングをやめて、ライターになるという。

「世界挑戦に手が届いているのに、やめるってお前、何を考えているんだ」

　怒りをぶつけたが、聞く耳を持たない。

「ボクシングの魅力を世の中の人に伝えたいから、今までどんな想いでボクシングと向き合ってきたか、話してください」

　勝手なことをほざく。

「お前、俺がどんな状況にいるのか、見てわからないのか」と言って睨んでみたが、あいつのひたむきな眼差しには、いつもやられてしまう。

　今まで誰にも話したことのないボクシングへの想いについて、つまり、俺について語った。あいつも自分のことを話してくれた。

　最初のうちは、毎日のように病院に通ってきた。退院してからも、聞きたいことがあると言って、家まで押しかけてきた。親父は修二を気に入ったみたいで、来たら必ず母親にうまいものを作らせていた。

　結局、卒業論文として作品が完成するまで付き合わされた。全く、一銭の金にもならないことに、よく付き合ったものだ。まあ、あいつと話をすることで、俺も親父も元気をもらったのも事実だが。

　大阪まで出向き、哲にも取材をしたらしい。初めは安宿に泊まっていたが、会長に気に入られ、食事付きで豪邸に泊めてもらったそうだ。とんだ人たらしだ。

　いつだったか、哲が試合で上京した時、勝利を祝うために三人で飲みに行った。その時俺は、お互いを下の名前で呼び合おうと提案した。修二はすんなり了解したが、哲は目の前のウーロン茶を見つめながら、

「わいにとって二人は、やっぱり、白木はんと笠原はんです。すんませんが、そう呼ばせてください」と言って譲らなかった。

そんな哲が、頂点に上り詰めようとしている。横田に勝って日本チャンピオンになってからも、三度負けている。強打者につきものの指の骨折にも悩まされたが、困難にぶち当たるたびに、あいつは何かを掴み強くなってきた。

そんな哲を、大阪の人間が好きにならないわけがない。前年の阪神・淡路大震災の折も、ボランティアで復旧を支援するとともに、リングの上でみんなに勇気を与えてきた。今では、阪神ファンに負けないくらい、熱狂的なファンがついている。

うるさい応援団には閉口するが、今日は、あいつらに負けないくらい哲を応援するつもりだ。

チケットを見せてから、分厚い入場扉を開く。熱気と場内のざわめきが押し寄せてくる。ボクサーの習性で、自ずと体が引き締まる。哲が登場するメインイベントには間に合ったようだ。

チケットと客席の番号を見比べながら自分の席を探す。青コーナーの右、前から十列目……。

「光一君、こっち、こっち」

聞き覚えのある声だ。

振り向くと、修二の隣で理名さんが手を振っていた。

修二

「光一君は、立ってるだけで絵になるね」

　僕の横ではしゃぐ理名さんを一瞥してから、立ち上がって光一を迎えました。黒のタートルネックのセーターが、瞳に深みを与え、彼の魅力を一層引き立てています。

「間に合ってよかったな。これから哲の試合だ」

　リングでは、メインイベントに向けて準備が進められています。

「来週から始まる舞台公演の打ち合わせが終わってから、急いで駆けつけたんだ」

　光一は舞台俳優になるために、池袋にある舞台専門学校を卒業してから、劇団で下積み生活を送っています。着実に実力をつけ、少しずつ出番が多くなっているとのこと。

　以前、演劇との出会いについて話してくれました。退院して間もない頃、自分には何ができるのか模索している時に、立ち寄った小劇場で演劇と出会った。主役の若者が、内に秘めたものを全身で表現している。ほとばしる汗と劇場全体に響き渡る魂の叫びが、光一の心を揺さぶったということでした。

「小説、売れてるのか？　印税が入ったら、お前のおごりで哲の祝勝会をやろうぜ」

「自費で出版したから赤字だよ。哲のファイトマネーをたかった方がいいよ」

「しょうがないなあ、お前も貧乏暮らしか」

僕は大学を卒業後、バイトをしながらライターの仕事を続けてきました。生活は決して安定していませんが、いろいろな人を取材し、記事を書くことは自分に合っていると感じています。今では業界にもなじみ、少しは先が見通せるようになってきました。

卒論には、ボクシングを志す若者三人の想いをドキュメンタリータッチで描きました。読んでくれた人たちの評判が良かったので、小説風にアレンジしたものを自費で出版しました。費用は、蓄えていたファイトマネーをつぎ込みました。スポーツを愛する人たちを中心に、少しずつ売れ始めています。

「お前、まだ理名さんにプロポーズしてないのか？」

僕は予期せぬパンチをもらった時のように動揺し、理名さんの方を振り向きました。彼女は、無表情で僕を見つめています。

今春、彼女は博士課程を修了し、大学に残って研究を続けています。僕も自分の道を切り開くために夢中で頑張っていますが、彼女は研究者として、より厳しい世界に足を踏み入れたところです。いずれ、お互いが落ち着いたらプロポーズしようと思っているのですが、今は彼女のことを静かに見守っていたいと思っています。ただ、そんなことを、ここで言うべきじゃないし……。

黙り込んでいると、理名さんがわざとらしくため息をつき、口を開きました。

「ねえ君、光一君は冗談で冷やかしているだけなんだよ。わかる？　真剣に悩まないでよ」

「わかってるよっ」

面白そうに僕たちの様子を見ていた光一が、会場を見渡しながら尋ねました。

「ところで平木さんは、来てないの？」

「うちのジムの選手が前座で試合をして、負けちゃったの。今頃、控室で選手に寄り添っているんじゃないかな」

光一は、誰もいないリングを見つめています。きっと、過ぎた戦いの日々を思い浮かべているのでしょう。

何か思い当たったらしく、ふと彼の顔に笑みが浮かびました。

「平木さんと言えば、ジェラルドさんがいよいよ危なくなった時に、お前と一緒にお見舞いに来てくれたよな。最後の機会になるかもしれないから、今度こそ仲直りすると思ってたら、またケンカ別れしちまっただろ。あの後、ジェラルドさんがなんて言ったと思う？『ヒラキは、どうしてあんなにガンコなの。死ななきゃなおらないね』だって。親父と一緒に、笑いをこらえるのに苦労したよ」

「平木さんは帰りの電車の中で、ぶすっとして一言もしゃべらなかったな。お見舞いの花を持って帰るなんて、聞いたことがないよね」

「えっ、なにそれ?」

理名さんが、僕の顔を覗き込みます。僕はあの時の様子を、かいつまんで彼女に話しました。

他でもない、僕のことが原因で喧嘩が始まりました。我々が病室に入って行くなり、ジェラルドさんが平木さんに噛みつきました。

「ヒラキ、なんでこの子を、引退させるのっ。世界タイトルを目前にして、やめさせてどうするの。また、間違いを犯すつもり?」

「私は間違った覚えはありません。選手の人生は、選手自身が決めるべきです。周りの人間が口出しすることじゃない」

「選手はいつも迷いの中にいるね。激流の中にいる時は、何が大事かわからないもの。冷静に判断ができるまで待って、方向づけをしてあげるのがトレーナーの役目じゃないの」

「私は、世界チャンピオンにならなかったことを悔やんだことはありません。チャンピオンになることだけが人生じゃない。修二も、自分で決めた道です。後悔することはない。それを、これからの人生で証明してくれるはずです」

「あなたたちは、神様からもらった才能をドブに捨ててるの。それが、なんでわからないのっ」

「あなたは、間違っている。修二、帰るぞ」

と言って、病室を後にしたのです。

聞き終わって、ため息をついた理名さんに光一が言いました。

「ま、ジェラルドさんに怒鳴り返せるのは、この世に、平木さんしかいないからな。あれは、ジェラルドさんなりの、修二や平木さんに対するエールだったたと思うよ」

ジェラルドさんが、落ち窪んだ眼窩の奥で光る青い瞳で、今も、僕たちを見守ってくれているように思いました。

その時、場内アナウンスがあり、もうすぐメインイベントが始まると告げました。

「試合前に哲に会ったのか？　どうだった」

光一が尋ねる。

「いつもどおりだったよ。哲にはチョーさんがついているし」

「俺は親父と親子鷹だったが、あの二人、親ガメと子ガメって感じだよな」

冗談を言い合っていると、突然、場内が暗くなりました。

「お待たせしました、青コーナーから、挑戦者、浪速のタイソンこと、ＷＢＣ世界フェザー級一位、石田哲選手の入場です」

リングアナウンサーの声が響き渡ると、場内が静まり返る。スポットライトが当たっている入場扉が開き、哲の姿が現れました。

「よっ、テツ、今日も一発ＫＯでたのむでぇ」

応援団長のいつもの掛け声を、あの光一が、叫んでいる。

屈託のない笑顔を浮かべてリングを眺めている光一を見ていると、僕も、無性に叫びたくなったのです。

「テツ、負けたら承知せえへんでぇ」

哲

チョーさんと並んで花道に立ってます。うしろには、会長と、引退してトレーナーになった香田はんがついていてくれてます。前方の輝くリングを眺めながら、小刻みにシャドーを繰り返していると、チョーさんが首筋を揉みほぐしながら話しかけてきました。

「なあテツ、夢が叶ったやないか。覚えてるか？　プロテストのあとで、二人でここを眺めたやろ。この会場を満杯にして、チャンピオンに挑戦するんや。そう言うてたな」

「よう覚えてます。それ言うたんは、チョーさんです」

「どっちでもええ。あんたは、自分で運を引き寄せたんや。いろんなことがあったけど、投げんかった。自分で掴んだ晴れ舞台や。思い切ってぶつかってこんかい」

対戦相手は、長年王座に君臨しているメキシコの英雄、ホセ・モラレスです。あこがれのボクサーですが、正味、負ける気はしません。

今日は、母ちゃんも、松浦はんに連れられて、応援に来てます。目を閉じ、息を吸い込みました。応援してくれている皆さんの気が体に満ちてきます。

両こぶしを握りしめると、熱いもんが体の中心に向かって遡ってきます。ゆっくりと目を開け、白銀色に光り輝くリングに焦点を合わせました。

「テツ、行くぞ」

掛け声とともに、チョーさんが背中を押しました。観客の間を通り抜け、一本道を歩いて行く。

リングに続く階段を、一歩、一歩、踏みしめて上る。

なんでボクシングやっとるんやって？

好きやからに決まっとるやないですか。練習はしんどいし、うまいもんは腹いっぱい食えんし、どつかれて痛いけど、そんな、ろくでもないボクシングをやっている自分が、いとおしいて、誇らしく思えるんです。

（了）

著者プロフィール

益田 和則（ますだ かずのり）

1957年生まれ、徳島県出身
早稲田大学理工学部卒
大学時代、ライセンスを取得しプロボクシングのリングに立つ
石油開発会社に入社、海外の油田開発に従事
定年退職後、翻訳、執筆活動中

明日を打つ 三人の若きボクサーの闘い

2024年２月15日　初版第１刷発行

著　者　益田 和則
発行者　瓜谷 綱延
発行所　株式会社文芸社
〒160-0022　東京都新宿区新宿１－10－１
電話　03-5369-3060（代表）
03-5369-2299（販売）
印刷所　株式会社フクイン

ISBN978-4-286-24892-9